COLLECTION FOLIO

Remo Forlani

Papa est parti maman aussi

Ramsay/RTL Édition

Italien, Remo Forlani est né à Paris en 1927. A douze ans, nanti de son certificat d'études primaires, il a exercé une foule de petits métiers et a fini par écrire pour le cinéma et la radio. Scénariste, dialoguiste, réalisateur, animateur d'émissions de télévision, il est devenu journaliste en 1971.

Depuis 1968, il a écrit (et fait jouer) huit pièces de théâtre (*Guerre et paix au café Sneffle, Un roi qu'a des malheurs, Grand-père...*), huit romans (*Pour l'amour de Finette, Quand les petites filles s'appelaient Sarah, Tous les chats ne sont pas en peluche...*).

En 1987, il a obtenu le Grand Prix du théâtre de l'Académie française.

A ma belle Jacqueline, à ma belle Finette et à mon beau tabouret de cuisine anglais sur lequel on est si bien pour écrire.

1

Papa est parti.

Maman aussi.

Et Laurette tire avec application sur une longue cigarette blonde.

Sa première cigarette fumée ici, à la maison.

Rien à voir avec les clopes pas chères tétées à la hâte dans les toilettes du lycée ou les maigres tortillons de soi-disant haschisch qui circulent certains dimanches chez Yette Kellerman. Ça, c'est une Benson & Hedges trouvée dans un paquet presque plein oublié sur la table basse du living par un invité de la fête.

Et la fête est finie, bien finie. Et ces cigarettes sont sûrement très coûteuses et terriblement mortelles. C'est écrit : Abus dangereux. Nicotine : 0,8 mg. Goudron : 8,0 mg.

Une pareille quantité de poison, ça doit pouvoir vous tuer très vite un homme. Et plus vite encore une jeune personne de trente-sept kilos trois cents.

Laurette souffle aussi loin que possible la fumée de cette saleté de cigarette.

D'habitude ça l'amuse plutôt de s'imaginer morte. Mais ce matin, non.

Rêvasser à son dernier soupir à l'issue d'une longue et douloureuse maladie, rêvasser à la main légère qui vous ferme les yeux pour toujours, aux torrents de larmes versés par la famille, les voisins, les amis venus pour contempler une dernière fois votre petit corps tout à fait glacé, tout raide, ça exige un maximum de bonne humeur.

Et, ce matin, Laurette cafarde comme jamais.

Faut dire que c'est moche d'être là, à avoir sommeil et pas sommeil, à se forcer à fumer une cigarette écœurante, moche de se retrouver vautrée sur la moquette d'un living trop grand, avec trop de lampes allumées, trop de fleurs partout et, pour seule compagnie, une souris blanche — le grand amour de Paméla — toute frétillarde à l'idée de venir à bout d'un reste de gâteau au fromage dix fois gros comme elle.

Quelle conne, cette souris.

Et quelle connerie, cette histoire.

Laurette pourrait, bien sûr, téléphoner à Yette ou à Corinne ou à dix autres filles du lycée pour leur raconter « tout ça ».

Leur raconter comment ?

Et puis elles dorment, à cette heure-ci, les Yette, les Corinne et autres chéries qui ne manqueraient certainement pas de sauter sur l'occasion pour infliger à Laurette le récit de leurs malheurs à elles.

Parce que des malheurs, elles en ont forcément aussi. Faute d'en avoir, elles s'en inventeraient.

10

Elle les connaît ses amies, meilleures ou pas, Laurette.

Non. Elle ne va téléphoner à personne. Elle va bien gentiment aller se faire un café vachement noir. C'est de ça qu'elle a envie. Besoin même. Parce qu'il fait déjà un peu jour et que, dans la cour du trois *ter*, rue des Gobelins, on entrevoit les arbres sans feuilles et des volets qui s'ouvriront très tard ou pas du tout, parce que c'est dimanche, qu'il n'y aura pas de courrier et qu'aujourd'hui va être une journée détestable.

Dans la cuisine, c'est carrément la panique : toutes ces assiettes sales, tous ces verres, ces couverts, ces paquets de biscuits, de crackers éventrés, ces plats de charcuterie, ces rouleaux de printemps, ces petits amuse-gueule exotiques, pas mangeables mais tellement, tellement décoratifs, ce baquet de salade de fruits au madère à laquelle personne n'aura même goûté, ces glaces de chez Bertillon ramollies, effondrées et la porte du frigo grande ouverte. Et du ketchup partout, sur le carrelage, les vieux beaux meubles en pin anglais, les rideaux.

Un café, même sans lait, sans sucre, même un Nes, ça demanderait trop d'efforts, faudrait se trouver une tasse et une cuillère propres, la bouilloire. Laurette va se contenter d'un Coca. Il est tiédasse. Mais ça pique. C'est toujours ça.

Laurette rote comme toujours après un Coca. Et ça la secoue si fort qu'elle envisage un instant de faire une tournée de vaisselle. Un très court instant. Puis, saisie d'une saine fureur, la voilà qui balance dans la poubelle les glaces Bertillon décaties, et les platées de charcuterie, et des coupes à champagne, des verres, des couteaux, des fourchettes en argent. Dans la poubelle. Tout ce qui est sale, qui traîne. Tout ce qui peut faire penser à cette fête de merde. Une bouteille de vin pas même débouchée, un poulet en gelée tout entier, une carafe en cristal, une jatte pleine de machins confits, le saladier-cadeau-de-mariage de la tante d'Hossegor. Elle jette tout.

— Pourquoi tu jettes tout ?

— Pourquoi je jette tout ? Ça, mon vieux Manu...

Le vieux Manu est planté à l'entrée de la cuisine, vêtu de ses pantoufles et de rien d'autre, avec, à la main, son glaive en plastique de Maître de l'Univers. Ses cheveux blonds sont tout en épis et ses yeux pas encore bien ouverts.

Laurette le toise, le vieux Manu, se demandant si, ce matin, elle va le trouver attendrissant ou agaçant. Elle hésite.

— Tu jettes tout parce que la machine à vaisselle est en panne ?

— C'est ça.

— On l'avait pas achetée avec un contrat confiance comme le four micro-ondes ?

— Tu sais ce que tu es, Manu, avec tes questions ?

Manu connaît la réponse. Il rit.

— Je suis un petit garçon très chiant.

Il entre dans la cuisine et se dirige droit vers une pyramide de minuscules boudins sucrés-poivrés qui a échappé à l'holocauste.

— Je peux ?

12

— Bien sûr que tu peux. Si tu tiens à être malade, tu as même intérêt à en manger le plus possible.

— Tu veux dire que je vomirais ?

— Tu verras bien. Allez, courage !

Manu prend un boudin. Un seul.

— Pourquoi t'es déjà habillée, Laurette ?

— Pas déjà. Encore.

Manu ne saisit pas la nuance.

Il lèche le boudin nain. C'est pas fameux fameux.

— Et toi, on peut savoir pourquoi tu es déjà levé ?

— J'ai cru qu'il était l'heure de partir à la piscine avec papa.

Manu repose le boudin léchouillé au sommet de la pyramide.

— T'as raison, Laurette. J'avais oublié que c'est dangereux de nager le ventre plein.

— Je vais quand même nous faire un chocolat. Énorme.

— Pour que je coule et que je me noie ?

— Parce que, moi, j'ai envie d'un chocolat énorme. Et parce qu'aujourd'hui, c'est un dimanche sans piscine.

— Papa a trop fait la bringue ?

— Il est parti, papa.

— Pour son travail ? Une urgence ?

Laurette ne répond pas à Manu. Elle expliquera tout à Jérôme, Manu et Paméla en même temps.

Elle met du lait à chauffer, prend une grande plaque de chocolat dans le buffet, trouve, non sans peine, une cuillère en bois propre. Elle va le soigner, ce chocolat énorme.

— T'es mignon, tu regardes le lait, qu'il se sauve pas.

— Où tu vas ?

— Chercher une cigarette.

— Pour quoi faire ? Tu fumes pas.

Laurette revient, une Benson allumée à la bouche.

— Tu veux tirer une biffe ?

Manu recule, effrayé. Il ne veut sûrement pas. Ce qu'il veut, c'est avoir assez de souffle pour faire dix fois chaque soir le tour du pâté de maison au sprint en rentrant du travail. Comme papa. Et sauter du plongeoir de championnat. Et battre tout le monde au tennis. Et pas se bousiller les poumons, le cœur et tout le reste.

— Le lait !

Perdue dans un nuage de fumée et de pensées pas pour Manu, elle a laissé le lait se sauver. Laurette se rue sur la casserole et la vide dans l'évier. Elle tend la plaque de chocolat à Manu.

— Tiens, t'as qu'à le croquer comme ça. C'est encore meilleur. Ça tue les vitamines du chocolat de le faire bouillir.

— T'es folle. Ça me rendrait encore plus malade que les petits boudins.

— Alors monte vite te recoucher. Un garçon qui croit que tout va le rendre malade, ça reste dans son lit, bien à l'abri des courants d'air, de la pluie, des tempêtes, des ouragans, des tremblements de terre, des pets de travers et de la peste.

14

Manu n'aime pas que Laurette se moque de lui. Il n'aime pas non plus qu'elle fume.

— Qu'est-ce qu'elle va dire maman quand elle va voir que tu fumes ?

— Rien. Retourne dans ton lit.

— Pourquoi tu mets du jambon aux ordures quand les petits Éthiopiens meurent de faim ?

— Le jambon, les Éthiopiens, ils détestent ça. Ce qu'ils veulent, c'est des noix de coco et rien d'autre. Et puis fous-moi la paix.

— Pourquoi t'es en colère, Laurette ?

— Pourquoi ? Parce que je suis pas fille unique !

Redoutant de comprendre ce que Laurette a voulu dire, le vieux Manu décide de changer de coin. Brandissant son glaive magique, il va voir dans le living s'il n'y a pas quelque barbare, quelque brigand à terrasser. Voire même un dragon. On ne sait jamais.

2

Manu n'a pas tué le moindre barbare, pas
croisé le moindre dragon. Il n'a pas fait non plus
la moindre toilette. Il ne s'est même pas donné
un coup de peigne. A quoi bon, puisqu'il s'est
enfoncé jusqu'aux yeux sa casquette de joueur de
base-ball ?

Il a les yeux bleu porcelaine, Manu. Les yeux
de maman. Laurette a aussi les yeux de maman,
comme Jérôme et Paméla. Tout le monde dans la
famille a les yeux de maman. Sauf papa. Parce
que papa, qui est pourtant plus que n'importe
qui de la famille de maman, ne l'est pas autant
que Laurette, Jérôme, Manu et Paméla.

Voilà exactement le genre de chose que
Paméla classe dans la catégorie « pas possible à
comprendre ». Il faut dire qu'elle n'a quatre ans
que depuis une semaine. Ce qui ne l'empêche pas
d'être quasiment aussi haute que Manu et aussi
grassouillette qu'il est freluquet. Et qu'elle a les
cheveux d'un « très beau marron » alors que
ceux de Manu sont couleur de blé quand le blé a
une couleur de cheveux.

16

Ce qui revient à dire que Paméla a, comme Jérôme, les cheveux de papa et que maman, Laurette et Manu... C'est d'un compliqué ! Mais le pire, pour Paméla, c'est la question des âges. Il y a le sien, qui change tout le temps. Celui de Manu, qui n'est pas encore l'âge de raison mais qui s'en approche à grands pas. Et ceux de Jérôme et de Laurette. Celui de Laurette, c'est l'âge où les sœurs aînées sont souvent de très très mauvaise humeur parce qu'il va falloir que bientôt elles passent (ou prennent) le bac. Quant à Jérôme, alors là... Il est plus jeune que Laurette. Mais pas tant que ça parce qu'il est « avancé pour son âge ».

Ce qui est sûr, c'est que Laurette et Jérôme sont des grands et Paméla et Manu des petits.

Et que les voilà attablés dans le living. Et qu'il y a quatre bols de chocolat fumant sur la table, et des biscottes beurrées et que c'est Laurette qui a préparé ce petit déjeuner dominical en fumant sa dizième ou douzième Benson, que Paméla raconte à l'oreille de sa souris le rêve qu'elle a fait cette nuit et que Jérôme qui adore et consulter sa montre à quartz et ronchonner, s'énerve.

— Si on mange notre petit déjeuner à onze heures vingt minutes vingt secondes, à quelle heure on mangera notre repas de midi ?

Paméla qui n'en est pas à son premier lendemain de fête, et qui trouve la question des heures aussi embrouillante que celle des âges, dit qu'il sera midi quand papa et maman seront réveillés de leur bringue et qu'on mangera à ce moment-là et que ça sera très bien comme ça et qu'on pourra toujours prendre un petit acompte en attendant.

Papa il est déjà réveillé et ailleurs, peut-être maman aussi. Jérôme le sait, il n'a pas vu la Volvo 240 dans la cour en allant porter sa bouffe à Fabulos.

Fabulos c'est le hamster de Jérôme. Un animal qui, comme toutes les créatures du Bon Dieu, ne demanderait qu'à se donner du bon temps, mais passe ses journées à faire les cent pas dans une caisse en carton. A faire les cent pas et à crever de trouille parce que le chien des Mâchon, des voisins chasseurs, ne fait que lui aboyer après.

— Alors on le mangera quand maman sera réveillée de sa bringue, notre repas de midi.

Cela dit, Paméla plonge le museau de sa souris dans son bol de chocolat, qu'elle y goûte.

— Idiote, c'est trop chaud, tu vas lui brûler le bec.

— C'est ma souris à moi, Manu ! C'est à moi de savoir si c'est trop chaud. Pas à toi.

C'est trop chaud. Et de toute façon, ça ne lui dit rien à la souris de se retrouver le nez dans un océan de chocolat. Ça lui dit si peu qu'elle gigote comme une perdue et que cette nouille de Paméla la laisse échapper et que voilà la pauvre bestiole qui coule à pic dans le bol.

— Ma souris ! Ma souris !

Cette Paméla vraiment. Il faut que Laurette se précipite, qu'elle plonge sa main dans le chocolat brûlant, qu'elle saisisse non sans peine cette infection par la queue, qu'elle se précipite en direction de l'évier, qu'elle ouvre le robinet et rince à grandes eaux une souris plus blanche du tout, et poisseuse, et visqueuse, qui se débat et couine et tente de griffer, de mordre.

Paméla s'affole.

— Elle va mourir? Tu crois qu'elle va mourir?

Manu ricane.

— Elle est déjà complètement morte. Tu l'as assassinée, ta petite chérie.

Des larmes montent aux yeux de Paméla.

— C'est vrai, Laurette? C'est vrai?

— Bien sûr que non. Même une souris aussi conne que cette souris-là ne remuerait pas tant si elle était morte. Elle n'est pas morte ce coup-ci. Mais si tu tiens à ce qu'elle fasse de vieux os, tu devrais te mettre à comprendre qu'elle n'est pas en peluche, cette bête, et la laisser retourner d'où elle vient.

— C'est quoi faire de vieux os?

Laurette essuie la souris avec un Kleenex, deux Kleenex, trois Kleenex. Après quoi elle l'enferme dans un tiroir du buffet. Celui où il y a les quittances d'EDF-GDF et les garanties, les modes d'emploi de tous les appareils électriques et électroniques de la maison.

— Ça fait des vieux os dans les tiroirs, les souris?

— Paméla, ça suffit. Maintenant, tu vas te taire. Et vous aussi, les garçons. Vous allez boire vos chocolats et m'écouter. Je vais vous dire pour papa et aussi pour maman.

— J'en veux plus de mon chocolat. Il sent la souris.

— Alors tu le laisses et tu t'écrases ou tu vas piailler ailleurs.

— Tu vas nous dire quoi sur papa et sur maman ?

— Je ferais peut-être aussi bien de la boucler. Mais y a pas de raison pour que je me garde ça pour moi toute seule. Même si c'est parfaitement dégueulasse.

Dégueulasse ? Paméla ouvre ses minuscules oreilles aussi grand que possible.

Quand c'est dégueulasse, c'est forcément intéressant.

Manu aussi est alléché.

Jérôme, lui, se choisit une biscotte bien beurrée, il la trempe dans son chocolat. Il va s'alimenter consciencieusement et n'écouter que d'une oreille. Il n'est pas très client des perpétuelles envolées de Laurette contre papa et maman. Qu'est-ce qu'elle va inventer encore ?

Laurette s'allume une cigarette et elle se lance, et raconte tout. Tout ce que ni Manu ni Pam ne peuvent savoir puisque, les soirs de fête, ils doivent grimper se coucher à huit heures tapantes sans même leur dose quotidienne de télé. Tout ce que Jérôme ignore parce que, trouvant navrant que des adultes en soient encore à faire des boums, il s'isole dans sa chambre avec son walkman sitôt le premier coup de sonnette du premier invité.

Laurette, elle, voilà un an bon poids qu'elle est de toutes les fêtes. Même qu'on lui a acheté une robe très bien et des chaussures « fantastiques » pour qu'elle puisse tenir comme il convient son

20

rôle de demoiselle de la maison. Rôle qui consiste à sourire niaiseusement aux arrivants, à répondre, toujours avec le sourire, à leurs questions machinales et connes sur ses études, à aller empiler leurs manteaux, foulards, sacs à main sur le divan du bureau de papa, et à passer des heures et des heures à faire circuler des trucs qui se boivent, des trucs qui se mangent, et vider les cendriers. Et à éviter qu'un type un peu plus imbibé que les autres et puant le scotch trente ans d'âge la coince dans le sombre et se mette à titiller les boutons de sa robe très bien en lui laissant entendre que, quoique trop maigrichonne, elle est quand même déjà tout à fait...

— Tout à fait quoi ?

— Tout à fait rien, Manu.

Ayant bu une gorgée du chocolat sentant la souris et tiré une bouffée de Benson, Laurette enchaîne. Autant pour elle que pour ses frères et sœurs.

Bien sûr, cette fête de dentistes et de femmes de dentistes et de relations de papa et maman, cette nuit, n'était ni plus ni moins débile que toutes leurs fêtes. Bien sûr, ils ont tous trop bu, tous trop fait de singeries, trop dansé sur les airs de leurs vieux disques de Procul Harum, d'Otis Redding. Bien sûr, la robe de maman laissait trop voir ses jolis gros seins et la docteur Kalouchi, la plus allumée du lot, a, une fois encore, tout enlevé sauf son body doré et ses lunettes de myope pour exécuter son abominable danse du ventre « comme là-bas, à Casa ». Bien sûr, c'était la honte, comme toujours.

21

Mais ça aurait pu ne pas si mal tourner.

Pourquoi a-t-il fallu que maman aille chercher des glaçons au moment précis où papa embrassait dans la cuisine cette playmate moulée dans du cuir amenée par les Lopez ?

Pourquoi a-t-il fallu que maman se mette à les asperger de ketchup et que papa lui dise, sans même s'énerver, qu'elle « était décidément madame Brise-couilles en personne et qu'il en avait tout à fait marre d'elle et pas que d'elle, marre de passer sa vie dans son putain de cabinet le nez dans des bouches sentant les bouches, marre des dents, des obturations, des céramiques, marre de fabriquer des sourires de reines de beauté à des ruines du troisième et du quatrième âge, marre archi-marre de maman et marre de tout » ? Pourquoi a-t-il fallu qu'il fonce dans la nuit, en veste blanche et nœud papillon, et fasse démarrer la voiture comme s'il voulait absolument démolir la boîte de vitesses, et qu'il plante dans la cuisine la playmate amie des Lopez toute barbouillée de sauce tomate et maman, à genoux sur le carreau, braillant qu'elle n'avait pas fait quatre enfants et cinq avortements pour en arriver là ?

C'était pire que dégueulasse.

Laurette ne leur épargne aucun horrible détail, aux petits, à Jérôme. Elle leur fait le plan net, précis, de la galère. Avec tous les autres tarés qui continuaient leurs singeries dans toute la maison, qui chantaient *Yesterday* et *Yellow Submarine* plus fort que les Beatles, qui continuaient à picoler, à débloquer, à se tripoter, à foutre des cendres partout et des noyaux d'olives.

Et maman dans la cuisine qui a traité l'amie des Lopez de radasse et qui s'est agrippée à Laurette et l'a entraînée dans leur chambre à papa et à elle et s'est assise sur le lit, a retiré ses chaussures à talons aiguilles, et s'est frotté les pieds en disant qu'elle avait mal aux pattes et à la tête et aux entrailles et que papa ça avait été une erreur, une triste et grave erreur, la gaffe monumentale, qu'à la Sorbonne, en soixante-huit, elle avait connu un autre homme, pas un con de dentiste capable que de gagner de l'argent, un homme qui avait des choses à faire, à dire, et qui en a fait, et que, elle, elle était faite aussi pour une autre vie, qu'elle avait des diplômes et une fabuleuse énergie et qu'elle supportait de moins en moins de croupir entre un robot Keenwood et un frigo de milliardaire alors que ça bougeait en Afrique, en Amérique du Sud, alors que des gens formidables faisaient des trucs formidables à des milliers de milliers de kilomètres du treizième arrondissement.

Elle avait l'air d'une folle, maman. Elle a déchiré sa robe à paillettes en l'enlevant. Elle a fait jaillir ses jolis gros seins, enfilé sa tenue de jogging même pas propre par-dessus sa combinaison en soie noire. Elle a entassé dans la plus grande valise de la famille tous ses plus vieux tricots, ses jeans, toutes ses chaussures à talons plats. Elle a pris aussi tous les médicaments qu'elle a pu et l'appareil photo de papa et le transistor japonais en panne.

Elle a dit : « Moi, Laurette, c'est pour de bon que je m'en vais. On n'a qu'une vie, ma grande. Rien qu'une. J'ai cinq ans, peut-être dix encore devant moi. Alors, n'est-ce pas... Faut s'accomplir. Agir. Absolument. Sans ça... »

Elle était toute rouge. Décoiffée. Affreuse.

Elle a embrassé Laurette sur le front. Dix fois. Vingt fois.

Elle a dit : « Votre père, dans une heure il sera revenu. Il est parti brûler de l'essence, parti faire du cent quatre-vingts sur le périphérique. Mais partir, ce qui s'appelle partir, il pourrait pas. Je le connais. Vivre sans ses enfants, ses disques, ses centaines de bouquins qu'il ne lit jamais, sans ses meubles design, vivre ailleurs que dans cette maison, son chez lui, il en serait incapable votre cher papa. Moi si. Parce que j'ai trop croupi. Je sens le renfermé, Laurette. Et c'est une odeur pas supportable. Plus supportable. Je vous écrirai. Sûrement de très loin. Et vous serez fiers de moi. »

Et elle a embrassé Laurette un coup de plus.

Puis elle s'est tirée avec la grande valise noire et tout ce qu'elle a pu dans ses bras, sans dire au revoir à aucun des invités qui ont quand même fini par s'en aller, en faisant bien du boucan.

— Elle s'est tirée où, Maman ?

— Dans des pays d'Afrique et d'Amérique du Sud où des gens formidables font des trucs formidables.

Jérôme a fait celui qui n'écoutait pas. Il n'avait d'yeux que pour ses biscottes. Mais il a

tout entendu. Et compris. Et il se reprend une
biscotte — la sept ou huitième — et ricane.

— Puisque papa sera là dès qu'il aura brûlé
toute son essence, qu'est-ce que ça peut nous
foutre que maman elle ait fait sa valise. C'est
comme quand elle va se refaire une santé à
Quiberon ou qu'elle s'enferme avec ses
migraines. On peut vivre sans elle non ?

— C'est loin les pays d'Afrique et d'Amérique
où les gens font des trucs formidables ?

— Non, Manu. Avec les avions, c'est pas loin.

C'est peut-être vrai, ce qu'il dit Jérôme. Peut-
être.

3

Et ce dimanche finit par avoir l'air d'un dimanche comme les autres.

Jérôme a pris le sac familial avec un seul maillot dedans, un billet de cinquante francs et il est parti à la piscine.

Manu est tapi dans le canapé du living avec son glaive de Maître de l'Univers, une pile d'albums de B.D., assez de gâteaux pour se coller une indigestion, plusieurs bouteilles de Coca et il assiste aux démêlés du juge Simone Signoret avec un sado-maso à veste de tweed qui a maquillé le meurtre de son épouse en suicide, sur Antenne 2.

C'est plutôt barbant.

Paméla dort dans un fauteuil et sa souris dort dans son adorable petit poing pas trop serré.

Laurette s'est réfugiée dans le bureau de papa.

Elle a téléphoné à Yette et elles ont parlé pendant près d'une heure d'un film qui va sortir avec Gérard Lanvin et que Yette n'ira pas voir parce qu'elle préfère Bernard Giraudeau ou même Lambert Wilson. Elles ont parlé de ça. Et de rien d'autre.

Laurette a aussi appelé Corinne et Sabine. Mais Sabine n'était pas là. Et Corinne l'a envoyée paître parce qu'elle était en train de visionner une cassette géniale de David Bowie avec quelqu'un. Elle lui dirait qui au lycée demain.

Alors Laurette s'est plongée dans la lecture.

Elle peut lire des nuits entières, des mercredis, des dimanches entiers. Et vraiment n'importe quoi. Pendant sa convalescence de pneumonie double, chez mamie à Nice, elle a lu tout Colette, tout Jeanne Bourin et tous les *Rougon-Macquart* de Zola dans le désordre. Et tellement d'Alexandre Dumas et d'Agatha Christie qu'elle ne saurait dire combien. Et des prix Goncourt et des Renaudot en pagaille. Elle a lu aussi *Histoire d'O* (ça, c'était un prêt « secret » d'une Corinne « dans tous ses états »). Et des tapées de romans bons ou pas bons mais faisant rêver, décoller, trouvés chez des bouquinistes miteux, empruntés, échangés, chipés à l'occasion. Et, faute de mieux, tous ces livres indispensables et reliés que papa achète et n'ouvre pas : des récits débilitants de gros bras ayant fait le débarquement, assassiné Darlan, bu le lait amer du déshonneur dans la cuvette de Diên Biên Phû, cru à l'Algérie française, des bouquins plus lourds que des dicos, sur les arts martiaux, le yatching, la marine à voile, les vieux tacots, les vieux coucous, des guides touristiques, un guide des grands crus... L'abomination pure et simple,

27

d'accord! Mais la lecture, c'est son vice, à Laurette. Du moment que c'est écrit, imprimé, ça la fascine. Elle se goinfre de tous les journaux, tous les magazines qui lui tombent sous les yeux. A la maison, le *Elle* et le *Cosmo* de maman et les hebdos de papa qui parlent bagnoles, santé, musculation, voyages et politique. Et, où et quand ça se trouve, tous ces canards bien cons qui savent et disent tout sur la vie politique et privée des altesses, des stars, des musicos, des gens comme vous et moi qui se sont fait assassiner, violer, voler, qui ont chopé des maladies captivantes, ont été les héros ou les victimes de drames épatants, les hebdos et mensuels à secrets de beauté, recettes de cuisine, tests pour savoir si on est ceci ou cela, conseils pratiques pour vaincre ses complexes, ne pas louper ses mayonnaises, repeindre ses chiottes, tapisser son duplex, trouver le partenaire idéal, atteindre l'orgasme à coup sûr.

Pour l'heure, elle fait ses choux gras de la dernière acquisition de papa : un copieux ouvrage sur la vie des Français de décembre 1943 au 6 juin 1944. Drôle d'époque. Ça a pas l'air vrai. Ni maman ni papa n'étaient nés. Les Allemands étaient partout. Les gens mangeaient des choses pas croyables et en toutes petites quantités. Des gens brûlaient d'autres gens. Des filles de son âge mouraient héroïquement. Il y avait des Pétain, des Hitler, des FFI, des collabos, des otages, des parachutistes. C'est bourré d'histoires trop tristes, ce livre, et d'autres histoires qui ont l'air vraiment bidon.

Ça devait arriver : le paquet de Benson & Hedges est vide.

Inutile de chercher de quoi fumer dans cette fichue bicoque. Le tabac, papa et maman y ont renoncé depuis la naissance de Manu. Because le cancer. Laurette referme et range soigneusement le copieux ouvrage.

Et elle s'offre une petite tranche de mélancolie : elle pense à tous ces gens qui sont morts de décembre 1943 au 6 juin 1944. Juifs et autres. Elle pense à d'autres morts. A la sœur de maman, qui avait les yeux mauves et a été attraper un cancer de tous les os dans le Nebraska, à Mariette, son amie de toujours qui était dans le train tragique dont tous les journaux ont parlé cet été-là, à Pascale Ogier qu'elle a vue dans son film et qui était aussi maigrichou qu'elle et fa-bu-leuse.

Il est tarte, le bureau de papa. Trop riche. Trop classe. On jurerait un bureau de dentiste de téléfim américain. Ne pas dire dentiste s.v.p. ! Dire : stomatologue. Et ne toucher aux livres qu'en cachette. Et admirer la litho de Folon, un bonhomme sans bouche, les bras en l'air sur fond de dégoulis de jus d'orange avec une lune bleue rachitique, et la très gerbante nature morte de Bernard Buffet. Il y a aussi la photo encadrée plein cuir de toute la tribu avec anoraks, bonnets de laine et sourires de circonstance. C'était à Gstaad. Paméla marchait encore à quatre pattes et papa pelotait maman dans les couloirs du chalet-hôtel pour dentistes friqués.

Et maman se mettait à glousser en disant que l'air de la montagne lui « réussissait ».

Et Laurette trouvait ça indécent.

Pourquoi papa a traité maman de madame Brise-couilles en personne ?

Pourquoi il a fait ce qu'il a fait avec la belle poule amie des Lopez ?

Au cours d'autres fêtes, et ailleurs, papa a dû fricoter avec d'autres femmes que cette radasse. Sûrement.

Il faut qu'elle pense à autre chose. Vite.

Dans le living, dans les cendriers, il y a des restes de cigarettes encore très honnêtes. Elle en trouve une à peine fumée, sans trace de rouge à lèvres. L'allume.

— Alors, Manu, cette télé ?

— C'est pas bien.

— C'est Simone Signoret, non ?

— Qui ?

C'est elle. Encore une morte. Maman disait que c'était la meilleure comédienne française, surtout dans *Casque d'or*, mais qu'elle aurait pas dû se laisser grossir autant.

— Il va revenir à quelle heure, papa ?

— Ça... Vous serez peut-être déjà couchés.

— Il aura dîné ?

— Ça se peut.

— Pourquoi il est parti faire du cent quatre-vingts sur le périphérique ?

— Parce que les papas et les mamans ont besoin de changer d'air une fois de temps en temps. De ne pas toujours rester coincés devant la télé avec des petits pisseux.

— Ça leur suffit pas leurs bringues et d'aller tout le temps passer des week-ends chez des amis qu'ils connaissent en nous laissant avec cette vache de madame Leurrier ?

— Non. Ça ne leur suffit pas. Et aux grandes sœurs non plus. Les grandes sœurs aussi, faut que ça s'aère.

— Tu vas t'en aller ?

— Oui. Mais pas loin.

Laurette enfile son imper sur sa robe très bien qu'elle n'a toujours pas enlevée. Elle a toujours au pieds les chaussures fantastiques.

— Tu vas me laisser tout seul avec une fille et une souris qui dorment ?

— Réveille-les.

Manu va tirer la natte de Paméla.

Bonne chose. Elle faisait un cauchemar. Elle était à son école et parce qu'elle avait été bavarde, la plus féroce des maîtresses l'avait condamnée à écrire un poème sur la chute des feuilles en automne. Et, ayant décapuchonné son feutre rouge, Paméla se souvenait brusquement qu'elle ne savait pas encore écrire.

— Laurette s'en va pas loin. Faut que tu me tiennes compagnie, Pam.

— On va jouer ?

— Tu vas voir ce qu'on va faire. J'ai un plan.

Manu va dans l'entrée, ouvre un placard, en sort des boîtes à chassures qu'il vide de leurs chaussures et, nanti desdites boîtes, il se dirige vers la cuisine.

Paméla et la souris aussi.

— On va goûter ?

31

— On va s'occuper des Éthiopiens. Toi, tu vas laver le manger.

— Quel manger ?

Manu soulève le couvercle de la poubelle et en extirpe des rondelles de salami, des tranches de jambon de Parme, des petits pâtés chinois, des fragments de toasts, des gâteaux secs ébréchés, des mégots aussi, des allumettes brûlées, des éclats de verre, des couverts sales.

— Le manger tu le laves, le reste on le remettra à la poubelle après.

— Et tu vas leur envoyer comment aux Éthiopiens, le manger ?

— Dans les boîtes. Faudra bien les ficeler. Ou alors on mettra du Scotch. On verra.

Si Paméla connaissait le mot admirable, elle n'hésiterait pas à clamer haut et fort que Manu est un garçon admirable. Elle se contente de laver, avec du savon, les gourmandises défraîchies que lui tend son frère.

— Ils ont pas de veine les Éthiopiens. Ils sont noirs et en plus ils ont pas de supermarché pour acheter tout ce qu'il faut.

— C'est pas grave d'être noir.

— T'as raison. C'est pas très grave.

Laurette est dans la cour.

Fabulos le hamster chemine et déprime dans sa caisse en carton. Pauvre bête. Personne dans le loft des architectes. Chez les Mâchon, il y a des gens. Sûrement pour un bridge. Les volets des De Sonnailles sont fermés. Ils passent tous leurs dimanches dans leur résidence secondaire. Les gardiens ne sont pas là non plus.

Laurette l'aime bien cette cour. On dit cour, mais c'est, ce fut un jardin. Avec des arbres plantés sous Louis XIV (ou XV) par les propriétaires de ce qui était alors un hôtel particulier. Une bâtisse compliquée, en grosses pierres avec des fenêtres toutes différentes les unes des autres et des sculptures cassées un peu partout. Bien sûr, franchi le lourd portail, plus de pavés moussus. Du bitume. Et cet horrible café avec ses néons et l'ex-épicerie de luxe devenue un souk cradingue tenu par au moins dix Arabes qui vendent de tout sept jours sur sept. De tout sauf du tabac. Et le tabac du carrefour est fermé. Il faut que Laurette remonte jusqu'aux cinémas de l'avenue des Gobelins. Devant celui qui passe *Rambo* il y a une foule de petits mecs à bananes et de filles de son âge à elle, Laurette, qui jacassent et rient trop fort. A La Fauvette, il y a un film d'Agnès Varda avec Sandrine Bonnaire.

Tentant.

Non !

Ce qu'elle veut, c'est des cigarettes et rentrer et noyer dans la fumée tout ce qui lui mange la tête.

Le tabac des cinémas est fermé aussi. Elle va redescendre, aller voir du côté de Mouffetard.

C'est la première fois qu'elle marche dans la rue avec ses chaussures de demoiselle de la maison. Elles lui font des pieds exquis. Elle s'arrête pour se voir en entier dans la glace d'une pharmacie. Pas mal. Quoique l'imper... Il mériterait dix bons centimètres de plus. Heureusement que les jambes sont bien. Yette Kellerman les trouve un peu « allumettes ». Il est vrai qu'elle, elle donne dans le genre poupée gonflable. Rondelette, dodue, elle est, Yette. Mais elle a des yeux... Mais alors des yeux... Noirs comme encre et brillants brillants. Ça doit venir de son sang un peu arménien un peu polonais un peu turc. Mais quels yeux. Elle a aussi bien de la poitrine, Yette. Presque, pour ne pas dire sûrement, trop. Même Corinne ne lui vient pas à la cheville à Yette pour les loches. Et cette fierté qu'elle en tire, mes enfants ! Autant que ça, Laurette détesterait. Mais tout de même, elle, elle est si discrète de par là que par moments ça la mine. Comme ça, en imper, ça passe. Même en robe. Mais à la gym, en vacances, à la piscine. Elle sourit, c'est plus fort qu'elle. Elle sourit parce qu'elle a échappé à la baignade dominicale. Quoi de plus chiatique qu'une trempette familiale ? Et encore s'il ne s'agissait que d'une trempette. Mais papa veut qu'on se crève, qu'on crawle impeccablement, qu'on plonge et replonge et replonge encore, qu'on fasse travailler tous ses muscles.

Ce qu'elle se demande en se regardant dans la glace de la pharmacie, Laurette, c'est si elle ne préférerait pas que ce soit son père qui soit vraiment parti plutôt que sa mère.

Pas qu'elle soit particulièrement rigolote, maman, mais...

C'est qu'elle est fichue d'y aller en Afrique ou en Amérique du Sud, d'aller s'embringuer dans des combines style Médecins sans frontières ou aide au tiers monde. Elle en parlait souvent de tous les grands voyages qu'elle n'avait pas faits mais qu'elle aurait dû faire, de toutes les grandes causes auxquelles elle aurait dû se donner corps et âme.

C'est pas une fois, c'est cent fois par jour qu'elle déplorait d'en être arrivée là, maman. Là, c'était à la maison, dans le confort. Elle était capable de tanner papa dix soirs d'affilée pour qu'il se décide à lui acheter le dernier-né des mixers, le plus in des tournebroches, un manteau de Kenzo tout nouveau tout beau et — une fois le manteau sur le dos et le mixer et le tournebroche dans la cuisine — elle maudissait cette soi-disant civilisation qui avait transformé l'homme en acheteur, en client. Et elle se maudissait de toujours céder à toutes les tentations. Et elle maudissait le fric de papa, ce fric qui pourrit tout.

C'est qu'avant de rencontrer papa, elle était inscrite aux jeunesses communistes ou trotskystes, maman. Elle distribuait des tracts, allait dans des manifs, se faisait un peu cogner dessus par les forces de l'ordre.

C'est quoi, au fait, les diplômes qu'elle aurait dont elle a parlé cette nuit ? Aucune importance. Des diplômes, Laurette n'en désire aucun. C'est pas elle qui se rongerait, comme certaines, à l'idée qu'à force de snober les maths, de négliger l'histoire et de n'apprendre que ce qu'il faut d'anglais pour pouvoir suivre les films en v.o., le bac pourrait lui filer sous le nez.

Ce qu'elle désire, Laurette, c'est un paquet de Benson & Hedges « Luxury Mild ».

Et, naturellement, à Mouffetard, pas la queue d'un tabac ouvert.

Rue Monge, alors ?

En semaine, plus flippant que la rue Monge, pour trouver, faut faire du chemin. Mais... le dimanche...

Encore une glace. De charcuterie. Coup d'œil à l'imper. C'est pas dix, c'est quinze centimètres de plus qu'il mériterait. Ou de moins. Tel quel, ni long ni court, il est d'un quelconque. Les cheveux aussi, c'est pas la gloire. Maman trouve cette coiffure de chien convenable et pratique. C'est net, elle dit. Si elle y va vraiment, vivre une vie riche et pleine, en Amérique ou chez les Papous, maman, si ses adieux larmoyants c'était pas de la frime, ses cheveux, Laurette, elle va se les laisser pousser jusqu'aux mollets. Juré. Parce qu'ils sont jolis, d'un blond agréable. Nordique. Et sans l'ombre d'une frisette, d'une boucle. Les cheveux pas raides, si on n'a pas la chance d'être noire, c'est le comble de la vulgarité, non ? Elle est pas épaisse mais pas vulgaire. Absolument pas. Et, dans la glace de la charcuterie, elle se trouve mignonne. Très mignonne.

Dans le tabac ouvert, place Monge, des gens à têtes de joueurs de loto s'alcoolisent. Au comptoir, un buveur de bière pression explique à la serveuse pourquoi, plus ça ira, plus ça ira mal au Moyen-Orient. Il a l'air sûr de son fait mais la serveuse s'en torche. Ça se voit.

C'est cher les Benson & Hedges « Luxury Mild ». Laurette en prend quand même deux

paquets. Et des allumettes. Et elle s'en allume
une sur-le-champ.

Elle n'a pas fait dix pas qu'elle tombe sur
Jérôme qui traînasse en compagnie de deux
garçons plus âgés que lui et pas bien habillés et
pas blancs.

— Déjà fini la piscine ?

— On s'est fait jeter.

— Comment ça, jeter ?

Les deux grands se demandent ce que Jérôme
va bien pouvoir répondre à cette crevaillonne
qui doit être la grande sœur qui revient si
souvent dans ses converses.

— On s'est fait jeter parce que Ben Chtaftfoui,
Yalloud et moi on pissait dans le petit bain.

Laurette laisse choir sa cigarette, l'écrase du
talon. Posément.

— C'était très spirituel de faire ça. Très chic.

— Non. C'était con.

Jérôme contemple un moment ses baskets puis
il fait les présentations.

— Lui, c'est Ben Chaftfoui. Il est berbère et
c'est le plus fort en français de tout le lycée.
Yalloud, lui, il est nul en tout.

Il a des yeux noirs et brillants comme ceux de
Yette Kellerman, Yalloud. Il a l'air mauvais, Ben
Chaftfoui aussi.

— Je reste encore un peu avec eux. Mais je
serai là pile pour le dîner. D'accord ?

— D'accord.

Laurette n'a pas dit un mot aux deux pisseurs
maghrébins. Elle a pressé le pas. Quand papa

reviendra, ce soir, autant qu'il trouve un dîner à peu près potable.

Elle a donc fait une vague omelette avec des champignons en conserve et du fromage râpé et une salade avec tout ce qu'elle a trouvé d'appétissant dans le bac à légumes du frigo.

Et Jérôme est arrivé à l'heure pile.

Mais pas papa.

Et, maintenant, les deux gniards sont couchés.

La souris aussi.

Jérôme — qui a fumé trois Benson — se passe un match Mac Enroe-Noah magnétoscopé par papa.

— Tu la connais par cœur, cette cassette. Ça t'intéresse tant que ça, le tennis ?

— Je regarde pas. Je pense. Je pense à rien. C'est reposant.

— Alors va te coucher.

— Et toi, t'attends quoi ?

— J'attends rien, je traînaille. Je traînaille parce qu'il faudrait que je révise mes maths et que les maths...

— C'est bien les maths. Tu sais ce qu'il m'a dit Ben Chaftoui ? Qu'il te trouvait super-bandante.

— En voilà une bonne nouvelle ! Tu pourras lui dire que moi je trouve qu'il ressemble à Clint Eastwood. Mais en mieux. En plus racé.

— T'es dure. C'est pas sa faute s'il a le nez de travers et s'il est tout grêlé. Et puis c'est un type super intelligent.

— A en juger par ce qu'il fait dans les piscines...

— Tu serais arabe... Au lycée, partout, tout le

monde les mine. Alors ils se vengent comme ils peuvent.

— Et toi tu fais cause commune avec eux. C'est beau, ça, Jérôme. C'est noble.

— C'est mes copains, c'est mes copains.

Jérôme appuie sur le stop de la télécommande.

— Bon, ben... Bonne nuit. Bonnes maths.

Et voilà. Il est parti.

En picorant l'omelette (cent fois trop cuite), Manu et Paméla n'ont pas arrêté de parler de papa, de maman. Pas Jérôme. Il a mangé tant qu'il a pu. C'est tout. Et, une fois les deux petits expédiés au pays des songes, il s'est planté devant la télé.

Les Benson offertes par Laurette, c'était pour amorcer une conversation. Mais Jérôme s'est contenté d'émettre des « hein » et des « ouais ».

Elle avait pourtant besoin de parler.

Elle déteste Jérôme depuis qu'il est entré dans l'âge bête.

Elle déteste la terre entière.

Elle contemple le couvert de papa, la part d'omelette froide.

Elle a mal au crâne.

Elle se sert un fond de verre de whisky. Ne le boit pas.

Et si elle se lançait dans le raccourcissement de son imper ?

Trop compliqué.

Tout est trop compliqué.

4

Et voilà madame Leurrier! Normal. C'est l'heure où elle débarque chaque matin que Dieu fait, dimanches et jours fériés non inclus, pour rapproprier la maison.

Elle est aussi large que haute, madame Leurrier. Et — c'est elle qui le dit — plus vaillante que dix Portugaises. Des employés de maison de couleur, elle veut même pas en entendre parler. Que des sauvages ayant poussé dans des paillotes puissent tenir un appartement propre, elle refuse d'y croire.

De trouver Laurette en robe et endormie sur le canapé du living, ça la suffoque.

— Ben... Qu'est-ce qui se passe, ma grande ? Laurette sursaute.

— Me dis quand même pas que tu dormais.

— On dirait que si.

— Tes chaussures aux pieds ?

— Oui. C'est à cause de...

— Y a quelqu'un de malade ? Qui ça ? Ton papa ? Jérôme ? Manu ? Me dis pas que c'est cette petite choute de Paméla...

— Non. Je vais vous expliquer, madame Leurrier.

— Je pense bien que tu vas m'expliquer. Parce
que... te trouver dormant là avec ta plus belle
robe. Et en chaussures.

— Vous voulez pas aller mettre de l'eau pour
le café ?

— J'y vais mettre de l'eau, ma grande, j'y vais.
Mais ça ne me dit pas.

Laurette a déjà eu des lendemains de fêtes
glauques. Mais là... Elle a la bouche pleine de
fumée et la tête pleine de bizarreries. Elle va
faire quoi ? S'effondrer sur le canapé ? Vomir ?
Pleurer ?

Merde merde merde merde merde merde !

Ayant gagné non sans peine la salle de bains,
elle a envoyé dinguer les chaussures fantastiques, laissé choir la robe très bien, enlevé tout et
elle s'est aspergée d'eau glacée sous la douche.
Le type même du sévice corporel. Mais ça
réveille. Maintenant, elle se frotte les extrémités
avec l'after-shave de papa.

— Elle est chaude, l'eau chaude.

Madame Leurrier, qui entre tout le temps
partout sans même supposer que ça pourrait
déranger, ramasse la robe, la petite culotte, les
chaussures.

— Toujours aussi soigneuse.

Ne trouvant rien d'assez saignant à répliquer,
Laurette passe outre et chamboule tous ses
T-shirts avant d'opter pour celui avec le chien
Snoopy se prenant pour un aviateur sur le toit de
sa niche. Un cadeau d'anniversaire choisi par les

petits. Avec ça un collant vert fera l'affaire et la jupe mini qui défrise tant maman et ces chères dames du lycée.

— Alors Laurette, qu'est-ce qui se passe ?

Tout en délayant son café en poudre, Laurette rassure madame Leurrier.

— Rien. Samedi soir, il y avait des gens. Et un ami de papa qui demeure en province s'est cassé la jambe en dansant. Alors, comme il ne pouvait plus conduire sa voiture, papa et maman l'ont raccompagné et, comme il a une très belle maison dans une très jolie forêt, ils ont passé le week-end chez lui.

— Et c'est pour ça que t'as dormi tout habillée ?

— J'étais pas bien. J'avais trop fumé.

— Fumé, toi ?

— Oui, madame Leurrier. Des cigarettes anglaises. Et de la marijuana. Et j'ai même l'intention de me fourrer de la cocaïne plein le nez. Vous en voulez une ? C'est des très bonnes.

Elle tend le paquet de Benson à madame Leurrier qui recule de trois pas.

— Ça te réussit vraiment de grandir ! Et quand je dis de grandir... Avec la petite croissance que t'as, si, en plus, tu te mets à t'intoxiquer, tu finiras naine, toi. Naine et malade. Et ces boîtes à chaussures pleines de rognures, tu peux me dire ce que c'est ?

— Ça, faut demander à Manu.

— Faudrait surtout lui demander de se lever et aux deux autres gredins aussi. Parce que je ne sais pas si t'as vu l'heure...

— Je m'en occupe.

Laurette entre sans frapper dans la chambre de Jérôme. Il est déjà lavé, habillé, déjà en train de bouquiner un article sûrement indigeste sur la comète de Halley.

— Tu ne descends pas déjeuner ?

— Non. Pas faim.

Laurette s'assied sur la moquette. A côté du trois-mâts en kit qui attend d'être gréé depuis cinq Noëls et ne le sera jamais.

— Aucune nouvelle de papa et de maman et la mère Leurrier m'a, bien sûr, posé cent mille questions. Alors j'ai inventé n'importe quoi. Je lui ai dit qu'ils avaient raccompagné à la campagne un invité qui s'était cassé une patte. Alors, t'es sympa, tu dis la même chose. Moins elle en saura, de nos embrouilles, mieux ça vaudra.

— Et quand ça fera six mois qu'ils seront pas rentrés ?

— Pauvre type !

Jérôme jette un coup d'œil à sa montre à quartz, il lâche sa lecture, se trouve un cache-col sous son lit, prend sa lourde sacoche de lycéen.

— Moi, j'y vais.

— T'attends pas Manu ?

— Non, je l'attends pas.

La porte claque. Quel caractère !

Laurette cherche où déposer la cendre de la cigarette qu'elle a au bec. Quel bordel, cette chambre. On se croirait aux puces de Montreuil. Laurette vide sur la couette le contenu d'une boîte de bonbons pleine de badges ridicules et y dépose sa cendre. Elle s'allonge. Au mur, un gigantesque Batman, le corps criblé de fléchettes de jeu de fléchettes, la contemple. Il y a aussi une carte de la lune en relief et une photo de papa en short à fleurs devant un cocotier. Sans maman. C'est elle qui photographiait. Il sourit, papa, et brandit un saumon (ou un autre poisson de taille imposante). C'est une photo de l'année où ils s'étaient offert « une lune de miel de plus » à l'île Maurice. Laurette était encore fille unique et elle était restée à Paris chez une amie de maman. Sa meilleure et seule amie : Jacqueline, qui se fait appeler Jackie.

Encore une sorbonnarde qui a mal tourné. Le destin ! Un matin qu'elle tirait sa flemme du côté du Palais-Royal, son agrèg d'espagnol en poche, elle s'était fait héler par un jeune photographe anglais qui cherchait une vraie blonde. Et elle avait posé pour des nuisettes et le photographe était devenu David Hamilton et Jacqueline était devenue Jackie et avait épousé le fabriquant de nuisettes, un industriel gai comme un industriel.

Le séjour dans l'appartement de Jacqueline-Jackie et du grossiste en fanfreluches, ça avait été l'angoisse. Avec régime-minceur obligatoire et soirées passées à écouter des chants grégoriens pour s'élever l'âme et le maître des lieux commenter les cours de la Bourse parce que si le dollar est stable...

L'enfer.

Et si elle lui téléphonait, à Jacqueline-Jackie ? Maman a dû tout bêtement se réfugier chez elle.

Sitôt les petits tirés de leurs lits, décrassés et

nourris, elle l'appelle, la Jackie-Jacqueline. C'est décidé.

Manu ne veut pas se lever. Il est catégorique : si c'est pas maman qui lui dit de sortir de sa couette, il reste dedans. D'abord, il est malade. Parfaitement. Il a au moins quarante de fièvre.

Laurette lui pose la main sur le front.

— T'as pas un gramme de fièvre, menteur.

— J'ai mal partout. Je peux plus bouger les jambes. Et puis j'ai fait pipi au lit.

— Menteur et rementeur.

Manu ne ment pas. C'est vrai. Pas la fièvre, pas le mal partout. Mais le pipi.

— Enfin, Manu, qu'est-ce qui t'a pris ?

Manu sait pas ce qui lui a pris.

Laurette l'embrasse.

— C'est pas un drame. On ne le dira à personne.

— Si, moi, je le dirai à tout le monde.

Laurette prévient Paméla que si elle fait ça, elle ne lui adressera plus jamais la parole. Paméla ne le dira pas. Promis, juré, craché. Mais elle veut que Laurette la prenne aussi dans ses bras.

Quelle plaie ces mômes !

Et, en bas, la mère Leurrier qui beugle que le petit déjeuner va refroidir.

Et il est huit heures moins le quart.

5

Laurette n'a pas eu le temps de téléphoner à la
fameuse Jacqueline-Jackie. Elle a déposé les
petits à la petite école, elle s'est farci un cours de
chimie aussi inutile que cours de chimie peut
l'être, elle a fait découvrir le charme indéfinissa-
ble des Benson § Hedges à Corinne aux lavabos
et elle sort enfin du lycée.

Et il tombe une chiante petite pluie de janvier.
Une pluie neigeuse.

Et quelqu'un la hèle par la vitre baissée d'une
voiture anglaise.

Ce quelqu'un, c'est Jacqueline-Jackie. La
ravissante, l'élégante Jacqueline-Jackie suant
comme toujours le fric et le Chloé.

— Il faut que je te parle, ma Laurette. Viens.
Assieds-toi à côté de moi.

Jacqueline-Jackie éteint la radio. Elle se prend
une Dunhill dans la boîte à gants. N'en offre pas
à Laurette.

— C'est maman qui vous envoie ? Elle est chez
vous ?

— Non, Laurette, ta maman n'est pas chez moi. Elle y est passée. Mais elle est partie.

— Partie où ?

— Sois gentille, Laurette, ne complique pas tout. Ta mère ne veut pas qu'on sache où elle est. Surtout pas ton père. Tu sais ce qui s'est passé et combien il a été ignoble avec elle. Elle ne veut plus le revoir. Plus jamais.

— Et moi ? Moi non plus elle ne veut plus me revoir ?

— Elle va t'écrire. C'est peut-être même déjà fait.

— M'écrire pour me dire quoi ?

— Léa est très choquée. Ce qui s'est passé, ça a été terrible pour elle. Tu sais combien je l'aime, Léa. Il faut la comprendre. Il faut absolument la comprendre. En réalité, ça fait longtemps qu'elle doute d'elle, de sa vie. Et puis samedi, il y a eu ce choc. Ce dont elle a besoin, c'est d'un changement, d'un voyage.

— Je sais. D'aller s'occuper des Papous ou des Chinetoques pendant que moi je torcherai la marmaille.

— Je t'ai dit que tu dois comprendre, ma Laurette.

— Comprendre quoi ?

— Léa, ta maman compte énormément sur ta compréhension. Tu n'es plus une petite fille, tu es intelligente, *très* intelligente. Évidemment, ce qui s'est passé, ce qui va se passer, c'est dur pour toi aussi. Mais c'est quelqu'un de si bien, ta mère. On ne peut pas, on ne doit pas la laisser s'abîmer, se détruire. Il faut lui donner une chance. Et elle compte *absolument* sur ta compréhension. C'est difficile, je sais. Tiens, moi, le divorce, rien que d'y penser, ça me rendait hystérique. Et puis le jour où c'est devenu invivable avec Nicolas...

— Si vous saviez comme je m'en branle de votre Nicolas et de votre divorce !

Jacqueline-Jackie n'en avale pas sa Dunhill mais c'est tout juste.

— Si tu le prends sur ce ton, ma petite...

— Je ne suis pas votre petite. Et j'ai pas de temps à perdre à écouter des cours de psycho. La psycho c'est pas encore à mon programme. Alors ou vous me dites où elle est, maman, ou je me tire. J'ai Jérôme, Manu et Paméla qui m'attendent pour déjeuner.

— O.K. Laurette. Je te croyais assez posée, assez fine pour te montrer à la hauteur de la situation. Je me suis trompée. Dommage.

Envolé le sourire attendri et attendrissant. Le ravissant visage de la ravissante Jacqueline-Jackie s'est mué en tronche. Elle est toujours belle mais... Elle met le contact, démarre sec.

— Je te raccompagne. Je t'attendrai dans la voiture et tu auras l'obligeance de monter dans la chambre de tes parents et de me redescendre la pochette en croco de ta mère qui est dans le second tiroir de sa commode sous une pile de foulards. Dans son désarroi, elle l'a oubliée. Oui. Elle n'a pris ni carte d'identité ni passeport. Aucun papier.

— Son passeport pour s'en aller le plus loin possible !

— Il faut que Léa...

— Qu'elle oublie surtout pas de nous envoyer des cartes postales. Ça fera des timbres à Manu pour sa collection.

— Je ne sais pas ce que tu as dans la tête, Laurette, mais...

— Rien. J'ai rien dans ma tête. Je suis une fille très conne. Tellement conne que je ne saurais même pas trouver une pochette en croco dans un tiroir de commode. Et puis papa a fermé la porte de la chambre à clé.

6

Laurette contemple un hamburger. Il est dodu
à souhait et fleure l'oignon, la graisse chaude,
quelque chose comme de la viande et le condi-
ment artificiel. Pas de problème : il est appétissant. Mais Laurette n'a pas faim.

Elle est venue dans ce fast food parce que c'est
là qu'on va quand on ne sait pas où aller sur le
coup de midi. Elle est venue là parce qu'elle
n'avait pas envie d'affronter madame Leurrier.
Laquelle madame Leurrier doit être en train de
gaver les « petits choux » de nouilles ou de purée
en flocons. Et les deux petits choux doivent se
demander pourquoi maman n'est pas encore
revenue. Que papa ne soit pas là, c'est logique : il
déjeune toujours à son cabinet, à Montparnasse,
dans la tour. Et Laurette saute le plus souvent
possible le repas de midi. Jérôme aussi. Mais pas
maman.

Ça l'inquiète, Laurette, de penser que les deux
petits doivent s'inquiéter.

Ce qui la tarabuste aussi, c'est ce qui s'est
passé dans la voiture de Jacqueline-Jackie. Lau-

rette a été stupide. Elle n'a pas su manœuvrer. Elle n'a pas su... Elle aurait dû faire quoi, dire quoi ?

Pourquoi a-t-elle fait comme si papa était rentré ? C'était imbécile.

Ce hamburger, il faut qu'elle le mange. Mais d'abord...

Laurette abandonne provisoirement le hamburger dans la petite assiette en carton sur la table-comptoir. Elle va acheter un jeton à la caisse et descend au sous-sol.

Coup de chance : la cabine est libre. Mais c'est le répondeur qui lui répond : « Ici le cabinet du docteur Milleret, stomatologue. Le docteur étant souffrant, veuillez contacter le docteur Kalouchi, 8 rue Duphot, téléphone : gnagna-gnagna-gnagna-gnagna... En cas d'urgence, vous pouvez aussi contacter SOS Dentaire boulevard de Port-Royal, téléphone : gnagna-gnagna-gnagna-gnagna... »

Ce n'est même pas la voix de papa. C'est son assistante, la rouquine à lunettes, qui a enregistré le message.

Laurette ne raccroche pas. Elle reste, debout, immobile, le combiné à la main.

Il a un divan, une kitchenette avec assez de bouffe pour soutenir un siège, il a tout ce qu'il faut, dans son cabinet de praticien onéreux, à Montparnasse, en haut de sa tour, papa. Laurette aurait donné sa tête à couper que c'était là qu'il se terrait.

Peut-être qu'il y est et que le message, c'est une combine pour être tranquille. Peut-être qu'il a décidé de se payer une journée, une semaine sabbatique. Peut-être aussi que... Que quoi ?

Une fille tape sur la vitre de la cabine avec un jeton.

Laurette raccroche, dégage. Elle remonte l'escalier. A petite vitesse parce que ses jambes tremblotent. Elle a un pincement aux environs de l'estomac aussi.

Qu'est-ce qui lui arrive ? Qu'est-ce qui lui arrive ?

Et qu'est-ce que c'est que ce type qui est en train de manger son hamburger ?

Un type blond qui (l'air pas gêné du tout) lui sourit.

— Je parie que tu vas me dire que ce truc immangeable que je suis en train de manger, il est à toi.

— Oui. C'est mon hamburger.

— Je ne voudrais pas avoir l'air de critiquer. Mais un véritable hamburger...

— Personne ne vous a obligé à...

— J'avais un creux.

Il lorgne la bouteille de Pepsi, débouchée mais intacte, près de l'assiette en carton du hamburger.

— Je peux ?

Machinalement, Laurette fait « oui » de la tête.

Le type se boit toute la bouteille. Mais ne rote pas.

A seconde vue, c'est pas un type. C'est un garçon. Il a deux ou trois ans de plus que Laurette à tout casser. Il a des yeux bleus. Un blouson, pas assez chaud pour la saison, du bleu de ses yeux. Et une chemise blanche vraiment blanche. Il est net. Il pose la bouteille et mange le reste du hamburger. Il mange proprement. Sans hâte.

— Et après mon hamburger et mon Pepsi, faudra que je vous offre quoi ? Un dessert et un café ?

— Juste une pâtisserie. Le café ça m'énerve.

Laurette a déjà vu des garçons gonflés, mais celui-là...

— Juste une pâtisserie ?

— Oui. La petite note sucrée sans laquelle un vrai repas...

Une pâtisserie, il veut une pâtisserie ! Souveraine, Laurette se dirige vers le comptoir aux douceurs, elle sort un billet de la poche de son imper et achète le plus affolant des gâteaux : un cube de chocolat sur un piédestal de gelée verte avec des éclaboussures de crème jaunâtre, des cerises confites, une pluie de perles en sucre argenté et, planté là-dessus, un drapeau américain en papier de soie.

— Ça pourra aller ?

— J'aurais préféré une tarte aux myrtilles. Mais il n'y a que ma grand-mère qui savait les faire. Ah ! Tu m'as pas dit ton nom. Moi, c'est Lucien. Oui. Mes parents m'ont fait cette crasse : Lucien.

Il plonge avec distinction son index dans la crème jaunâtre. Le suce.

— Correct. Si tu veux y goûter, tu le dis. Et tu me dis aussi ton nom. Je déteste déjeuner avec

des inconnus. Alors ? Iphigénie ? Cunégonde ?
Sarah ? Sylvie ? Chantal ? Alexandra ? Clémentine ? Paulette ?

— Laure.

— Quand t'étais gamine, on disait Laurette,
non ?

— Oui. On disait Laurette.

— Et on peut savoir pourquoi tu m'as laissé
manger ton burger et offert ce gâteau ?

— Je ne sais pas. Peut-être parce que je suis
un peu conne.

— Dis pas de mots comme celui-là. J'aime pas
et ça ne te va pas. Tu as des cigarettes ?

— Que des blondes. Ça ira ?

— Si t'as aussi un briquet ou des allumettes.
Parce que moi...

Laurette a encore quelques Benson et une
dernière allumette et les voilà qui fument. En se
regardant.

Et en écoutant la musique. La musique made
in USA sans laquelle hamburgers, cheeseburgers
et hot-dogs n'auraient pas le goût qu'ils ont.
C'est un des derniers tubes de Sade.

— Beau, hein ? C'est black mais avec un petit
côté Côte Est. C'est mode mais beau.

Laurette trouve ça beau elle aussi. Elle se sent
moins nouée.

Et Lucien a un curieux petit rire.

— Je ne sais pas si c'est bien le moment. Mais
tant pis. Je vais te dire une chose que je n'ai
jamais dite à personne. Je vais te dire pourquoi
je ne serai jamais heureux, complètement heu-

reux. Je ne le serai jamais parce que, jamais, je ne serai un écrivain américain.

— Vous voulez dire un écrivain comme Steinbeck?

— Ou Kerouac, ou Henry Miller. Ou n'importe quel autre auteur, même de polars à dix cents, qui a eu la chance de naître à Brooklyn, à Harlem, à San Francisco, à Chicago, à Atlanta ou dans le bled le plus minable du Nebraska ou du Connecticut.

Il joue à quoi, ce comique? Qu'est-ce que c'est que ce numéro? Non content de lui piquer son repas, de se faire offrir un dessert à vingt francs, il veut la snober avec son accent anglais impeccable? Il se prend pour qui ce « Lucien »? Les garçons comme lui, capables de sourire tout en ayant l'œil triste, ça court les rues. Il s'appelle Lucien Dupont, Lucien Durand ou Lucien Ducon et pas John Steinbeck. Et après? Laurette en connaît des tapées d'ennuyeux à cheveux longs, à queue dans le cou, qui se lamentent parce qu'ils ne sont pas Rimbaud ou Boris Vian. Bien sûr, lui, il n'est pas ennuyeux, il a les cheveux courts, très courts même et le coup du « je ne serai jamais un écrivain américain », on ne le lui avait encore pas fait, à Laurette. De là à se pâmer...

— Tu n'as qu'à devenir écrivain français.

— Ça, je peux. Même que ça finira fatalement par m'arriver. Il y a eu Anatole France, André Malraux, Albert Camus. Il y aura Lucien Fourquin. Lucien Fourquin qui passera sa vie dans un bureau douillet à écrire des livres très profonds, très fins. Des livres gidiens, sartriens, proustiens. Et, au bout de cinquante années au service de la Littérature, il aura des pellicules plein le col de sa veste bleu marine d'écrivain français tricotée par maman et un joli prix Goncourt. Angoissant, non ?

— Je suis peut-être bête mais je ne vois pas ce qui...

— Non, tu n'es pas bête. Et puis tu me tutoies. C'est bien.

— Je ne vous tutoie pas.

— Si. Tu m'as dit : tu n'as qu'à devenir écrivain français.

— Ça m'a échappé.

— Et si on s'échappait de cette cantine ? Si on allait...

— Moi, j'ai lycée.

— Tout le monde a lycée. Mais la seule chance que tu as de ne pas finir prix Goncourt, c'est de ne jamais y mettre les pieds, au lycée. Nous, ce qu'on veut, Laure, c'est le prix Pulitzer et rien d'autre. Alors on va aller dire un petit bonjour aux iguanes.

— Aux iguanes ?

— Oui. Viens.

Après le petit bonjour aux iguanes, il faut aussi saluer des varans, les tortues d'eau et de terre, les alligators, un python terrifique et tous les autres monstrueux pensionnaires de la ménagerie de reptiles du Jardin des plantes. Lucien est formel : c'est avec ces animaux-là qu'il faut être poli, aimable. Les autres, du ouistiti le plus vicelard au lion le plus féroce, tout le monde leur fait des mamours. Mais les reptiles, les batraciens...

Ce bâtiment humide, sinistre, qui longe la rue Cuvier, Laurette ne le connaissait pas. Et pourtant, le Jardin des plantes... C'est là qu'elle et Jérôme et Manu et Paméla ont fait leurs premiers pas sur autre chose que de la moquette, là qu'ils ont vu leur premier loup et entendu pour la première fois barrir un éléphant. Ça fait drôle de s'y retrouver avec un garçon qui a un prénom encore plus abominable que Robert, Raymond, Raoul, Max ou André, avec un garçon qui marche à trois pas d'elle et ne cesse de dire du bien des bestiaux à sang froid que pour se relancer dans une apologie des écrivains américains. On a l'impression qu'il les a lus tous et qu'ils ont tous écrit pour lui, rien que pour lui. Que si Jack Kerouac a pris des trains sans billets, dormi avec des clodos et bu des tonneaux d'alcool, c'était dans le seul but d'avoir des choses étonnantes, choquantes à lui raconter, à lui, Lucien Fourquin, fils d'un opticien du douzième arrondissement de Paris, que c'est pour avoir des confidences à faire à Lucien qu'Henry Miller a couché avec une certaine Mona, avec toutes les filles de la Coupole et des putes de cinquante ans et plus de la place Clichy, des putes pas belles, carrément laides même, que c'est uniquement pour pouvoir expédier des messages d'amitié en style télégraphique à Lucien qu'Ernest Hemingway est allé traîner ses guêtres sur les vertes collines d'Afrique.

On peut s'appeler Lucien et être fêlé.

Adorablement fêlé.

— Tu sais quoi, Lucien ?

— Comment je pourrais savoir ?

— Je pense qu'on devrait s'embrasser.

Lucien est toujours à trois bons pas de Laurette. Il s'arrête. Mais ne s'approche pas d'elle.

— Ça ne va pas être un peu... un peu quelconque ?

— Quelconque ? Comment ça quelconque ?

— Je veux dire qu'on n'est pas obligés. Qu'on peut très bien ne pas...

— T'as raison. On n'est pas obligés.

Il la regarde. Droit dans les yeux. Sans se moquer. Sérieusement.

C'est à ce moment qu'elle voit combien il est beau. Plus beau que ce fameux garçon un samedi chez Yette, plus beau que l'Autrichien aux sports d'hiver l'an passé, plus beau que cet homme un jour dans le métro.

Laurette se sent fondre.

Ça se remet à la pincer aux environs de l'estomac comme dans l'escalier du fast food.

Ça ne lui était jamais arrivé de dire à un garçon qu'elle avait envie de l'embrasser. Elle vient encore de dire ce qu'il ne fallait pas. Quelle conne ! Quelle misérable pauvre pauvre conne elle est. Elle vient de tout flanquer par terre. De tout démolir, de tout bousiller.

— Bon, ben, on va se dire au revoir, Lucien.

— Pourquoi ? Parce que j'ai dit qu'on n'était pas obligés de s'embrasser ?

— Pour ça et pas pour ça. Parce que j'ai une tripotée de petits frères et de petites sœurs qui

58

m'attendent pour goûter et les aider à faire leurs devoirs.

— Je te raccompagne.

— Non. C'est pas la peine. C'est tout près.

Elle sent qu'elle devient toute rouge, qu'elle devient lamentable. Il faut qu'elle détale.

— On se revoit quand?

— Un de ces jours.

— Tu ne veux pas me dire quel jour et où?

— Non.

Il n'insiste pas.

— A ton idée. Moi, je vais retourner faire un petit brin de causette avec mes bestiaux à sang froid.

Le salaud! Elle le hait. Qu'il crève. Que l'alligator et le python terrifique le dévorent. C'est lui qui s'en va et elle reste plantée au milieu de l'allée, avec un gros cul de rhinocéros qui la regarde.

Chapitre pincement dans les environs de l'estomac, ça ne fait que croître et embellir. Et son cœur s'en mêle, qui se met à battre à une vitesse déraisonnable. Il lui vient une furieuse envie de tourner de l'œil, ou de tomber morte dans cette allée bordée d'arbres antiques. Ou de faire quelque chose dans ce goût-là. Elle se sent imbécile, péteuse. Et malheureuse.

Malheureuse comme jamais. C'est insupportable.

C'est parti! Elle va encore faire exactement ce qu'elle ne devrait pas faire.

— Lucien.

Il se retourne.

— Oui ?

— J'ai oublié de te demander. Kerouac, il a écrit quoi ? J'ai lu milliards de bouquins mais Kerouac je connais pas.

— Avoir lu Kerouac, on n'est pas obligé non plus. Mais... *Les Clochards célestes*, *Docteur Sax*, c'est autre chose que la tisane à Proust.

— Ça se trouve en Poche ?

— Bien sûr. Si tu veux, on va chez le libraire à Jussieu et je t'en offre un.

— T'as pas d'argent.

— Pas d'argent ?

Lucien fait jaillir de sa poche de chemise un billet de deux cents francs soigneusement plié.

— Je n'ai pas d'argent pour les restaurants, les cigarettes, les taxis, les fringues. Mais j'en ai pour les livres. Tu vois, Miller, Kerouac, les beats, les vrais, gaspiller même leur plus petite pièce pour acheter un sandwich ou un beignet, ils auraient trouvé ça immoral. Ils ont écrit des milliers et des milliers de pages. Mais ils ont passé bien plus de temps à se faire inviter à manger et à boire qu'à écrire. Un écrivain américain digne de ce nom, c'est forcément un peu dégueulasse. Ça fait partie du jeu. Prends Kerouac et Cassady. C'était son meilleur ami et son modèle, à Kerouac, Neal Cassady. Lui, c'était un écrivain qui n'écrivait pas. Eh bien, une fois qu'ils étaient ensemble, Kerouac et son copain Neal, beurrés à mort et n'ayant pas de quoi se payer une portion de chili, ils ont...

Dans la librairie, il y a une pile de Kerouac. *Les Souterrains*. En Folio. Ça vient d'arriver.

— Tu vas voir. C'est très dur. C'est l'histoire de Mardou, une petite Noire, et d'un type impossible. Ça vaut pas *On the Road* ou *Les Clochards*, mais...

— Je peux te dire merci ?

— Ça se fait.

Elle l'embrasse. Presque sur la bouche. Et elle se sauve, son Kerouac à la main, à toutes jambes.

7

Madame Leurrier est en manteau, son parapluie pliant dans sa housse sous son bras. Elle est dans l'entrée. Pas contente.

— Encore là madame Leurrier ?

— Oui Laurette. Il y a plus d'une heure que je devrais être partie et je suis encore là. Encore là, avec mon mari qui va grognocher et il aura raison parce qu'il n'aura pas sa soupe à l'heure. Encore là parce que ta mère n'est pas rentrée, que Jérôme n'est pas rentré non plus, que Paméla, cette pauvre mignonne, ne retrouve plus sa souris et que Manu est malade.

— Manu malade, c'est des inventions, ça. Ce matin il a essayé de me faire croire qu'il avait de la fièvre et...

— Ce matin, c'était ce matin et il est six heures vingt et je finis à cinq heures. Alors, ma chère Laurette...

— Alors quoi ? Vous allez nous envoyer une lettre de démission sur papier timbré ?

— Sois insolente en plus.

— Je ne suis pas insolente, madame Leurrier.

— Ah ! si. Et j'aime autant te dire que demain, ta mère, elle va m'entendre. Sur ce...

Madame Leurrier est partie régler ses problèmes de soupe et d'époux grognocheur. Bon débarras. Remettant à plus tard les retrouvailles avec un Manu jouant les moribonds et une Paméla piaillante, Laurette va se prendre deux yaourts dans le frigo et s'apprête à les savourer en se remémorant ce qu'elle vient de vivre de savoureux au fast-food et au Jardin des plantes quand elle s'aperçoit — avec horreur — qu'elle a quitté Lucien à Jussieu sans qu'ils se soient dit quand et où ils se reverraient. Et, ça, c'est catastrophique.

Parce que Lucien...

Plantant ses yaourts, elle bondit dans le bureau de papa pour y trouver et l'annuaire des téléphones et le numéro.

Quel numéro ? C'est Lucien comment ? Bourquin ? Mouquin ? C'est dans le douzième arrondissement, elle en est sûre. Il a même dit un nom de rue. Rue de Lyon ? Avenue Daumesnil ? Peut-être qu'il a juste dit douzième arrondissement et pas de nom de rue. Et son père il fait quoi ? Pharmacien ? Non. Opticien. Opticien ou oculiste ?

Des annuaires, il y en a. Papa les a tous. Celui des noms, des rues, celui par professions. Chiotte ! Elle va les faire tous. Tous les pharmaciens, oculistes, opticiens et électriciens, marchands de meubles, de patates ou de caramels mous qui crèchent dans le douzième et ont un nom en quin. Elle y passera la nuit. Il ne lui a

63

même pas dit à quel lycée il était, ce plouc. Il l'a soûlée avec ses Henry Miller, ses Hemingway.

Pas soûlée.

Vampée.

Elle se sent si petite, si fragile.

Il ne l'a pas embrassée, pas touchée, pas frôlée.

Il lui a juste mangé tout son repas, fait un cours de littérature, il l'a forcée à faire risette à des animaux pas sympas.

Elle l'adore.

Alors? Lequel des annuaires? Celui des rues. Elle sautera toutes celles qui ne sont pas du douzième.

La porte s'ouvre. C'est Paméla.

— Laurette, tu sais pour ma souris?

— Je suis au courant, oui. Et je m'en fous. J'ai pas le temps.

— Tu l'auras quand le temps?

— Je sais pas. Alors tu décampes.

— Je suis horriblement malheureuse.

— Tu décampes et tu refermes cette porte!

Rue Abel. C'est dans le douzième la rue Abel. Une rue pas grande. Avec un Pannequin, un Requin. L'un est plombier, l'autre marchand d'automobiles d'occasion.

Le téléphone!

Le téléphone sonne. Mais ça ne peut pas être lui. Il ne sait ni son nom ni son adresse. Ça peut être maman. Ça peut être Jackie-Jacqueline. Ou papa.

C'est papa.

— Laurette. Je suis content de t'entendre. Vraiment content.

Il a pas l'air content du tout. Mais puisqu'il le dit.

— Tu téléphones d'où ?

— De mon cabinet. D'où veux-tu que je téléphone ?

— Je t'ai appelé à midi et je suis tombée sur le répondeur qui disait que tu étais souffrant et que...

— Je t'expliquerai.

— Tu m'expliqueras quoi ?

— Pour ce message sur mon répondeur. Et... pour le reste. Il va falloir qu'on ait une bonne grande conversation, toi et moi, ma Laurette.

— Tu es où ?

— Je viens de te le dire : dans mon cabinet. Comment ça va, toi, les petits ?

— Ça va.

— Et ta mère ?

— Maman ? Ça va aussi.

— Très bien. Je voulais savoir... Samedi, samedi après... après cette scène regrettable... cette scène ridicule... elle n'a pas été trop... trop contrariée, affectée ?

— Si. Elle était furieuse. T'as bien vu.

— Et... après ?

— Après quoi ?

— Je t'en prie Laurette, ne complique pas encore plus une situation suffisamment... Ça n'a aucun sens. Aucun sens. C'était insignifiant, cette espèce de flirt avec cette fille... Pas même un flirt. Rien. Je ne sais pas ce qui m'a pris. C'est ce raseur de Roby qui a tenu à me faire boire cette liqueur danoise... Tous ces alcools, c'est tellement... tellement... Tu m'écoutes ?

— Oui. Je t'écoute.

— Je veux parler avec toi de ce qui s'est passé samedi. Bien calmement. Honnêtement. Et le plus vite possible. Oui. Le plus vite possible. En attendant, il faut que tu me passes ta mère.

— Tu veux parler à maman ?

— Oui, s'il te plaît, dis-lui de venir.

— Elle ne veut pas.

— Elle ne veut pas ? Pas quoi ?

— Te parler. Elle me l'a dit : si le téléphone sonne et que c'est ton père, je ne veux pas lui parler.

— C'est absurde. Je dois parler à ta mère.

— Elle ne veut pas te parler au téléphone. Elle l'a dit : elle te parlera quand tu rentreras. Pas avant.

— Bon Dieu, cette manie qu'elle a de toujours faire des drames de tout. Ce qui s'est passé la nuit de samedi, c'est lamentable, je le reconnais bien volontiers. Mais c'est rien. Rien du tout. Et ta mère le sait parfaitement. Alors qu'elle cesse de se draper dans sa putain de dignité et qu'elle vienne me parler !

— J'y peux rien, papa. Elle veut pas, elle veut pas. Tu lui parleras tout à l'heure en rentrant. Je monterai me coucher bien gentiment avec les petits et maman et toi, vous vous expliquerez.

— Ce soir, je ne rentre pas, Laurette.

— Pourquoi tu rentres pas ?

— C'est de ça qu'il faut que je parle avec ta mère, et aussi avec toi.

66

— De ça quoi?

— On n'en sortira pas! Pas maintenant. Pas au téléphone. Pas comme ça. Alors tu dis à Léa, à ta mère, que j'ai appelé, que je rappellerai demain matin. Tu lui dis aussi qu'il y a de l'argent dans le canard en argent sur la cheminée de mon bureau. Assez d'argent pour voir venir. Demain, je me mettrai d'accord avec elle pour...

— Tu vas rentrer quand?

— On va se voir très vite, ma Laurette, tous les deux. Tu comprendras. En attendant, tu embrasses tout fort tout fort Manu et Paméla et le grand Jérôme. Toi aussi je t'embrasse tout fort tout fort.

— Papa.

— Oui?

— Va falloir que je raccroche. Faut que j'aille aider Paméla à retrouver sa souris. Elle l'a perdue et elle tient plus en place.

— Oui, oui, il faut être très attentif avec Paméla. Surtout si maman est... Elle est contrariée, c'est normal. Alors il faut que toi, ma grande fille, tu...

— Bonsoir, p'pa.

Elle a raccroché.

Elle a mieux à faire qu'écouter ce discours merdique. Sa dose de boniments, ce matin, avec cette bêcheuse de Jacqueline-Jackie, elle l'avait déjà eue. Tout à fait bien eue. Merci p'tit Jésus!

Qu'est-ce qui leur prend à papa-maman? Ça signifie quoi cette débandade? La maison s'est mise à puer? Ils sont déjà bien minants ici, à domicile. Qu'ils s'imaginent que fuguer c'est encore de leur âge, passe encore. De là à les laisser vous casser le moral par téléphone ou par Jackie-Jacqueline interposée... Qu'ils embrassent des poules dans des cuisines, qu'ils se jettent du ketchup, qu'ils aillent se planquer chacun dans son coin. Mais qu'en prime ils pleuraillent !

Tout ce qu'elle a retenu de l'appel de papa, Laurette, c'est qu'il y a de l'argent pour voir venir dans le canard en argent sur la cheminée. Message reçu : elle verra venir.

En attendant, retour à l'annuaire des rues.

— Laurette.

C'est encore Paméla.

— Quoi, Laurette ? Quoi, Laurette ? Tu sais que tu m'emmerdes avec ta souris ! Fous-moi le camp, microbe !

Paméla a sa bouille de quand elle a pleuré, elle est tout empoussiérée d'avoir cherché à quatre pattes partout, absolument partout. Elle agace mais elle fait pitié.

— Cette souris, c'est une pouffiasse.

— Tu sais ce que c'est une pouffiasse, Pam ?

— C'est une souris qu'on trouve plus.

— Tais-toi, t'es trop bête. Tu es sûre qu'elle n'est pas sortie dehors, ton emmerdeuse de souris ?

— Non. Dehors, elle sait que c'est plein de chats et de chiens qui la mangeraient et de voitures et de motos qui l'écraseraient.

— Tu as regardé sous tous les lits ?

— Sous tous.

— Et dedans aussi ?

— J'ai regardé partout partout partout. Si Manu n'était pas si malade, il m'aiderait, lui.

— Il est où ?

— Dans son lit. Avec la fièvre qu'il a.

— La fièvre !

Ses poussées de fièvre psychosomatiques, au Manu, c'est vraiment le moment !

N'empêche que — le thermomètre est formel — il a trente-huit deux.

— Tu vois qu'il est malade.

— Trente-huit deux c'est de la petite fièvre. C'est l'affaire d'une demi-aspirine.

— Tu vas pas faire venir le docteur ?

— On ne fait pas venir le docteur pour trente-huit de fièvre.

— T'as dit trente-huit deux.

— C'est pareil.

— Non. C'est pas pareil. C'est deux de plus. Et ça va encore monter. Je vais pas pouvoir dormir. Je vais avoir de terribles quintes de toux et des peaux blanches dans la gorge et des irritations. Je mourrai comme le petit Freddy à la télé.

— Freddy, il était tombé de cheval.

— C'est pas vrai, Paméla. C'est une autre fois qu'il était tombé de cheval. Dans l'épisode où il est mort, c'était de la fièvre. Et puis j'ai une boule.

— Où ça ?

— Dans la poitrine et dans le ventre. Elle bouge. Elle est grosse comme un melon pour six personnes.

— Je vais te chercher ton aspirine.

— T'avais dit une demie.

— Ta demi-aspirine.

— Je pourrai pas l'avaler.

— Alors je te la fourrerai de force dans le gosier.

— Je veux que ce soit maman qui me la fourre de force, la demi-aspirine.

— Elle n'est pas là, maman. Elle a téléphoné qu'elle ne rentrerait pas ce soir. Elle a son amie Jackie qui va avoir un bébé alors il faut qu'elle reste avec elle pour l'aider.

— Pour l'aider à pondre ?

— Ce sont les oiseaux qui pondent. Jackie est une dame.

— Et papa ?

— Il a téléphoné aussi. Il a été obligé de partir en province à un congrès de dentistes.

— C'est quoi un congrès ?

— C'est pas pour les enfants. Dors.

— Si ça va plus mal, je crierai.

— C'est ça.

Manu disparaît sous sa couette.

Paméla prend la main de Laurette.

— Maintenant on va chercher Mimiquette ?

— Parce qu'elle s'appelle Mimiquette ?

— Oui. Son nom, avant, je ne le savais pas. Mais pour l'appeler partout, a fallu que je le trouve. C'est Mimiquette. C'est bien, hein ?

— C'est ravissant.

— Où on va ?

— Ou elle est dans la cave, ta Mimiquette, ou elle s'est volatilée.

— Ça se volatilise les souris ?

La cave, Laurette n'aime pas y descendre. La maison est très vieille et la cave très sombre, très vaste, pleine de recoins inquiétants, avec même une porte en bois vermoulu qui donne sur un couloir qui donne — à ce qu'en disaient les anciens concierges — sur un souterrain qui, sous la Révolution...

Bref, Laurette n'a pas peur, non, mais elle est ravie de sentir la petite main de Paméla dans la sienne.

— Comment tu crois qu'elle est venue là, Mimiquette ?

— Suffit que madame Leurrier ait laissé la porte entrouverte.

— Les rats, c'est comment avec les souris ?

— Il n'y a pas de rats. Papa passe sa vie à leur mettre des graines.

— Empoisonnées ?

— Bien sûr. Pas de graines pour qu'ils deviennent grands, beaux et forts.

— Les rats, c'est des infections. C'est presque aussi pire que les serpents.

— Aujourd'hui, on m'a présenté un python très aimable. On lui parle et il écoute.

— Je te crois pas. C'est qui qui t'a présenté un python très aimable ?

— Quelqu'un. Attends... On dirait que... Ça remue, là, derrière les planches à voiles... Ne fais pas de bruit.

— Tu crois que c'est elle ?

— Tu te tais, oui ? On va s'avancer tout doucement, toi tu prends la lampe électrique sur l'étagère, moi je vais éteindre la lumière.

— Si t'éteins, je vais avoir la trouille.

— Si ça peut te rassurer : moi aussi.

— C'est pas vrai.

— Si, Paméla. Allez, prends la lampe et plus un mot, plus un bruit. J'éteins et à toi de jouer.

— C'est forcément Mimiquette ?

Non, c'est un chat. Un chat qui surgit, hébété, et pas paniqué du tout, de l'amas de planches à voiles. Un chat suivi d'un autre chat non moins hébété et tout aussi serein. Ils sont deux. Deux matous qui, moins crasseux, moins crottés, seraient sans doute roux. Des chats de cave, d'égout. Des chats qui ont dû emprunter le fameux souterrain et doivent dater de la Révolution ou d'avant. Et si gras que c'est à peine s'ils parviennent à se traîner.

Tous les chats sont — c'est bien connu — élégants, nobles, mystérieux. Tous, sauf ces deux-là.

Paméla empoigne un bâton de ski.

— C'est lequel des deux qu'a mangé ma souris, que je le tue ?

— Elle est bien trop maligne pour s'être laissée croquer par ces patapoufs. Ils ont cent ans, ces chats, et sûrement plus de griffes ni de dents.

— N'empêche que ma Mimiquette...

— T'inquiète pas pour elle. Elle les aura flairés avec sa miette de nez et elle doit être loin. Crois-moi. Ils sentent trop le chat, ces affreux, pour qu'une souris, même imbécile...

— Mais alors elle est où ?

— Quelque part. A l'abri.

— On va les faire partir comment, ces chats de cent ans sans dents ?

— Madame Leurrier s'en occupera demain avec son balai. Nous, on va aller dîner.

Pendant que le riz mitonnait, Laurette est montée tâter le crâne de Manu. La demi-aspirine avait fait son effet. Il dormait.

Succulent, le riz ! Un peu collant, peut-être. Mais enrichi de raisins de Corinthe, de quartiers d'oranges, de pignons, de vanille, de rondelles de banane.

Même Jérôme en redemande.

— Super, ta pâtée.

— On peut savoir où tu as traîné jusqu'à huit heures ?

— J'ai pas traîné. On était avec Yalloud et avec Ben.

— Vous étiez où ?

— Chez Sidiki.

— C'est qui encore celui-là ?

— Un Malien.

— Il fait aussi pipi dans les piscines ?

— Non. Lui, il fait de l'électronique. Il s'est fabriqué une puce. Tout seul. Son père sait ni lire ni écrire. Et lui, il finira ingénieur.

Paméla aimerait quelques éclaircissements.

— Elle fait quoi, sa puce, elle le gratte jusqu'au sang, Sidiki ?

— Une puce c'est en silicium. C'est minuscule. Avec une tapée de minuscules circuits intégrés et un microprocesseur.

Même Laurette n'en savait pas tant.

— Et ça sert à quoi ?

— C'est l'avenir.

Le seul avenir capable d'intéresser Paméla étant le retour de (dans l'ordre) Mimiquette, maman et papa, elle avale une dernière cuillerée de la succulente pâtée de Laurette et déclare qu'elle va aller se coucher. Pas pour dormir. Pour veiller sur Manu qui est si malade.

— Tu te laves les dents, hein ?

— Je vais tâcher de pas oublier.

Jérôme mange ce qui reste dans le bol de Laurette, Jérôme racle la casserole.

— Le brûlé, au fond, c'est géant.

Laurette rêvasse. Elle pense à Lucien. Elle pense aussi qu'une cigarette serait vachement bienvenue et qu'elle a grillé sa dernière au Jardin des plantes.

Jérôme la regarde en coin. La casserole étant raclée à mort, il va prendre deux bouteilles de Coca dans le frigo. Il les décapsule. En pose une devant Laurette. Boit l'autre d'une seule traite. Et rote magistralement. Puis il vient se rasseoir à la table de cuisine.

— Alors ?

— Alors quoi ?

— Papa ? Maman ? Tu m'as dit que t'avais des nouvelles et que tu me dirais.

— Maman est je sais pas où. Elle m'a expédié Jackie parce qu'elle veut son passeport et papa m'a dit une masse de conneries au téléphone. Ils font tous les deux comme s'ils allaient plus jamais revenir ici.

Jérôme sourit bêtement.

— Ça aussi c'est l'avenir.

— Qu'est-ce qui est l'avenir ?

— Les parents qui se taillent. Au lycée, si y avait pas les Arabes, les Blacks, les Jaunes et les fils de divorcés, y resterait même pas de quoi faire une équipe de foot.

— Et tu trouves ça normal ?

— Je trouve ça rien du tout. Tant que tu seras là pour nous faire du riz de l'Uncle Ben avec des bouts de banane et des raisins dedans... Pour ce qu'ils devenaient marrants, papa avec ses histoires de dentiste et ses râleries sur les impôts, et maman avec ses kilos qu'il faut qu'elle perde. C'est pas vrai qu'ils en finissaient pas de devenir chiants ?

Laurette ne répond pas. Elle ne répond pas parce que ce qu'il dit, Jérôme, c'est peut-être un peu excessif. Mais seulement un peu.

— Tu crois qu'il est parti chez la fille du frigo que maman a aspergée de ketchup ?

— Tu veux dire papa ?

— Ouais.

— Il la connaissait pas. J'étais là quand les Lopez lui ont présenté. Il m'a dit qu'il avait fait ça parce que Roby, le type avec qui il joue au tennis, lui avait fait trop boire je sais plus quoi. Non, papa est chez aucune fille.

— Moi à sa place...

— Quoi, toi à sa place ? Tu sais quel âge tu as Jérôme ? Tu le sais, hein ?

— Sa sœur à Ben, elle avait deux mois de moins que moi. Tu sais ce qu'elle a fait ? Elle s'est suicidée.

— Suicidée ?

— Un peu ! Jetée sous le métro. A Maubert-
Mutualité. Elle rentrait avec deux filles de son
immeuble, ses bouquins et ses cahiers dans son
sac. Et crac. Personne l'a poussée. Absolument
personne. Elle s'est jetée exprès. Ça a même été
dans les canards. On a arrêté la circulation sur
toute la ligne pendant plus d'une heure. Moi je
l'avais vue deux trois fois. Une noiraude un peu
gravosse. L'air de rien. Elle a été coupée en deux.

— Une gamine ne fait pas ça.

— Tu crois ce que tu veux.

— C'est pas des inventions de ton Ben ?

— Pour ce qu'il est causant le Chaftfoui. Il
peut rester des journées entières sans l'ouvrir.
C'est pas par lui qu'on l'a su. C'est par les
journaux et par la mère de Ben qui l'a dit à la
mère de Yalloud. Des sœurs, Chaftfoui, il en
avait cinq. Ça lui en fait plus que quatre.

— Sous le métro. Faudrait qu'elle ait eu de
sacrées raisons.

Dieu sait que Laurette est toujours partante
pour croire bien des choses. Même incroyables.
Mais cette histoire-là...

— C'est qui toute cette bande, tes Ben Chaftfoui, tes Yalloud, et tes petits négros de génie
qui ont des pères illettrés et qui fabriquent des
ordinateurs ?

— C'est des mecs qui vont à mon lycée. Tu
préférerais que je fréquente des citrons ? Ceux
qui descendent de Tolbiac ? Eux, ils restent entre
eux à écouter des cassettes de musique de merde
en tirant sur des joints ou alors ils te tombent à
dix dessus pour essayer de te vendre des trucs

qu'ils sortent d'on sait pas où. Des transistors ripoux qui coûtent moins qu'un carambar, des blousons qui imitent le skaï, de la bijouterie en toc. C'est pas Eton mon lycée. Les profs, à part les trop vieux, les trop abrutis, ils cherchent qu'à se faire muter ailleurs. Au bout du monde ils iraient pour pas croupir dans cette boîte. Même en province. Mais les places sont chères.

Laurette boit une gorgée de Coca, très rêveuse.

Elle est sûre et certaine que le paquet de Benson qui traîne sur la petite table en bambou près du canapé est vide, archi-vide. Elle se lève quand même pour aller y regarder. Il est vide.

Jérôme l'a suivie. Il finit par sortir un paquet de Gitanes filtres tout aplati d'une des poches arrière de son Levis et le tend à Laurette.

— C'est des clopes de mon âge. Elles valent pas les tiennes. Mais quand on est en manque.

Il a même un briquet amusant, avec une pin-up dessus, qui part au quart de tour. Il allume la Gitane de Laurette, s'en allume une.

— Un jour, faudra que tu m'offres un Zippo. Pour mes vingt ans. Ou mon entrée à Centrale.

Laurette s'insère dans le fauteuil italien, si mou, si cher, qui épouse parfaitement vos formes. C'est la misère, ce piège à fesses. Le tabac brun aussi.

Jérôme recrache toute sa fumée. Et il fait des ronds. Impeccables.

— Tu m'engueules même pas ?

— Pourquoi je t'engueulerais ?

— Pour les clopes. Pour mon bien. Si les

grands se mettent à plus engueuler les petits, c'est la fin de l'Occident chrétien, non ?

Et encore des ronds de fumée ! Il a dû passer des heures et des heures à s'entraîner. Qu'est-ce que c'est que ce Jérôme ? Laurette le savait premier en tout depuis la petite école, imbattable au scrabble, joueur de Donjons et Dragons émérite et expert en modèles réduits de voitures Dinky Toys. Mais ce soir...

— Il sait pas ce qu'il loupe, le dentiste. Il nous verrait, il se le paierait, l'infractus géant.

— On dit infarctus.

— Tu le savais toi aussi. Bravo Laurette !

— Et puis cette façon que tu as de dire « le dentiste » pour parler de papa...

— D'accord. C'est pas sympa. D'autant que...

— Que quoi ?

— Non. Rien. C'était qui le type au blouson bleu à Jussieu ? Me fais pas ces yeux-là. Tu sais pas qu'au lycée y a plus d'espions que dans un film de James Bond ?

— Il s'appelle Lucien. Mais il le sait que c'est un prénom de gugusse. Et il est... C'est un garçon *très* gentil.

— Et à part ça ?

— Demande à tes agents secrets.

— Ils voient tout mais ils racontent n'importe quoi. Y en a un qu'a été inventer que ton blouson bleu, tu l'as embrassé sur la bouche en sortant d'une librairie. Mais ça, je l'ai pas cru.

— T'as eu tort.

Jérôme en loupe un rond de fumée.

— Y se passe vraiment trop de choses déballantes sur cette pouillerie de planète. Je vais me coucher.

— Fais de beaux rêves.

En partant, il laisse tomber son paquet de Gitanes filtres sur les genoux de Laurette.

— Cadeau. T'en as plus besoin que moi : t'es la grande sœur.

8

Yette Kellerman — une mèche jaune hépatite au milieu de sa tignasse noire, ce qui ne lui va pas du tout — élimine les tranches d'oignon de son hamburger.

— Leurs machins, pour que ça te reste pas sur l'estomac, faudrait enlever les oignons, la viande, le fromage et la sauce.

Corinne ricasse.

— La prochaine fois, tu nous invites dans un vrai restau. Et on mangera que des huîtres et des petits canapés de caviar.

— La prochaine fois je mange un Toblerone toute seule en bouquinant.

— T'es toujours plongée dans ton immonde histoire de bonne femme qu'a des misères question ragnagnas ?

— Ce style que tu te mets à prendre, toi !

— C'est pas des problèmes de ragnagnas qu'elle a ? Elle cause pas que de ses règles qu'elle a trop ou pas assez ?

— C'est un livre important. Un livre de

femme. Tu l'as lue, toi, Laurette, Marie Cardinale ?

— Non. Je lis Kerouac. Un écrivain américain.

— J'ai vu un film sur lui, sur les beatniks. Avec Nick Nolte et Sissy Spaceck.

— Encore une qui s'est fait drôlement louper le nez.

— Elle est mignonne.

— Du reste, oui. Mais pas du nez. On lui voit plus que les narines.

— Tu préfères celui de madame Guerbois ?

— Me parle pas de cette douleur ambulante. T'étais pas là, Laurette, quand elle nous a fait son topo sur le nazisme.

— Non. J'étais pas là.

— T'as manqué. Moi, en sortant de l'entendre, cette stalinienne, j'avais envie de devenir SS. Ça serait indiscret de te demander ce qu'il te prend de sécher comme une bête ? On te voit plus en maths, plus en français, plus en chimie, plus en histoire. Tu fais quoi ?

— Quoi ?

D'abord et avant tout, Laurette fume ses trente Benson par jour. Puis elle expédie des lettres d'excuses écrites avec l'écriture de maman (qu'elle réussit presque mieux que maman) au directeur du lycée et à la directrice de l'école de Manu et Pam. Des lettres grâce auxquelles la fièvre de Manu est devenue une redoutable épidémie à laquelle a succombé toute la tribu Milleret.

Et surtout, surtout, elle soigne Manu qui a

allégrement franchi le cap des trente-neuf degrés et s'y cramponne depuis plus d'une semaine. Le docteur Martin qui est venu trois fois bourre Manu de comprimés et de sirops que Manu absorbe sans broncher. Il est tout pâle, tout abattu, tout sage. Il ne fait rien qu'écouter *Pierre et le Loup* et Dorothée sur le mange-disques de Jérôme. Jérôme, lui, n'apparaît que pour manger (beaucoup) et n'a pas échangé trois phrases avec son aînée depuis le soir où il lui a fait don d'un restant de paquet de Gitanes filtres.

Une qui fait bien du bruit et s'agite tant qu'elle peut, c'est Paméla. Plus ça va, plus elle réclame et sa maman et son papa. Pour sa souris, elle s'est fait une raison. Elle a compris que Mimiquette s'était sauvée aussi loin que possible à cause des chats de cent ans sans dents et de leur odeur puante et que c'était ce que cette petite chérie pouvait faire de mieux. Et qu'elle doit être saine et sauve dans une autre maison pleine de très bons fromages. Et puis Jérôme a été sympa avec elle : pour la consoler, il lui a donné son hamster Fabulos. Et elle va dix fois par jour lui porter des bonnes choses à manger dans sa caisse en carton dans la cour. Il n'est pas aussi joueur que Mimiquette. Mais maintenant que c'est son hamster à elle... Les chats plus sales que roux, madame Leurrier a refusé d'aller les chasser avec son balai. Tout s'est d'ailleurs rapidement dégradé avec madame Leurrier. Ça ne lui a pas plu de se retrouver qu'avec des enfants et que Laurette se mette à lui donner des ordres, à lui dire d'éplucher ceci, de laver cela. Alors elles ont eu des mots. Surtout Laurette, qui a eu un mot d'une grosseur inadmissible. Elle a traité madame Leurrier de conne à propos d'un bouillon de légumes pour Manu pas fait comme il aurait fallu. Ulcérée, madame Leurrier a demandé son compte. Et Laurette a été chercher des billets de cent dans le canard en argent sur la cheminée du bureau de papa et les a balancés à la tête d'une mère Leurrier blanche comme linge. Le soir même, Laurette allait la trouver dans son septième sur cour avec une boîte de bonbons et se répandait en excuses sincères. Mais l'offensée a tenu bon. Qu'une morveuse qu'elle avait vu naître l'ait traitée de conne, elle pouvait pas encaisser ça. Bref, plus de madame Leurrier. Et le désordre et la crasse gagnent. Et Laurette a de moins en moins le temps et le goût d'aller écouter madame Guerbois et ses éminentes consœurs parler maths, français, chimie et autres foutaises.

Tout cela, Laurette ne le dit pas à Yette et Corinne.

Elle ne le dit à personne.

Pas même à Lucien. Parce que Lucien...

Le numéro de téléphone de son père, à Lucien, il y était dans l'annuaire par rues. C'était fatal. Mais bien planqué : rue Traversière. A force de se mouiller l'index pour tourner les pages, Laurette en avait la gorge sèche. Elle a quand même réussi à dire allô. Et c'est monsieur Fourquin, opticien, qui lui a répondu. Charmant homme, nettement plus âgé que son père à elle, à l'entendre. Mais aimable, causant. L'os, c'est qu'il ne savait pas où son fils pouvait bien être en train de vadrouiller. Parce que c'est un vadrouilleur, Lucien. Paraît que, depuis tout petit, il passe son temps à s'en aller. A aller dormir chez l'un, chez l'autre. Il est intelligent, bon garçon. Mais vadrouilleur.

Tout ça, Laurette le garde pour elle. Elle les aime bien, Yette et Corinne. Bien. Mais pas plus. Pas au point de leur dire tout. Il n'y a qu'à Mariette qu'elle disait tout. Et depuis qu'un con de train l'a tuée, Mariette, Laurette n'a plus personne à qui dire tout. Donc ni Yette ni Corinne ne sauront ce qu'elle fait de ses journées sans lycée. Mais elles sauront ce qu'elle veut comme dessert : une pomme.

— Une pomme. C'est d'un gai !

Yette prend deux éclairs. Un au café, un au chocolat. Corinne un banana-split.

Et les voilà qui s'empiffrent en parlant de tout et de rien. D'un arrivage de vestes en coton au surplus de la rue de Chartres à Neuilly. De Sophie qui fait l'importante depuis que sa mère lui a fait poser un stérilet. De Francis Huster qui enfonce Gérard Philipe dans *Le Cid*. D'une fête qui se mijote chez Yette.

— Tu t'en vas, toi ?

— Oui.

— T'as même pas mangé ta pomme.

— Je la mangerai en route. Salut les filles.

Corinne a été chercher un autre banana-split.

— Elle tourne vraiment pas rond, ton amie Laurette Milleret.

— C'est autant la tienne que la mienne.

— Elle a quoi, à ton idée ? Un type ?

— Va savoir. Ce que je sais, c'est que son frère, tu sais, Jérôme, est de tous les coups tordus de la bande des Arabes.

— Ceux-là... Mon père, ils lui ont enlevé la vitre avant de sa voiture et piqué sa radio et des jumelles qu'il avait dans sa boîte à gants. Et pissé sur tous les sièges.

— Pissé ?

— Oui, Yette. Pissé.

Laurette est déjà loin. Croquant sa granny verte et acide à souhait. Ça la requinque, cette acidité, cette marche dans le froid. Ça la venge de cette heure perdue avec ces deux braves dindes et de cette virée de plus dans ce fast food où aucun garçon blond ne vient plus jamais lui manger son burger.

Il vadrouille, ce chien !

Il vadrouille et elle, même avec les somnifères à maman, elle ne dort pas deux heures par nuit. Et elle s'ennuie, se dessèche, devient moche. Oui. Tout à fait moche. Ce matin, dans le miroir de la salle de bains, elle avait une tête à faire peur. Et une rougeur sous l'œil droit. Pas un bouton. Enfin... pas encore... Mais chanceuse comme elle l'est depuis ce samedi de merde...

Elle serait incapable de dire pourquoi mais c'est surtout à son père qu'elle en veut.

Au stomatologue.

Elle était partie pour aller encore et encore rôder dans la cahute aux reptiles, à l'iguane, partie pour aller regarder somnoler le python terrifique, comme tous les jours depuis une semaine.

Elle hèle un taxi. Tant qu'il y aura de quoi dans le canard en argent, pourquoi se gêner ?

Le chauffeur veut pas que ses clients fument. C'est écrit partout dans sa tire. Mais leur péter les tympans avec une Callas de France Musique qui beugle sur sa stéréo, il veut bien.

Elle lui a quand même donné dix francs de pourboire, au taxi, et elle est en haut de la tour, maintenant. De la tour à papa. Et elle va lui vider son sac. Bien. Très bien. Lui dire que maman aussi est partie et que Manu est vraiment très mal et que Jérôme fait la gueule et la masse de conneries avec les pires Arabes du quartier et que Paméla... Il va l'avoir, son paquet, le stomatologue. Comme la mère Leurrier, elle va faire, Laurette. Rendre son tablier. Son tablier de grande sœur.

C'est pas l'assistante rouquine qui lui ouvre.

C'est une autre. Une grande autruche dans les vingt-cinq, trente ans. Coiffée Mireille Darc. Avec, ça crève les yeux, le strict minimum sous sa blouse blanche. Un trousse-nibars transparent, sûrement, et encore plus sûrement un porte-jarretelles chichiteux. C'est des bas qu'elle a, pas un collant. Et cette bouche qu'elle se paie. Ce sourire.

— Vous avez rendez-vous avec le docteur Milleret ?

— Non madame. J'ai pas rendez-vous.

— C'est que nous sommes très, très chargés. Elle est parfaite, l'autruche. Elle feuillette le carnet de rendez-vous. Fait celle qui s'intéresse, qui compatit.

— C'est douloureux ? Vous avez un abcès ?

Laurette opine.

— Si c'est vraiment douloureux, je pourrais vous proposer... Est-ce que jeudi en toute fin d'après-midi ?

— Non. Faut que je voie papa tout de suite.

— Ah ! parce que... ?

Ben oui. Le stomatologue, il l'avait pas dit à l'autruche, mais il est père de famille. Il a une grande fille. Et pas que ça. Mais elle n'en perd pas son sourire pour autant, la nouvelle assistante.

— Le docteur n'en a plus pour très longtemps. Si vous voulez vous asseoir...

Laurette s'assied sur une chaise en métal, prend un *Jours de France* sur la table basse en verre, le repose, se sort une Benson, l'allume et observe l'autruche qui s'affaire, trifouille des papiers, note des choses, fait l'occupée. Honnêtement, elle est plus belle que l'amie des Lopez. Elle pourrait poser pour des photos. Peut-être pas pour *Vogue*. Mais pour *Elle* ou le catalogue de La Redoute. Rubrique : « lingerie aguichante ».

Pas de cendrier. Logique : le tabac, papa est contre. Laurette fait choir sa cendre sur la moquette abricot et l'autruche fait celle qui n'a pas vu.

La porte du cabinet s'ouvre. Un bonhomme en sort qui a dû trinquer sec. Il en titube.

— Laurette ! Mais qu'est-ce que tu... ?

Papa n'a plus la même tête. Plus du tout.

Il embrasse Laurette sur le front et l'entraîne dans son cabinet après avoir dit à « Josiane » de faire attendre le prochain patient autant qu'il faudra.

— C'est que c'est madame Lerminois, docteur, et que...

— Si elle ne veut pas attendre, qu'elle aille se faire foutre, madame Lerminois ! On ne me dérange pas.

— Entendu, docteur.

Papa referme la porte.

— Je me pose là. Ça me rappellera quand j'étais petite.

Là, c'est dans *le* fauteuil.

— Tu fumes ?

— Oui. Des anglaises. Et me dis pas que...

— Je ne te dis rien. Ou plutôt si. Je vais te demander de m'en offrir une.

— Une cigarette ? A toi ?

— Oui, Laurette.

Why not ? Laurette sort son paquet de la poche de son imper. Elle le tend à papa avec des allumettes. Et il se met à fumer. Et il la regarde.

— Alors ?

— Alors quoi ?

— A la maison. Comment ça se passe ?

— Si ça t'intéressait vraiment de savoir comment ça se passe à la maison...

Papa dépose sa cendre dans le crachoir.

Il a maigri. Il a les traits tirés. C'est ça qui lui fait une autre tête.

— Tu as bien fait de venir. L'autre jour, au téléphone, c'était si difficile, si pénible.

Il a l'air embarrassé, empêtré, penaud. C'est jouissif de le voir comme ça. Tellement jouissif que Laurette, qui n'est venue que pour lui dire une foule de méchancetés, ne pipe pas mot. Bien calée dans le fauteuil de torture, elle attend.

Alors il se décide, le stomatologue ?

Il se décide. Il s'assied sur son tabouret et il reprend tout, depuis le moment où il a détalé dans la nuit, comme un dingue, en tenue de soirée.

— Ce n'est pas ta mère et ses cris que je fuyais, ni cette femme dont je ne saurai jamais si elle s'appelait Simone ou Suzanne. C'était moi. Moi, cet homme qui avait passé sa soirée à trop boire avec son ami Roby et qui... Tu sais ce qui va m'arriver, dans trente-six jours, Laurette ?

— Ça sera ton anniversaire.

— J'aurai quarante ans.

Papa mâchouille nerveusement le filtre de la Benson. Papa s'enfonce les mains dans les poches de sa blouse. Papa flippe. Quarante ans ! Elle ne peut pas comprendre, Laurette. Personne ne peut comprendre. Que lui. Que lui. Que lui qui n'en finit pas de payer les charges de ce merveilleux appartement des Gobelins dans lequel ils ont emménagé alors qu'elle, Laurette, n'avait pas ses dents de lait. Que lui qui perd ses cheveux, parfaitement, oui, ça a commencé l'an dernier et il a tout essayé, tous les produits sérieux, sûrs, qui, hélas, n'y peuvent rien, car quand les cheveux doivent partir... Que lui, qui s'est mis à ne plus avoir envie de se lever certains matins. Que lui qui n'a plus envie d'aller jouer au tennis, d'aller à la piscine avec toute la joyeuse petite troupe.

La joyeuse petite troupe!!! Ah! la joyeuse petite troupe!

Papa rit sans rire. Ça fait bizarre.

— Oui, Laurette, c'est comme ça que je disais dans ma tête, quand je pensais à vous. La joyeuse petite troupe. Toi, Jérôme, Manu et cette petite choupette de Paméla. Vous étiez quatre. J'aurais voulu que vous soyez cinq, six, dix. Le nombre de fois que je me suis levé en pleine nuit pour aller vous regarder dormir. Gâteux, j'étais. Quand tu es née, quand ils m'ont dit : « C'est une fille », j'ai remercié Dieu à haute voix, j'ai dit : « merci Seigneur » et l'infirmière, sans doute une athée, une laïque, a pouffé. Et tes petites menottes. Si je ne les ai pas usées à force de les embrasser. Je me souviens de ton premier Noël comme si c'était hier. Tu n'étais pas dans le coup, pauvre petit ange, tu en étais encore à pleurer pour avoir ton biberon et à dormir et à pleurer, et à faire des risettes, des petites mines. Tu as quand même eu droit à un ours en peluche grand comme toi et à un arbre de Noël. Et Jérôme. Le premier Noël de Jérôme. Un ours, lui aussi. Et vos premiers cahiers. Tu faisais tant de pâtés. Et Manu. Le petit derrière rose de Manu. Et Pam. Les vacances avec vous. Les balades. Les parties de ballon. Le cinéma. Cette petite salle où ils ne passaient que des dessins animés. Donald. Glos Minet et Titi. Et les gâteaux. Le nombre de gâteaux que j'ai pu trimballer dans mon attaché-case. Pour mes petits lapins. Mes

90

enfants. Ma petite troupe! Quand tu as fait ta communion à Saint-Médard. Quand Jérôme a eu son premier neuf sur dix. C'était pour une rédaction : « Racontez un dimanche à la mer. » Et la fois où Manu avait essayé de se déguiser en citrouille comme les enfants de la bande dessinée de France-Soir. Toutes les joies, vous m'avez donné, toutes !

Il écrase la Benson. Se lève.

— Ma joyeuse petite troupe !

Il a crié. L'autruche a dû entendre. Et la madame Lerminois, si elle est arrivée.

Papa fait trois pas. Va regarder à la fenêtre. Revient vers Laurette.

— Pourquoi je me suis sauvé samedi ? Pourquoi je ne peux pas remettre les pieds à la maison ? Je vais te le dire, Laurette, parce que je veux, je dois être honnête. Surtout avec toi. Parce que c'est fini. N-i-ni, fini. Ça ne fonctionne plus. Ce bonheur, cette joie immense, ce besoin irrépressible de dire : « merci mon Dieu » dès que je pensais à vous, à ma joyeuse petite troupe, je ne le ressens plus. Depuis quand ? Je ne sais pas. Ça fait un bout de temps. C'est ça : un bout de temps. Un bout de temps que quand je pense à vous, ça me laisse aussi froid que quand je pense que j'ai une belle extraction qui m'attend.

Il se rassied, se pince le bout du nez, grimace sans s'en rendre compte.

— C'est monstrueux. Monstrueux. Mais qu'est-ce que j'y peux ? Ça m'est tombé dessus. Comme une maladie. Vous n'êtes plus ma joyeuse petite troupe. Vous êtes quatre enfants.

Des filles, des garçons. Des bouches à nourrir. Des chaussures à acheter. Quatre mômes qui mettent la télé et la radio trop fort quand j'ai envie ni de radio ni de télé. Quatre bipèdes bruyants, remuants, avec toujours des questions exaspérantes, des devoirs qu'ils ne savent pas faire tout seuls, des tas de machins inutiles à acheter. Non content de ne plus le remercier, Dieu, pour un peu je lui demanderais de quel droit il m'a infligé cette croix. Mais Dieu... Ça aussi, c'est cassé, fini. Il n'est plus dans le ciel. Plus nulle part. Tu me donnes une cigarette?

— Et maman?

— Ta mère?

Il prend une cigarette et tend le paquet à Laurette, qu'elle en prenne une elle aussi.

— Ta mère? Léa? Je l'ai aimée comme personne n'a aimé personne, Léa. Et ça fait... Tu es en âge de tout entendre, pas vrai? Ça fait un an que je n'ai pas fait l'amour avec elle. Nous dormons dans le même lit. Elle est désirable au possible, Léa. Eh bien...

Laurette se recroqueville dans le fauteuil de torture. Le couplet — tout bien pesé, très, très débectant — qu'elle vient d'encaisser, ça pouvait passer. Mais que papa lui raconte à elle ses histoires de coucheries avec maman.

— Un an. Dans un wagon-lit, retour de Courchevel.

— Ça, c'est vos problèmes à vous. A vous deux.

— Mais Laurette, il faut que tu saches. Tu es venue ici pourquoi? Tu t'attendais à quoi? Tu me trouves tel quel, au naturel. Un dentiste que ça n'amuse plus de faire le dentiste, un homme qui va avoir quarante ans dans trente-six jours et qui... Et ne me dis pas que c'est un coup de dépression. Je me porte comme un charme. J'ai une tension de jeune homme. Le cœur impeccable. Tout bon, quoi ! Et ça m'est tombé dessus. Tombé dessus. Hier soir, j'ai téléphoné à Lopez. Il m'a offert un couscous soigné et fait boire ce qu'il y avait de plus cher dans le restaurant tunisien où il m'a entraîné. J'en ai bu un quart de verre, de son vin excellent et pas pris la moindre sucrerie. Pas de fromage. Le couscous, c'est tout. Et bonsoir Lopez. Et je me suis retrouvé à marcher seul dans la nuit. La mort dans l'âme.

— Rentre à la maison.

— Enfin, Laurette, tu n'as rien compris. Tu ne m'as pas écouté. Ce n'est pas que je ne veux pas rentrer à la maison. C'est que je ne peux pas. Rien que de penser à la chambre, au living, à la cuisine, à mon bureau, à la litho de Folon, à tout ce qui était ma vie, mon bonheur, je m'effondre. Je peux encore passer la roulette, plomber, extraire. Mais... mécaniquement. Tiens... Bernadette, mon assistante depuis sept ans...

— La rouquine ?

— Oui. Elle était rousse. Je l'ai virée. Avant-hier. Sans raison. Légalement parlant, elle peut me créer des complications sévères. Je n'avais aucune raison de la renvoyer. Elle était compétente, ponctuelle. Mais je ne pouvais plus la voir. Je l'aurais étranglée. Lopez dit que je devrais me faire psychanalyser. Qu'est-ce que tu en penses, toi ?

Elle n'en pense rien.

Elle s'extrait du fauteuil. Elle en a marre, plus que marre, de ce radotage. Marre de l'entendre geindre. Il était plutôt ennuyeux. Mais grand, fort, plein, presque trop plein d'allant, papa. Il n'est plus ni grand ni fort. Il est si pitoyable qu'elle ne se sent pas le courage de lui balancer son paquet. Elle est venue pour rien. Elle aurait aussi bien fait d'aller regarder roupiller le python. Ç'aurait été ni mieux ni pire.

— Ça t'intéressera sans doute pas. Mais Manu est malade.

— C'est grave ?

— Le docteur Martin le bourre de médicaments. Il dit pas si c'est grave ou pas grave. Tu le connais.

— Il est bien Martin. Très compétent.

Papa va se laver les mains à son petit lavabo.

— Dis à maman de lui faire boire des litres de jus de citron à Manu. La vitamine C, il n'y a rien au-dessus.

Il s'essuie les mains, il n'en finit plus de s'essuyer les mains.

Laurette récupère son paquet de Benson.

— Va falloir que...

— Bien sûr. Bien sûr.

Ils se regardent comme des gens qui se sont tout dit.

— J'espère ne pas t'avoir traumatisée.

— Non. Ça va.

Elle ouvre la porte. Il y a une dame qui attend

94

dans le salon. Une dame grosse comme deux dames. Avec un sac Vuitton et un Yorkshire enrubanné sur les genoux. Papa incline la tête dans sa direction.

— Je suis à vous madame Lerminois. Josiane va vous installer.

L'autruche achemine la double dame et son toutou.

Papa pousse Laurette en direction de la porte du couloir.

— Ma joyeuse petite troupe, c'était ma vie. Je n'ai plus de vie. Mais on va se revoir. Tu me téléphones quand tu veux. On déjeunera tous les deux. Tu me parleras de toi.

Il lui tapote l'épaule.

— Je me souviens de tout. De notre voyage en Espagne. Tu avais six, sept ans. Et tu as gardé les yeux fermés pendant toute la corrida et Jérôme voulait descendre dans l'arène et tuer le toréro qui avait tué le taureau et maman vous a acheté des chapeaux de gitans et vous vous êtes endormis dans la voiture et nous nous sommes arrêtés en pleine campagne et maman et moi, sur l'herbe... Je me souviens de tout mais ce n'est plus que des souvenirs. Et je me demande si ce sont des souvenirs à moi ou à un autre. Ça m'est tombé dessus. Comme une maladie. La scène dans la cuisine, samedi dernier, c'est la goutte qui a... Mais ça remonte à loin, à très loin.

Laurette saisit la poignée de la porte.

Il est devenu vieux, papa. Si vieux.

En sortant de la tour, Laurette s'est acheté une glace à deux boules. Il n'y avait ni citron ni cassis. Elle a pris fraise-pistache. Elle aurait dû prendre seulement fraise. En prime, elle dégouline cette glace trop sucrée. Saloperie. Elle la balance dans une corbeille à papier.

Il n'y a pas de taxi. Et trop de gens qui vont qui viennent.

Cette visite à papa lui a scié les pattes.

Penser qu'il ne baise peut-être même pas avec l'autruche à porte-jarretelles !

9

Et je rentre chez moi en ayant perdu son amour.
Laurette n'a jamais rien lu de plus beau que cette phrase. Une phrase du Kerouac qu'elle vient d'achever dans le métro.

De plus beau ni de plus déchirant.

Et elle rentre chez elle, les pattes toujours sciées. Et folle de rage contre papa et son couplet sur « sa joyeuse petite troupe » et toutes ses vaseuses explications qui n'ont rien expliqué du tout.

C'est pas chez un psychanalyste qu'il faut qu'il aille, c'est au BHV, rayon articles de chasse, et qu'il s'achète de quoi se flinguer.

Parce que mieux vaudrait être orpheline.

Elle s'arrête au supermarché King, avenue des Gobelins, et remplit un caddy de n'importe quoi qui se mange et qui n'a pas besoin d'être cuisiné. Question tambouille, elle commence à avoir bien donné.

Au passage, elle a un regard pour Fabulos dans sa caisse en carton. Joli spectacle : il est raide mort, le hamster, sur un monceau de vieux morceaux de jambon, de saucisson, d'anchois racornis, de tous les restes de mangeaille que Manu avait mis dans des boîtes à chaussures à l'intention des Éthiopiens. Cette gourde de Paméla a passé sa semaine à le suralimenter avec des aliments pas pour les hamsters. Il aura eu une chouette existence, Fabulos !

Laurette referme la caisse et va la fourrer dans la grande poubelle à roulettes de l'immeuble.

Elle racontera à Paméla que Fabulos a flairé les chats lui aussi et qu'il est parti rejoindre Mimiquette.

Et je rentre chez moi en ayant perdu son amour.

Dans l'entrée il y a plein de jouets, plein de vieux papiers et la mob de Jérôme en trente-six morceaux et des chaussures, des nippes même pas pendues au portemanteau.

Dans le living aussi, ça tourne au taudis.

Dans la cuisine...

Dans la cuisine il y a Paméla. Et Lucien.

Ils boivent du Coca. Et Paméla, bouche bée, écoute une histoire palpitante qui est arrivée à l'écrivain américain Mark Twain quand il était un gamin qui ne s'appelait pas Mark Twain et faisait les quatre cents coups sur les rives du fleuve Mississipi.

Lucien ! Avec son blouson pas de saison, sa chemise d'un blanc fabuleusement blanc et ses yeux.

Pour un peu, Laurette crierait : « merci mon Dieu ! » comme l'autre gâteux qui lui a scié les pattes en haut de sa tour.

— Qu'est-ce que tu fais là ?

— Tu vois bien. On se raconte des histoires avec Paméla.

— Mais comment tu es là ?

— Je me suis donné du mal. Retrouver une fille dont tu ne connais ni le nom de famille, ni l'adresse...

— Tu voulais me retrouver ?

— Faut croire.

Elle est debout, sur ses pattes sciées, avec ses deux sacs en plastique bourrés de n'importe quoi qui se mange et qui n'a pas besoin d'être cuisiné. Elle n'en croit pas ses yeux.

— Comment t'as fait ?

— Tu as entendu parler de Philip Marlowe, de Sam Spade ?

— C'est des policiers dans des films de Bogart, de Mitchum.

— C'est les privés des bouquins d'Hammett et de Chandler. Ils avaient des méthodes infaillibles pour retrouver les gens introuvables.

— Tu vas rester manger avec nous ?

— Bien sûr qu'il va rester manger avec nous, Lucien. Faut qu'il finisse de m'expliquer comment les deux garçons américains ils ont réussi à remonter la rivière avec leur radeau. Tu vas lui faire quoi à manger à Lucien ? Une pâtée de riz au lait ?

— Ce soir on dîne froid. Et Manu ?

— Je l'ai aidé à prendre sa fièvre. Il a plus que trente-cinq. Ou trente-deux quatre.

Laurette posa ses sacs sur la table. Elle va monter voir.

Toujours aussi sage et pâlichou, Manu feuillette le *Journal de Mickey*.

— C'est Jérôme qui me l'a ramené.

— Et cette santé ?

— Ça va toujours pas fort.

— Température ?

— Trente-huit à quatre heures. Trente-huit un à cinq heures. Depuis, je sais pas.

— T'as mangé ?

— Une orange. Pas toute. Mais plus de la moitié.

— T'as pas soif ?

— Non.

— Et si tu te levais pour descendre dîner avec nous ? Ce soir, on a un invité.

— C'est qui ?

— A toi, je vais le dire, parce que t'es mon Manu préféré. Mais c'est un secret, hein ?

— Si tu veux.

— L'invité, c'est un garçon. Lucien. Et je crois que je suis amoureuse de lui. Mais t'en parle pas à Paméla, pas à Jérôme.

— A personne.

— Ça te fait plaisir que j'aie un amoureux ?

— Ça dépend comment il est.

— Il va te plaire. Il fait des études pour devenir écrivain américain et il connaît tous les serpents et toutes les tortues du Jardin des plantes. Dès que tu iras tout à fait bien, il t'emmènera les voir.

— J'irai plus jamais tout à fait bien.

— T'es pas fou ! Des grippes, des angines, t'en as eu des tapées et tu t'en es toujours sorti plus costaud qu'avant. Et plus grand. Cette fièvre, je suis prête à parier qu'elle t'a fait gagner trois ou quatre centimètres. Va falloir te faire des trous au bout de tes baskets pour tes doigts de pieds.

— Et papa et maman, ils reviennent quand ?

— Papa, je l'ai vu aujourd'hui. Il est très occupé. Il t'embrasse très fort. Il a dit qu'il faut que tu prennes de la vitamine C. Le plus possible.

— T'as été le voir à son congrès de dentistes ?

— Oui. A son congrès.

— Et maman ?

— Elle va revenir très vite, maman. Si ça se trouve, elle est déjà en route. Alors je te mets un chandail et un deuxième et un troisième chandail et ton bonnet de skieur et tu descends dîner avec mon invité ?

— J'ai pas envie.

— Tu préfères qu'on monte faire un pique-nique avec toi ?

— Je préfère rien du tout.

Manu ferme ses yeux, il remonte sa couette. Laurette le borde, lui gratouille le crâne.

— Tu fais un petit somme et je remonte te voir.

— Je vais pas faire un petit somme. Je vais penser.

— A papa et à maman ?

Manu ne répond pas. Il pense. Qu'on lui foute la paix. Laurette pose un baiser sur son front brûlant, et s'en va, éteignant tout sauf le Mickey qui a une ampoule teintée en guise de nez. Elle ferme la porte de la chambre des petits et reste un moment sur le palier. Dans l'obscurité. Et elle imagine Manu tout raide, comme Fabulos dans sa caisse en carton. Et elle sent monter en elle des flots, des torrents de haine pour le triste, triste connard de stomatologue et pour maman et ses jolis gros seins et ses idées de merde de bougeotte, sa fringale de virées dans les contrées lointaines où meurent des petits Noirs, des petits Jaunes, des petits Rouges. Et Manu ? Qu'il soit là, sous sa couette, à crever de cafard, elle s'en fout, maman ?

Manu s'étiole. Manu se laisse manger par la maladie. Mais Paméla est bien vivante. Même qu'elle se tord de rire parce que Lucien lui fait une imitation très convaincante du papa ivrogne de Huckleberry Finn, le copain de Mark Twain quand Mark Twain s'appelait Tom Sawyer.

S'il n'y avait pas Paméla, Laurette irait se blottir contre Lucien et elle l'embrasserait. Elle en a envie. Mais envie envie. Trop envie. Tant pis.

— Pam ?
— Oui, quoi ?
— Tu ne crois pas que je devrais lui faire un baiser à Lucien ?
— Sur la bouche ?
— Ça... c'est à toi de dire.
— Tu saurais pas.
— On peut toujours essayer.

Laurette s'approche de Lucien qui est adossé au buffet en pin anglais et elle pose ses lèvres sur ses lèvres. Doucement. Tendrement.

Paméla dégringole du tabouret sur lequel elle était perchée.

— Faut que j'aille porter un petit amuse-gueule à Fabulos.

— Plus la peine. Il est parti.

— Parti ? Où ça, il sera parti ?

— Pour moi, il a senti les chats, comme Mimiquette.

— Ça a aussi peur des chats, les hamsters ?

— Et comment !

— Je te crois pas. Je vais aller voir.

— Tu verras bien. Il a même emporté sa caisse en carton.

— Comment il a pu faire ?

— C'est malin les hamsters. Demande à Lucien. Tu peux pas savoir tout ce qu'il sait sur les animaux. Il sait même parler aux serpents, aux iguanes.

— C'est vrai ?

— Oui.

— Tu saurais dire à des chats de cent ans sans dents de s'en aller de notre cave ?

— Pourquoi tu veux qu'ils s'en aillent ?

— Parce que c'est des chats dégueulasses qui puent si mauvais que ça fait peur à toutes nos souris, à tous nos hamsters.

— Tu n'as qu'à les adopter.

— Adopter qui ?

— Les chats de cent ans.

— Adopter des chats qui puent !

— Il suffirait de leur donner un bon bain.

— Un bain dans la baignoire ? Ça les rendrait enragés. Ils nous mordraient.

— Avec quoi, s'ils n'ont plus de dents ?

Paméla foudroie Lucien du regard. Il vient de lui clouer le bec, et qu'on lui cloue le bec, elle ne supporte pas. Elle doit réagir. Absolument. C'est une urgence. Réagir comment ? Elle peut fondre en larmes, tomber aussi malade que Manu, partir à un congrès de dentistes ou on ne sait pas où comme Mimiquette ou Fabulos, se rouler par terre en trépignant, aller casser quelque chose de précieux dans le living... Elle peut...

Lucien ne la laisse pas pousser plus loin sa diabolique méditation. Il la prend par la main.

— Où tu veux m'emmener, toi ?

— C'est toi qui vas m'emmener. A la cave. Je n'ai jamais vu de chat de cent ans.

— C'est hideux.

Hideux ou pas, Lucien veut en voir. Il a déjà vu des chats de cinquante ans, de soixante ans. Mais pas de cent. Et ça lui manque terriblement. Paméla dit que non, qu'elle n'ira pas dans la cave, puis elle dit oui. En prévenant honnête-ment Lucien qu'il va au-devant de dangers comme Mark Twain lui-même n'en a pas connus, de puanteurs capables de lui déglinguer les narines.

Vingt minutes plus tard, Paméla bat des mains au spectacle de Lucien torse nu, agenouillé devant la baignoire familiale et lessivant avec énergie Tom et Huckleberry. Car, respectueux des traditions, Lucien a tenu à leur donner des noms à l'instant même de leur immersion. Débarrassés de leur crasse de chats centenaires, ils mériteraient de s'appeler l'un comme l'autre

Poil de carotte ou Poil d'orange. Mais ce sera Tom et Huckleberry. Tom celui qui a les pattes blanches et Huck (on dira Huck, ça ira plus vite) celui qui a une oreille déchiquetée. Déchiquetée quand, au cours de quel combat ? Ils n'ont pourtant pas l'air belliqueux, ces deux gros matous. Ils se laissent savonner, frotter, asperger, torchonner, étriller sans miauler, sans renâcler. Tom va même jusqu'à esquisser un ronron quand Lucien lui peigne sa queue aussi fournie que celle d'un écureuil.

— Tu sais quoi, Paméla ? J'ai l'impression que nous sommes tombés sur deux chats exceptionnels.

— Tu crois ?

— Tu ne vois pas comme ils deviennent beaux ?

— Et leur puanteur ?

— Sens-moi un peu le gros Huck.

— Il est trop lourd. Il va me faire m'écrouler. Et il sent toujours un peu pas très bon. On va lui mettre de ça.

Du Shalimar à maman. Pas moins.

— Tu sais ce qu'on va en faire, de Huck ? On va aller le donner à Manu.

Manu est toujours dans ses pensées. Il ouvre un œil. Un seul.

— Qu'est-ce qu'on me veut encore ?

— On t'apporte un chat exceptionnel. Il a plus qu'une oreille mais c'est pas grave. Il entend tout ce qu'on lui dit. C'est Huckleberry Finn. J'en ai un moi aussi. Tom Sawyer. C'est Lucien qui les a attrapés par la peau de leur cou dans la cave et il les a bien nettoyés partout. Il te plaît, ton chat exceptionnel ?

Manu fixe son œil sur cette extravagante boule de poils rougeauds que Paméla a laissé choir sur sa couette.

— Qu'est-ce que tu veux que j'en fasse ?

— Que tu l'adoptes. Il est très gentil, tu verras. Dans la cave, il boudait parce que Tom et lui, ils avaient eu que des malheurs avec des rats et des araignées. Mais il veut très bien jouer.

— J'en veux pas.

— Bien sûr que si que t'en veux.

— Faut qu'il s'en aille. Il est trop lourd. Il m'écrase les pieds.

Lucien saisit Huck par la peau du cou.

— Tu veux bien quand même qu'il dorme sur le coussin, là ?

Manu se redresse et ouvre tous ses yeux.

— Vous, je vous emmerde !

Lucien ne répond rien. Il prend la main de Paméla et ils quittent la chambre. Paméla est désolée.

— Manu, quand il se met à avoir des virus...

— Te tracasse pas. Ton frère et le gros Huck, ils finiront par devenir copains.

Dans la chambre, juste éclairée par le nez du Mickey, question copinage, ça démarre plutôt mal. Manu s'est assis dans son lit et il dit à Huck que, lui aussi, il l'emmerde et que, s'il veut pas recevoir un bon coup de glaive magique sur sa tête de con de chat sans oreille, il a intérêt à retourner dans la cave avec les rats et les araignées. Et Huck prend ça très mal. Il se dresse

106

sur ses pattes et fait avec sa gorge un bruit qui n'a rien à voir avec un ronronnement. Quelque chose comme un raclement plutôt. Et Manu lui jette dessus une peau d'orange, puis une pantoufle, puis sa casquette de joueur de base-ball. Et Huck s'approche du lit, lentement, en se donnant des airs de grand fauve résolu. Et Manu le traite d'enculé et lui jette encore quelque chose. Quelque chose de lourd. Son réveil. Et Huck a les poils de la queue qui se hérissent et il fixe Manu et souffle ou crache. Manu ne sait pas très bien. Mais ça lui fait très peur. Il ne serait pas si malade, il sortirait de son lit et descendrait l'escalier quatre à quatre. Saloperie de chat! Qu'est-ce qui leur a pris à Paméla et à l'autre crétin de lui amener cette bête qui n'en finit plus de lui souffler ou cracher dessus? Il va bondir sur le lit et le griffer et le mordre. Ça ne peut que finir comme ça. Paméla et l'amoureux de Laurette n'ont même pas été fichus de voir que c'était un chat-tigre. Manu a passé suffisamment d'heures devant la télé pour savoir à quoi s'en tenir. Des animaux redoutables, il en a vu plein plein. Si seulement son glaive magique était à portée de main et si seulement c'était un vrai glaive magique... Avec ses virus il avait une chance de traîner quelques semaines encore, quelques mois peut-être. Mais avec cette bête toute rouge et son moche restant d'oreille, cette bête qui ne bouge plus, qui ne fait plus que cracher et cherche à l'hypnotiser avec ses yeux d'un jaune pas franc... Manu tremble de tous ses membres et il y a de quoi. Même face à un bataillon de gremlins ou de soldats soviétiques il aurait moins les boules. Il va être estourbi, lacéré, perdre tout son sang. Si encore il avait la force de crier au secours. Laurette viendrait et peut-être son amoureux. Mais non. Il ne lui reste plus qu'une chose à faire : trépasser aussi bravement que possible. Sans broncher. Comme les héros deux fois plus grands et musclés que papa dans les bouquins de Jérôme. Manu se demande s'il va, d'abord, lui crever les yeux, ce monstre des caves, ou lui ouvrir le ventre et lui manger ses boyaux un par un, lentement, et son foie, sa luette, ses amygdales, son estomac, tout ce qu'il a dans les intérieurs. Il se sent tout chaud et tout froid. Il a quarante de fièvre. Au moins. Il a... Mais qu'est-ce qu'il fait, le chat ? Il ne crache plus, ne souffle plus. Il bouge. Il a bougé. Pourquoi il pose une patte sur le réveil ? Une grosse patte. Pourquoi il la retire ? Pourquoi il va renifler l'ours en peluche aussi vieux que Manu qui croupit sous la commode ? Il passe sous le fauteuil en rotin, shoote mollement dans une balle de ping-pong, la regarde rouler. Il fait celui qui ne s'intéresse plus à Manu, il fait l'indifférent et se met à renifler tout ce qu'il peut : la voiture de pompiers, un coussin, le bonnet pointu de fée à Paméla, une chaussette, la boîte en fer pleine d'Indiens mutilés. Il s'étire, devient au moins deux fois plus long. Va flairer encore quelques bricoles et s'en reprend au coussin. Qu'est-ce qu'il lui veut à ce coussin ? Il le tapote avec une patte, puis une autre, puis avec toutes ses pattes. Il veut l'écraser, le coussin, l'aplatir, le réduire en charpie ? Qu'est-ce qui lui prend au chat Huck, de faire toutes ces misères avec toutes ses pattes à ce malheureux coussin rose ? Il doit avoir une case de vide. C'est un chat fou. Un chat-tigre cruel fou. Et je te marche sur le coussin et je te remarche dessus en appuyant le plus fort possible mes sales vilaines quatre pattes. C'est un truc de chat fou, ça. Manu est en nage. Il comprend que c'est une ruse, le coup du coussin, un bon dieu de cochonnerie de ruse. Que c'est pas au coussin qu'il en veut, le Huck, que c'est à lui. A lui qui a si peur, si peur. Il le sait, Manu, que plus rapide que l'éclair, il va se retourner et lui sauter dessus toutes griffes dehors et... Aucune chance d'en sortir vivant. Les dés sont jetés. Si Manu y pensait, il réciterait les bribes de prière qu'il connaît. Mais il n'y pense pas. Il pense juste qu'il va devenir un petit garçon mort. Mort sans avoir dit à Paméla qu'il lui léguait son glaive magique, tous ses jouets, toutes les économies qu'il a dans la tête de son robot cassé — mort sans avoir embrassé maman, papa, Laurette, Jérôme, madame Leurrier, tout le monde. Il fait semblant de dormir sur le coussin, maintenant, le chat exceptionnel. Ce qui est encore plus salaud comme ruse : il fait l'étalé, le tout mou, ce monstre assoiffé de sang. Résigné, Manu se glisse sous sa couette et ferme les yeux, parce que mourir en se voyant mourir ça doit être encore plus vexant.

Des minutes longues comme des siècles passent.

Il doit s'être endormi, Manu, au moins un peu,

parce qu'il rêve. Il est toujours dans son lit. Mais son lit est dans le living et papa et maman, qui font un congrès avec des dentistes en blouses blanches et mangent des crackers au fromage et boivent du whisky à l'autre bout de la pièce, n'entendent pas Manu qui pousse des hurlements parce que le chat exceptionnel qui est devenu King-Kong va l'emporter comme la dame blonde pas très habillée dans le film à la télé. Et Manu verse de telles larmes que sa couette est trempée. Son oreiller aussi. Manu se tourne, se retourne dans son lit. Il cherche à quoi se raccrocher, il cherche, il cherche et — miracle! — une main se tend, secourable, une main gantée de fourrure chaude.

Il reconnaît la bonne odeur de maman. Et il la serre cette main, il la serre, il la serre.

Il est sauvé.

Plus de King-Kong. Plus de dentistes. Plus de congrès. C'est maman qui est là avec sa main qu'il serre aussi fort qu'il peut, cette main si vivante, si douce. Et il se blottit contre quelque chose de très chaud, de très doux qui est avec lui. Sous la couette.

Ce qu'elle peut rire, Paméla, quand elle découvre Manu et Huck tendrement enlacés, l'un ronflant et l'autre ronronnant. La patte dans la main.

Elle se demande lequel des deux est le plus mignon et décrète que Manu est le plus mignon des frères et Huck le plus mignon des chats. Et Tom aussi. Tom qui a mangé deux boîtes entières de thon en boîte rien qu'avec sa bouche sans se salir le plastron et qui dort sur le frigo.

Elle ne se demande pas ce que Laurette et Lucien vont bien pouvoir faire après ce dîner de confitures, de yaourts, de miel, de crème Mont-blanc au chocolat, de chips et de cornichons. Elle le sait : ils vont s'embrasser sur la bouche.

Ça aussi ça la fait rire, Paméla. Et de ne plus se laver les dents du tout et pas beaucoup les mains et de manger tant de choses pas fameuses pour la santé, tant de choses qui ne font que vous écœurer, à n'importe quel moment de la journée et les hamsters qui ont le culot de s'en aller en emportant leur boîte en carton et maman qui n'est plus là pour lui dire de ne pas suçailler sa gourmette, de ne pas crier, de ne pas emmener sa radio aux cabinets.

C'est rudement chic aussi que papa ne soit pas là pour lui taper sans arrêt sur les fesses en lui disant des mots d'amour. Rudement chic qu'elle ait un ventre bien plein, bien bombé. Car son rêve à Paméla, c'est de devenir quand elle sera grande une petite boulotte comme Sophie Malestro qui fait rire tout le monde au cours de danse.

Rire, Paméla, elle voudrait faire que ça.

C'est pour rire qu'au lieu de se coucher toute seule dans son lit à elle, elle va se coucher sous la même couette que Manu et ce sans-gêne de Huck qui prend tant de place avec son gros cul poilu.

La dernière chose qu'elle se demande, Pam, avant de s'embarquer pour le pays des songes, si possible rigolos, c'est où il va dormir, Lucien.

10

Où il va dormir Lucien ?

Sûrement pas dans la douillette petit chambre à rideaux de cretonne qui l'attend chez son père opticien dans le douzième arrondissement. Cette piaule, il la hait. Comme il hait les bols de chocolat que sa mère lui porte au lit chaque fois qu'il couche à la maison et les œuvres impérissables diffusées par France Musique dont ses géniteurs se goinfrent dès les aurores. La crème des parents, les parents à Lucien. Mais mélomanes comme pas permis. Un père qui joue de la flûte traversière avec son épouse pour l'accompagner au violon. Pas qu'ils jouent mal. Loin de là. Mais pour apprécier, se repaître, faudrait être amateur. Et Lucien, lui, il donnerait tout Haendel, tout Haydn, tout Mozart, toutes ces musiques de salle Pleyel, pour une giclée de piano d'Erroll Garner, une impro de Miles Davis ou n'importe quoi de Thelonious Monk dans un bar enfumé.

Tout ça ne dit pas où il va dormir.

— Dormir. On trouve toujours où faire ça. T'inquiète pas, Laure. Quand c'est l'heure de plonger, n'importe quoi de pas trop dur même chez des gens que tu ne connais pas, un sommier sans ressorts, une carpette mitée, même un banc de square fait l'affaire.

Il a dormi dans des ateliers de peintres rencontrés à La Coupole, Lucien, dans des sacs de couchage à la belle étoile, dans des couloirs d'appartements miteux ou somptueux, il a dormi deux nuits à l'Armée du Salut et dans au moins dix piaules différentes de la Cité universitaire. Dans des stations de métro aussi et sous un pont, une fois, avec des routards qui venaient de Copenhague et allaient en Espagne à pied.

— T'as dû dormir avec beaucoup de filles.

— Quelques-unes. Tu n'as pas toujours la chance de trouver un lit pour toi tout seul.

— Des filles comment ?

— Des bien. Des moins bien. Mais pas beaucoup, tu sais.

Laurette ne sait pas exactement. Et ça la chiffonne. Elle trempe une chip dans un fond de pot de confitures de griottes. Elle voudrait tout savoir de Lucien. Savoir ce qu'il fait de ses journées, savoir en quoi ça consiste, ses vadrouilles.

— Toi, tu as eu mon cher père au téléphone. C'est son mot : vadrouille. Lui, si tu dépasses le bois de Vincennes au sud et la place de la Concorde au nord, tu es tout de suite le Juif errant ou quelqu'un d'aussi instable. Même en vacances il n'y va pas. Tout est toujours trop loin pour lui. Il n'a pas de voiture. Il n'a jamais pris l'avion. Il croit que les trains sont toujours à vapeur. Il voyage dans sa tête. Et il voudrait un

fils polytechnicien. Quand j'ai échangé ma première paire de souliers vernis contre des baskets
déjà rodés à un garçon de l'école Charles Baude-
laire, il a eu une crise d'asthme. Faut dire
qu'avec ces baskets, je suis allé en stop à un
festival de musique pop en Bretagne. Je le ferai
mourir, mon père, le jour où je prendrai l'avion
ou le bateau.

— Pour aller où ?

— Manger des vrais burgers, rôder à Chinatown, écouter de la vraie musique de Blacks à
Harlem, aller acheter le dernier canard à la
mode à Greenwich Village et dormir sur l'herbe
de Central Park. Se faire ramasser par de vrais
cops parce qu'on a piqué un somme sur l'herbe
humide de rosée de New York « la grosse
pomme », ça doit être planant, non ?

— Tu vas le prendre quand l'avion ou le
bateau ?

— Le plus vite possible.

Laurette n'a toujours pas mangé sa chip-
griottes. Que Lucien prenne des avions, des
bateaux, c'est de moins en moins dans son plan à
elle.

— Cette nuit tu peux dormir ici.

— Tu veux dire dormir avec toi ?

Nous y voilà. Fallait bien qu'elle finisse par se
poser, cette foutue question. Laurette fixe sa
patate confiturée avec angoisse. Elle boit une
gorgée de thé plus même tiède. Du Earl Grey. Ça
sent comme la crème qu'on se met l'été pour
bronzer cuivré. La bergamote. Laurette adore
l'été, le soleil. Lucien aussi, elle l'adore. Et il

114

vient de lui poser la question qu'elle attendait depuis l'instant où elle l'a trouvé en train de parler à Pam du Mississippi et de ce sacré sacripant de Tom Sawyer. Elle les a lues, *Les Aventures de Tom Sawyer*. L'année de son entorse. Elle jouait au foot avec papa et Jérôme et elle s'est étalée à cause d'une cagnasse. A cause de sa maladresse et de son manque total d'intérêt pour le ballon, le sport, toutes ces conneries de garçons, d'hommes. C'était hier, cette entorse. Mettons... il y a quatre cinq étés. Et le moment est arrivé où elle doit dire à un garçon si... Elle en meurt d'envie de dire oui. Mais elle ne le dit pas. A cause de Corinne et de la tronche qu'elle se tirait quand elle s'est crue enceinte tout un week-end ? Sûrement pas. Corinne est une vraie pute qui a couché dix ou vingt fois au moins avec d'incroyables ploucs. A cause de Yette, de Martine, de Françoise et de leurs théories faux-derches qui les autorisent à faire le max de pures et simples cochonneries mais pas à coucher ? A cause de ses principes à elle, Laurette ? Quels principes ? Elle en a, des principes ? Quelques-uns. Tout le monde en a. Mais c'est à peine des principes. C'est plutôt de la trouille. Elle a peur. C'est ça : elle a peur. Mais de quoi ? Pas de Lucien en tout cas. Quand il l'a embrassée, tout à l'heure. Quand il l'a serrée contre lui, elle ruisselait de confiance. Bien sûr qu'elle veut bien dormir avec lui, qu'il la voit toute nue, qu'il la touche partout. Dieu sait — s'il existe — qu'elle en rêve depuis belle lurette de faire avec un garçon ce que souvent, très souvent, toute seule... Elle en revient à Corinne, à Corinne qui lui a dit que la première fois c'était forcément tristos, décevant, loupé, désagréable. Elle lui a tout bien décrit, Corinne. Le sang. La douleur à la limite du supportable. La gêne. Le type en nage incapable de trouver les bons endroits et disant ce qu'il fallait pas dire.

Laurette se lève pour aller chercher un paquet de Benson dans le buffet du living. Elle les achète par cartouches maintenant. Lucien s'écarte pour la laisser passer. Il caresse Tom qui, affalé sur la table, se livre à un dépistage systématique des miettes de chips.

Il est d'un calme, Lucien.

Bon. Elle a fumé une demi-cigarette et même bu une larme de l'alcool venu du froid qui a rendu papa comme fou et elle n'en est pas plus avancée pour autant. Elle gamberge et regamberge. Si sa tête éclate pas, c'est que c'est vraiment du solide. Elle se dit de ces conneries, mais de ces conneries. Qu'elle est trop jeune. Qu'elle ne peut pas faire ça. Pas ce soir. Pas déjà. Que, plus jamais, après, elle n'oserait regarder maman et papa en face. Ni mamie de Nice. Et pourquoi pas Corinne, Yette et toutes les gourdasses du lycée et les profs et l'abbé Renard qui leur faisait de si belles tartines sur la luxure au caté ? Elle se donne, elle se fabrique des raisons qui ne sont pas des raisons. Elle débloque, voilà ce qu'elle fait. Il y a Lucien — Lucien ! — qui est à deux pas, Lucien qui attend dans la cuisine et elle, elle est là à s'enfumer les poumons et se faire un ciné du diable. Ça rime à quoi ? Elle joue à quoi ? Elle veut mourir vierge et pure ? Finir canonisée par le pape ? Attendre d'avoir son bac ? C'est papa qui lui a refilé sa chtouille mentale ? Va falloir qu'elle envisage elle aussi d'aller s'allonger sur le divan d'un psy ? Elle est détraquée peut-être ? Peut-être qu'elle ne désire rien de mieux, rien de plus que ces infimes turpitudes, ces chatteries vicelardes, quand elle est seule, seule tout à fait seule, la nuit, dans sa chambre, et que « la joyeuse petite troupe » dort... Elle serait si perverse que ça ? Pas nette ? C'est ça. C'est ça ou la trouille et si c'est ça ou la trouille, c'est trop, trop tarte, trop...

Allez fillette ! Du cran !

Elle retourne dans la cuisine, se jette à la flotte.

— C'est oui. Mais ça sera la première fois, Lucien.

— Pour moi, ça sera deux fois la première fois. La première fois avec une fille pour qui c'est la première fois. Et la première fois avec toi. Dans mes vadrouilles, c'est des endroits pour dormir que je cherche, des lits. Et les filles, les femmes que je trouve parfois dedans, c'est un petit plus. Comme qui dirait le cadeau Bonux. Il arrive que ce soit très agréable. Normal. Mais toi, c'est pas pareil. C'est...

C'est à son tour de boire une gorgée de thé. A son tour de ne plus trouver ses mots. Tout ce qu'il trouve à faire, Lucien, c'est de se lever, d'éteindre la lumière de la cuisine, d'embrasser Laurette. A pleine bouche.

Et elle lui dit « I love you ».

Ça fait con. Ça fait film.
Mais elle n'a rien trouvé d'autre.
Et ils s'en contentent.
Et ils ont bien raison.

11

Ben Chaftfoui en était à sa neuvième partie gratos et le patron du café, un chauve mâchonnant un moignon de cigare pas allumé, a trouvé que ça suffisait. Alors il s'est sorti de derrière son comptoir, il s'est approché du flipper et il a tapé dessus avec le plat de la main. Et ça a fait TILT.

Et des gens ont ri.

Pas Ben, ni Yalloud, et encore moins Jérôme qui a attaqué aussi sec.

— Pourquoi vous avez fait ça ? Parce que mon copain est arabe ?

— Arabe, ton copain ? Moi, je le prenais pour un Anglais.

— Ou un Irlandais.

Tout le café s'en est mêlé. Ça a fusé de toutes les tables, les joyeusetés.

— Ce beau blond-là, arabe, ça m'étonnerait. T'as raison Léon. C'est un British.

— Un gentleman. Un vrai. On jurerait le prince Charles.

— T'as raison, le prince Charles. Même qu'il

doit avoir fière allure quand il arrive à Buckingham sur son chameau.

Sur son chameau !

C'était trouvé, ça !

Trouvé par un bœuf attablé devant un picon-bière, qui l'a pris en plein dans les moustaches, son picon-bière. Et il s'est jeté sur Yalloud pour lui montrer ce qu'il leur faisait, lui, aux ratons qui lui arrosaient les moustaches. Mais il s'est étalé et s'est écrasé sa bouille de bœuf sur le flipper parce que Ben lui a fait un croche-patte. Elle était en capilotade, sa bouille, au bœuf, et ça aurait tourné au massacre si les trois garçons n'avaient pris le large et dévalé le boulevard Arago à toutes blindes pour aller se perdre dans la nuit aux environs du Lion de Belfort.

Une nuit brumeuse. Et froide. Surtout pour Jérôme qui avait, c'était fin, laissé son blouson sur une banquette du bistrot. Son blouson avec son portefeuille dedans, son briquet, ses stylos.

— Faut que j'aille le récupérer. Absolument.

— Si on y retourne, ils nous pètent la gueule.

— Tout seul, ils me feront rien. Je serai très poli. Je dirai que le verre dans la poire du bonhomme, le croche-patte, c'était vous parce que vous êtes des Africains enragés et tout ce qu'ils voudront.

— Ce qu'ils voudront, c'est te péter la gueule.

— Tu te répètes, Yalloud.

— Si tu y retournes, on y va aussi.

— Déconne pas, Ben. Si ça se trouve, ils ont alerté les flics. Et les flics, quand ils vous verront, vous...

— Moi, je te laisse pas y retourner tout seul.

— Moi non plus.

— Ce qui est chouette avec vous, c'est qu'en plus d'être arabes, vous êtes chiants.

— Chiants ou pas, on te laissera pas aller te faire...

— D'accord. Je laisse tomber. Mon blouson, je leur en fais cadeau. Mais je rentre. Je me les gèle. Alors salut. Bonne nuit, bonne nique.

Ben et Yalloud sont restés sous le lion à maudire les enfoirés de ce café de malheur et Jérôme a marché à grands pas en direction du cocon familial. De moins en moins coconneux et de moins en moins familial. La tournure que prenaient les événements, ça le faisait de plus en plus maronner, Jérôme. C'est qu'avec ses airs de rouleur, c'était lui le plus casanier de la « joyeuse petite troupe », le plus attaché à un certain standing, en fait. La maison sans papa, sans maman, le désordre, il n'appréciait pas. Pas du tout. Il avait le cheveu aussi long et broussailleux que possible, il laçait ses baskets tous les trente-six du mois, sa chambre était bordélique à souhait. Mais il ne supportait pas le moindre grain de poussière dans le living, le moindre bibelot pas à sa place. C'est pas lui qui aurait débarqué la mère Leurrier. Ça non. Il lui fallait absolument un papa fringué bon chic bon genre avec cravates sévères et pochettes assorties, une maman élégante et clean et coiffée toujours très bien et aussi bijoutée que possible. Même leurs conversations chiantes, leurs engueulades, à papa maman, il aimait. Il lui fallait des parents

121

« bien ». Une base solide. Un havre. Toujours le dernier à table, il était le seul des quatre enfants Milleret à trouver parfait que, chez lui, midi soit midi et huit heures huit heures.

Et il allait trouver quoi, ce soir encore ? La merde partout, du fouillis, n'importe quoi à jaffer dans une cuisine crade et Laurette vautrée, défaite, tirant sur ses clopes comme une droguée et partante pour le canuler avec des nouvelles de papa et maman qui ne seraient même pas de vraies nouvelles. Son père et sa mère en cavale, il admettait pas. Ça tenait tellement pas debout. C'était à se demander si le feuilleton de Laurette, l'histoire de papa se trottant après avoir roucoulé avec une radasse et de maman se bouclant sa valoche pour aller retrouver des Médecins sans Frontières sur un autre continent, c'était pas des craques. Pourquoi pas, tant qu'à délirer, se les imaginer raptés, pris en otages par des terroristes, des fanatiques, des agents du KGB, de la CIA. Ou morts. Assassinés par des tueurs fous en cavale. Nul, d'accord ! Mais pas plus que d'admettre que le stomato avait plongé dans la débauche et que maman était partie sans toutes ses robes, toutes ses chaussures.

Peut-être qu'ils étaient rentrés. Peut-être que papa allait lui passer un savon grand format et maman...

Non. Ils étaient partis, bien partis, ces salauds et il allait retrouver que Laurette et ce vide, ce grand vide.

Arrivé au carrefour Saint-Marcel-Gobelins, au lieu de prendre à gauche, il a pris à droite. Ça

122

n'urgeait pas de revoir la rue des Gobelins et, son blouson, il allait pas en faire cadeau à ces racistes.

Ils étaient moins nombreux dans le café au flipper. Le beauf avait dû aller se faire mercurochromer par sa beaufesse. A coup sûr, une bien belle femme. Le patron était assis à une table avec d'autres vieux et des cartes.

Il a eu l'air content de revoir Jérôme.

— Mais c'est le petit Jérôme. Le petit Jérôme Milleret, du trois *ter* rue des Gobelins.

D'accord. Il avait fait les poches du blouson, trouvé le portefeuille, le nom, l'adresse.

— T'es tout seul, Jérôme Milleret ? Tes copains sont rentrés à la casbah ?

— Je voudrais mon blouson.

— Là, mon petit Jérôme Milleret, j'te comprends. Avec le temps qu'on a, se balader en bras de chemise, c'est pas prudent.

— Il est où ?

— Ton blouson ?

— Oui. Où vous l'avez mis ? Il était sur cette banquette.

— Il y était. Mais il y est plus. Faudrait que t'ailles voir au commissariat de la place d'Italie.

— Vous avez été le porter aux flics ?

— Les objets trouvés, hein... avec tous ces jeunots qui rôdent. Je parle pas des bons petits gars comme toi. Mais t'en as... C'est plein de Vietnamiens par ici. De Chinois. De Nègres. Paraît qu'y aurait même des Arabes. Des ordures de salopes de trous du cul de sacs à merde d'Arabes !

123

C'est à ce moment-là qu'il s'est levé, le limona-
dier. Et un autre joueur de cartes. Un joueur de
cartes dans les cent dix kilos avec des joues
couleur de steak bleu. Et il a pris le relais du
patron.

— Paraît que t'as été malpoli avec Léon tout à
l'heure ? Paraît qu'y faut pas toucher à tes potes.

Il est venu tout près de Jérôme et il a agité ses
mains aux ongles pas coupés, pas propres. Il
sentait la charcutaille. Les crépinettes, la sau-
cisse de Toulouse. Jérôme a détourné la tête pour
pas voir arriver la beigne. Ça n'a pas été une
beigne mais un coup de chaussure dans le tibia.
Maous, le coup de chaussure. Jérôme a serré les
poings. Il a traité la tête de steak de pourriture.
Mais si bas que personne n'a entendu. Puis il est
sorti du café en boitant. Sans moufter. Sonné.
Vaincu.

Cramponné à un arbre, au carrefour Gobelins-
Saint-Marcel, il a pleuré. Il avait mal. Il avait
honte. Il aurait voulu gerber. Il a pu que pleurer.
Un peu. Suffisamment pour un garçon de son
âge.

La maison était à cent mètres. Un quart
d'heure, ça lui a pris, ces cent mètres. Dans la
cour, il n'a même pas vu qu'il n'y avait plus la
caisse à Fabulos. La porte de la maison était
fermée à clef. Heureusement, la clef était dans
une poche de son jean, pas dans son blouson. Il
n'a pas allumé dans l'entrée. Il est allé directement dans la cuisine. Il avait son jean collé, sa
chaussette pleine de sang. Et c'était enflé. L'os
avait tenu. Mais bonjour l'hématome. Il a

124

enfourné des glaçons plein sa chaussette et s'est assis et a mangé des gâteaux secs, des cornichons. Ça le cuisait de plus en plus. Il était furax. Et un chat rougeaud le regardait. D'où il sortait celui-là ? Pourquoi il y avait un chat sur le frigo et pas un bruit dans la maison ? Pourquoi ça lui faisait de plus en plus mal ?

Une fois restauré, Jérôme aurait dû se hisser à l'étage, aller s'étaler sur son lit. Mais la perspective de se cramponner à la rampe, de jouer les béquillards, l'a rendu encore plus furax. Le mieux qu'il avait à faire, c'était d'aller dormir dans le living sur le canapé.

C'est comme ça qu'il est tombé sur Laurette. Laurette avec, sur elle, rien qu'un T-shirt retroussé. Laurette indécente, maigrichonne, fragile.

Laurette dormant la tête sur l'épaule d'un type nu au ventre plat.

Laurette.

Jérôme s'est senti tout drôle. Il aurait voulu, il aurait dû trouver ça dégueulasse. Il trouvait ça beau.

Oui. Beau.

Il l'avait entrevue bien des fois, nue ou tout comme, Laurette. Il avait bien des fois chiné ses miches d'insecte, rit sottement de ses soutiens-gorge qu'elle s'entêtait à s'acheter à Prisu et que jamais elle ne portait et pour cause. Laurette à la plage, l'été dernier encore, c'était si peu une fille.

Il lui vint une de ces pensées, à Jérôme, une de ces pensées...

Il se dit qu'il avait de la chance, le garçon au ventre plat.

Il se dit ça. Exactement ça.

Et il comprit qu'il n'avait plus rien à faire dans cette maison. Que quelque chose était fini.

Quoi ?

Quelque chose.

Et il est parti en refermant la porte de la maison à clef. Parti pas à cloche-pied mais presque. Et seul, très seul. Il s'est traîné jusqu'à chez Yalloud. Mais Yalloud n'était pas encore rentré. C'est une des trois ou quatre mères ou une de ses six ou sept sœurs, à Yalloud, qui lui a ouvert. Elle était en pyjama rose avec une montagne de serviettes éponge sur la tête et du jus de henné qui lui coulait sur le front. Elle n'a rien compris de ce que Jérôme lui voulait et a fini par lui claquer la porte au nez. Chez Sidiki, le petit génie noir de l'électronique, il a sonné sonné sonné et personne n'a entendu ou voulu l'entendre. Chez Ben pas la peine d'essayer. Depuis que leur fille s'était débrouillée pour mourir à la station Maubert, chez les Chaftfoui, c'était l'enfer et la désolation.

Jérôme a alors pensé au commissariat où, soi-disant, se trouvait son blouson. Il pouvait leur montrer sa jambe et dire que c'était le patron du bistrot qui avait ouvert les hostilités. Trop risqué. La police et les bistrots qui n'admettent pas que des Arabes sachent manier un flipper, c'est la même engeance d'enculés.

Restait Li.

C'était pas tout près. C'était à l'extrême bout

de la rue de Tolbiac. A Chinatown. Mais Li, c'était sa dernière chance à Jérôme.

C'est comme ça qu'il est parti, claquant de froid, des glaçons fondus plein sa chaussette et se tordant de douleur à chaque pas, chez les Jaunes.

12

Il fait à peine jour et Laurette en est à son quatrième yaourt.

Tom aussi. Il aime tout ce qui se mange, ce patapouf.

Et Laurette aime le chat Tom et ce jour qui commence, et d'être assise par terre, devant le frigo ouvert, les fesses sur le carrelage, sans culotte, la touffe à l'air. Elle aime la vaisselle sale dans l'évier, la table pas desservie, cette fourchette sur une chaise, ces serviettes en papier roulées en boule un peu partout.

Elle aime que ça se soit passé comme ça s'est passé.

Rien à voir avec les souvenirs crapoteux de Corinne. Lucien n'a pas été en nage. A aucun moment. Et il n'a rien dit d'incorrect ou d'imbécile.

Il n'a rien dit du tout. Il l'a déshabillée en silence. Il l'a embrassée partout. Tout à fait partout. Si doucement, si tendrement qu'elle a cru qu'elle allait en mourir. Et... elle... C'est fou ce que c'est facile de faire des choses terribles.

Maman dirait : regrettables.

Mais Laurette l'emmerde, maman. Et le stomato comateux dans la tête, encore plus.

C'est à peine si elle est encore un peu leur fille à l'heure qu'il est.

A l'heure qu'il est, elle est... Mamie de Nice dirait qu'elle est « encore pure », parce que Lucien — le pauvre chat — a eu comme un alanguissement, pour cause de trop de tendresse. Et alors ? C'est arrivé bien des fois à Émile Zola (ou Honoré de Balzac ou Stendhal), Laurette l'a lu dans un magazine. Et ce matin, cet après-midi, bientôt, cette ultime formalité sera accomplie. Ce qui compte c'est que... gémir de plaisir, maintenant elle sait ce que ça signifie. Si Corinne n'est tombée que sur des garçons pas capables de dénicher les bons endroits, c'est qu'elle n'est foutue de plaire qu'à des tarés comme elle.

Elle laisse Tom récurer le fond du pot du quatrième yaourt. Qu'il y mette les pattes si sa langue touche pas le fond ! Elle, elle va préparer un café aussi américain que possible pour Lucien et lui griller des toasts. Un vrai breakfast. Et à midi il aura du maïs, du bacon, des saucisses. Elle va aller faire un grand marché à l'américaine.

Merde ! On sonne à la porte.

Qui ça peut être ? Pour venir chez des gens aussi matin faut que... Cent fois merde : ça peut être que maman. Elle a pas oublié que son passeport, ses papiers. Elle a laissé ses clefs aussi. Donc c'est forcément elle et elle s'énerve sur la sonnette.

Ça résonne.

Laurette se précipite, telle quelle. La chatte au vent. Grâce au ciel, au moment d'ouvrir, elle s'en rend compte, et après avoir crié « J'arrive ! », elle va cueillir son jean sur la moquette du living, l'enfile presto, ferme les deux battants de la porte du living et va affronter la tempête. Parce que ça va tempêter ferme.

C'est maman. Mais elle n'est pas seule. Elle est avec un homme grand, avec énormément de cheveux bouclés, une veste de tweed et une bouche qui n'a jamais dû sourire. Et maman n'entre pas quand Laurette lui ouvre la porte.

— Déjà debout, toi, et habillée ?

— J'ai pris un tel retard en maths qu'il faut que je révise. Alors...

— Levée aux aurores pour travailler. On m'a changé ma Laurette. Mais si c'est en bien...

Elle a la joue fraîche, maman. Et un élégant tailleur noir que Laurette ne lui connaît pas. Saint Laurent Rive Gauche à vue d'œil. Mais pourquoi elle reste plantée sur le perron ?

— Tu n'entres pas ?

— Non Laurette. Je n'entre pas. Je n'entre pas car si je remets un pied, un seul, dans cette maison, c'est reparti, c'est l'engrenage. Quand on a pris une décision, une grande décision... Bref. J'ai besoin de deux trois bricoles et besoin de parler à ton père et puisque son assistante s'obstine à me dire qu'il est occupé, quand je téléphone à son cabinet, tu vas monter lui demander de descendre.

— De descendre ?

— De descendre. Oui. Je suis venue exprès à cette heure pas catholique. Pour lui parler avant son départ. Alors tu montes lui dire que je suis ici, dehors, et que je l'attends. Et tu me rapportes mon manteau de renard, le coffret à bijoux, ma toque de chez Révillon, et ma pochette avec mes papiers. Ce passeport, cette carte d'identité dont j'ai *absolument* besoin et que tu...

— Si ta Jackie n'avait pas commencé à me bassiner avec...

— Ne sois pas agressive, tu veux.

— J'ai peut-être des raisons de l'être, agressive. Ça fait plus de huit jours que tu...

Laurette stoppe net. Qu'est-ce qu'elle va gagner à chercher des crosses à maman ? A maman qui n'a pas l'intention de rentrer dans la maison, d'aller rôder dans le living où Lucien...

— J'y vais, maman. Je dis à papa que tu es là, qu'il faut qu'il descende *absolument* et je prends tes fourrures, ton coffret et ta pochette en croco dans le deuxième tiroir de ta commode.

Il serait plus simple, évidemment, de cracher le morceau, d'avouer à maman que papa n'est jamais revenu, qu'il campe en haut de sa tour avec une assistante très consommable à laquelle il ne touche sans doute pas et le cerveau farci de conneries géantes. Ça serait plus simple s'il n'y avait pas Lucien tout nu sur le canapé du living.

Donc Laurette monte à l'étage.

— Pour la fourrure, les bijoux, la pochette en croco, no problem. Les fourrures sont dans la penderie, le coffret sur la table de chevet, la pochette dans le second tiroir. Pour papa...

Laurette redescend à petite vitesse et, arrivée devant maman, elle baisse le nez et le ton.

— C'est non. Il ne veut pas, papa.

— Il ne veut pas quoi ?

Maman l'a haussé, elle, le ton.

— Il dit qu'il ne veut pas te voir, pas de parler. Que tu es restée trop longtemps partie.

— Je l'aurais parié !

Maman se tourne vers le monsieur en tweed.

— Je vous l'avais dit, Albert. Je vous l'avais dit que cette visite ne servirait à rien. Qu'il avait sûrement mis au point une tactique.

— Eh bien si c'est une tactique, ma chère Léa... si c'est une tactique...

Il fronce les sourcils. Il réfléchit intensément, l'Albert.

Qu'est-ce que c'est, cet homme qui appelle maman ma chère Léa ? Maman se serait trouvé un coquin ? Un coquin aussi tristos, aussi imbaisable ?

Elle est jeune, très jeune, maman, pour une maman. Et elle a un charme fou, tout le monde le dit, et de jolis gros seins.

C'est pas pensable que ce bonhomme...

Il va réfléchir jusqu'aux vendanges ou quoi ?

Laurette remonte, aussi discrètement que possible, le zip de son jean. Elle a les pieds nus, les cheveux en bataille. Elle se sent lamentable, Laurette. Ça va durer combien de temps, ces

micmacs ? Maman et l'Albert ont l'air de démar-
cheurs venus pour fourguer une encyclopédie en
quarante volumes ou une police d'assurance. Ça
rime à quoi ce cinéma : maman faisant le poi-
reau devant sa propre porte comme si, à l'intérieur, y avait des vampires ou le microbe du
sida !

L'Albert livre enfin à la chère Léa le fruit de sa
réflexion.

— Si c'est une tactique, nous devons passer à
la contre-attaque. Mais sans sortir des limites de
la légalité.

— Vous croyez donc que... ?

— Je ne vois pas d'autre solution. Léa.

— En ce cas...

Maman ouvre la pochette en croco. En exa-
mine le contenu. La confiance règne ! Sympa. Ils
y sont, le passeport, les paperasses pour pouvoir
aller tirer les sous-développés de leur dèche, de
leur inculture. Maman referme la pochette, et
devient grave, très grave.

— Il ne me reste plus qu'à te charger d'une
dernière commission, Laurette. Tu diras à ton
père qu'il va recevoir une lettre recommandée.
Que, sur les conseils de maître Lévy-Toutblanc...

Ouah ! C'est pas un coquin. C'est un avocat. Il
ne la saute pas, maman, il fait pire. Il lui a
flanqué en tête des idées de divorce. Parce que ça
peut pas venir d'elle, pas de maman. Qu'elle ait
décidé de se trotter, de voir du pays, admettons.
De là à avaler qu'elle en est à vouloir bousiller
tout... Casser... Aller aux dernières extrémités...

— Une lettre recommandée pourquoi ?

— Certaines choses doivent être légalisées.

— Tu veux divorcer ?

— Je suis venue pour parler à ton père. Le dialogue, c'est lui qui le refuse. Je suis venue. Je suis là. J'étais prête à lui accorder une dernière chance. J'espérais qu'on pouvait en finir dignement. Mais si ce monsieur...

Ce monsieur ! Elle dit plus ton papa, ton père. Elle dit ce monsieur.

C'est plus du cinéma. C'est carrément du cirque. Plus débectant encore que du cirque : du théâtre. C'est la Comédie française, le TNP, le TEP. Maman est venue jouer *Athalie* ou une chiotterie de ce genre, à pas même sept heures du matin, sur le pas de la porte, comme un facteur ! Laurette se sent une furieuse envie de lui voler dans les plumes. L'entrevue avec papa dans son gourbi sentant le clou de girofle et le vieux chicot, c'était déjà trop trop. Mais maman dans son numéro de mater dolorosa...

— Et nous dans tout ça ? Moi, Manu, Pam, Jérôme, on devient quoi ?

— Vous ? Mais c'est à vous que je pense. Qu'à vous. La vie que je veux vivre, je ne l'envisage pas une seule seconde sans vous. Tu m'imagines sans toi, ma belle Laurette, sans ce grand grognon de Jérôme ? Mais je vous veux. Je vous veux. Tu m'imagines sans ma Pam, sans mon Manu ?

— Tu es là. Ils sont sous leur couette, Pam et Manu. Tu peux monter les embrasser. Y a vingt marches à monter. Pas une de plus.

— Si tu crois que je n'en crève pas d'envie.

134

Comme elle a craché ça.

Papa s'est gouré. C'est pas madame Brise-couilles en personne. C'est miss Douleur !

Maître Albert Lévy-Toutblanc lui pose la main sur l'épaule, à la chère et douloureuse Léa. Fraternellement. Ou paternellement. Enfin fichtrement dignement.

— Soyez courageuse. Il le faut.

Comme il a sorti ça, le maître. On sent le pro. Il a dû en prendre des cours. Il doit être somptueux dans les débats télévisés sur la peine de mort, la délinquance juvénile, le recyclage des putes repenties.

— Il faut que vous compreniez votre maman. Elle tient à vous. Et nous devons jouer serré. Ça peut devenir très complexe une procédure de séparation, de divorce. Il y a la question de la garde des enfants. Avant c'était simple, très simple. Mais aujourd'hui... Il arrive que ce soient les pères qui se voient octroyer la garde. Les mentalités ont changé et certains magistrats... Nous ne pouvons pas nous permettre le moindre faux pas. Il est évident que si votre papa fait montre de compréhension... Vous pouvez lui parler, vous. Oui. Votre rôle peut être déterminant.

Voilà qu'il lui propose un rôle. C'est bien du théâtre, du mélo, qu'ils sont venus faire, maman et l'Albert avocat. Et c'est quand qu'on baisse le rideau, que Laurette puisse aller faire du café pour Lucien ? Parce que ça y est, c'est marre, les palabres. D'autant qu'elle commence à avoir froid dans ce courant d'air, et envie d'une Benson. Alors? C'est fini, ils s'en retournent d'où ils viennent, chère Léa et cher Albert? Ils viennent d'où, au fait?

— Tu veux pas entrer, maman, mais tu peux peut-être quand même me donner ton adresse, des fois que j'aurais à te joindre.

— Le cabinet de maître Lévy-Toutblanc est rue Brémontier, au soixante-trois. Si tu veux noter le téléphone.

— Mais toi tu loges où?

— Je ne tiens pas à ce que ton père...

Elle s'énerve, Laurette. Elle devrait pas, elle le sait. Mais elle s'énerve.

— Tu veux avoir la garde de tes enfants, mais que tes enfants se fassent un mouron du diable, qu'ils arrêtent pas de demander où tu es et quand tu reviens, que Manu déprime, tu t'en torches! Donner un coup de téléphone, même pas à Jérôme, même pas à moi, mais aux deux petits, ça t'aurait fait tomber un œil?

— Laurette, je t'interdis de...

— T'as rien à m'interdire. Rien! Tu serais là, tu pourrais m'interdire tout ce que tu voudrais et me flanquer des raclées à me tuer, me mettre au coin, au pain sec. Mais t'es pas là. T'es nulle part. Et je vais te dire, maman: Jérôme et Manu et Pam et moi, on t'en veut. Parfaitement: on t'en veut! Tu nous as lâchés. T'avais tes raisons. Des raisons qu'en me creusant un peu les méninges, je peux peut-être comprendre, moi. Et Jérôme itou. Mais pas Manu. Et encore moins Paméla. Alors tu divorces, tu divorces pas. Tu vas user ton passeport chez les Philippins, les

Colombiens ou les Zoulous. Tu vas soigner les lépreux ou apprendre à lire aux Pygmées. Tu fais comme tu veux. Comme ça t'arrange. Du moment que nous, on a papa, un père...

— Parce que toi, Laurette, tu préférerais vivre avec lui plutôt qu'avec moi ?

— Et comment ! Papa, il est formidable. Depuis que t'es partie, il passe ses soirées à jouer au scrabble avec Jérôme ou aux petits-chevaux avec Pam et Manu. On a de grandes conversations. Il s'intéresse à tout ce qu'on fait. Il nous gâte. Il nous pourrit, papa. A Pâques, c'est décidé, il nous emmène aux Seychelles. Et Jérôme va l'avoir sa moto. Et moi un imper comme Yette Kellerman. Samedi après-midi il me l'achète. Et il est d'accord pour que je me laisse pousser les cheveux.

Maman blêmit. Maître Lévy-Toutblanc la prend par le bras, comme s'il craignait qu'elle tombe raide évanouie sur le perron, la chère Léa.

— Nous devions nous y attendre. Il a la balle dans son camp. Mais... Vous êtes la mère et il y a des lois. Il y a quand même encore des lois.

L'avocat balance une dernière volée de grandes phrases. Maman renifle sa rancœur et ils finissent par partir, indignés et menaçants, par grimper dans l'auto de l'avocat, genre tire de ministre, garée là où papa garait sa voiture sous le vieux vieux marronnier. Cet arbre tout tordu, tout cagneux, qui grignote chaque printemps un peu plus de ciel, cet arbre plus vieux encore que la maison, à en croire les anciens du quartier. Ceux qui, comme la teinturière du sept, prétendent avoir connu la rue des Gobelins encore éclairée au gaz. Ceux qui, comme le père Truffard, le broc, se vantent d'avoir vu couler la Bièvre du temps où cette rue était encore une rivière.

A l'en croire, ce centenaire qui n'a plus qu'une dent, plus qu'un cheveu, plus qu'une oreille valide, mais encore toute sa tête, avant le siècle — notre siècle —, par ici c'était encore la campagne. Naturellement, il mélange ses souvenirs à lui avec ceux de son père qui a connu les autobus à impériale et guerroyé à la baïonnette contre des Cochinchinois, Annamites et autres peuplades curieuses, effrayantes et n'existant plus que dans des bouquins que personne ne lit plus.

Pourquoi elle pense à ces tout-vieux et à leurs ressassages soûlants en contemplant le marronnier, Laurette ?

Pourquoi elle reste plantée dans l'entrée, dans le courant d'air de cette porte qu'elle ne se décide pas à fermer ? Pourquoi elle oublie le café de Lucien, le breakfast mirobolant qu'elle avait mis en route quand on a sonné ?

Parce qu'elle se retrouve toute déboussolée, toute défaite. Vraiment minée par la représentation théâtrale à laquelle elle vient d'assister.

Papa perdant les pédales dans sa tour, ça l'a déjà pas mal secouée. Mais papa... Bien sûr qu'elle l'aime bien. On aime forcément toujours bien son père. Parce qu'il vous a fait faire de grandes balades perchée sur ses épaules quand vous n'étiez qu'une chiarde s'intéressant qu'à ses jouets, qu'à manger le plus de bonbons et de glaces au citron possible. Parce qu'il vous a mouchée quand vous aviez la morve au nez et consolée d'une foule de chagrins. Parce qu'il vous a expliqué le troublant mystère des divisions à deux puis à trois chiffres. Parce qu'il vous a offert votre première vraie montre, donné votre première pièce de cinq francs rien qu'à vous. Parce qu'il était si grand quand vous étiez si petite et qu'il savait conduire une bagnole mieux que tous les autres papas de la terre qui n'étaient d'ailleurs que des « chauffeurs du dimanche » et qu'il dépassait en douceur toutes les autres voitures sur les routes les plus encombrées. Parce qu'il était un dentiste fameux et friqué alors que les papas de vos petites camarades n'étaient que bouchers, vendeurs de machines à coudre ou gagne-petit dans des bureaux. Parce qu'il sentait si bon si bon quand il vous faisait « étrenner sa barbe ». Parce qu'il était abonné à des publications sans illustrations qu'il s'enfermait pour lire dans son bureau.

L'année de ses neuf ans, Laurette en est tombée folle amoureuse de son papa. Et ça a duré jusqu'à l'année de ses onze ans, quand elle a vu Al Pacino dans un film.

Après, Laurette l'a toujours aimé, papa. Mais moins. Elle a commencé à le trouver un peu fanant avec ses histoires d'extractions spectaculaires, ses descriptions à vous couper l'appétit d'interventions particulièrement délicates. Avec ses jérémiades à propos du percepteur qui lui gâchait la vie. Avec son cholestérol qui a commencé à l'inquiéter et qu'il évoquait dès qu'il voyait apparaître sur la table un bol de mayonnaise ou une huître. Avec cette passion du jogging, de la bouffe saine qui lui sont venues après un check-up. Avec ses coups de foudre ridicules pour Raymond Barre, Bernard Tapie, Ronald Reagan et autres charlots du journal de vingt heures.

Dans le fond, elle l'aime toujours bien, papa. Mais comme on aime l'auteur de ses jours à l'âge où on se rend compte que, si ça n'avait pas été celui-là, ç'aurait été un autre, et que, surtout surtout, on a de moins en moins de sujets de conversation possibles avec lui.

Maman, c'est pas pareil.

Maman, elle est, elle était, carrément détestable six jours sur sept. Maman elle était toujours sur son dos depuis toujours. Maman, elle était là en permanence à fourrer son beau nez si droit, si distingué partout. A fouiner dans ses cahiers, ses bouquins, à ouvrir les tiroirs de Laurette, à fouiller dans ses poches, à renifler ses petites culottes, à examiner, juger ce qu'elle mangeait, ce qu'elle mangeait pas, à avoir des opinions sur ses copines, à les trouver jamais assez bien, à la soupçonner sans cesse, la suspecter, à la croire capable que du pire, jamais que du pire. Maman elle était possessive, odieuse, trop curieuse. Maman n'était jamais contente des cheveux de Laurette, de la façon dont elle se tenait. Maman elle était toujours cruellement déçue par Laurette. Elle aurait voulu une grande fille meilleure en anglais, avec des mollets moins

140

malingres, des seins, des hanches, des centimètres et des cils en plus, une fille qui fasse de la danse, joue du piano, lise d'autres livres que ceux qu'elle lisait, une grande fille qui ait les mêmes ambitions qu'elle avait, elle, à son âge. Une fille qui envisage sérieusement de devenir chirurgienne ou psychologue, spécialiste des enfants autistiques ou dyslexiques ou, pour le moins, professeur de n'importe quoi qui sonne bien, une fille qui ait des idéaux, une Marie Curie mâtinée de Simone de Beauvoir, exquise comme la grande brune des pubs Chanel (son idéal à maman), s'exprimant comme Christine Ockrent et ayant une chambre toujours parfaitement en ordre et des collants moins criards.

La mère odieuse, donc. Haïssable. Pas possible.

Et capable aussi de grands élans de tendresse, de coups de cœur imprévisibles, un jour sur sept. Capable d'embrasser sa Laurette sans raison, de lui faire la surprise d'aller l'attendre au lycée et de l'entraîner chez Dorothée Bis pour lui acheter un pull marrant vu dans un canard ou trois paires de chaussures d'un coup. Capable de deviner qu'elle avait vachement envie d'un gâteau au fromage et de le faire si gros qu'il fallait se forcer pour en venir à bout. Capable de vous dire d'aller voir *Autant en emporte le vent* dans un ciné du quartier Latin plutôt que d'aller en boîte parce qu'*Autant en emporte le vent* c'était plus important que trois heures dans un lycée. Capable de vous accompagner en voiture à une boum et de vous prêter un collier, une écharpe pour que vous soyiez en mesure de rendre dingues tous les garçons de ladite boum. Capable d'être adorable.

Elle pouvait, ça lui arrivait, rester jusqu'à des trois quatre heures du matin à bavarder avec Laurette, dans le living ou la cuisine. Et on parlait de tout et de rien, en pignochant dans une boîte de biscuits ou de fruits secs. Maman racontait à Laurette ses amours de gamine, à elle, elle lui racontait les amants de Jackie-Jacqueline, de vieux rêves, des potins sur Lady Di ou une actrice, qu'elle avait lus chez le coiffeur, des histoires parfois très salées sur des dames qu'elle connaissait. Et Laurette lui disait quel garçon l'avait embrassée et quand et comment. Et maman riait comme une gosse. Et elle lui disait qu'elle ne serait sans doute jamais chirurgienne ou spécialiste des enfants dyslexiques mais qu'elle serait très bien quand même. Et elles buvaient un doigt d'alcool. En copines.

C'était ça, avec maman : cette méfiance, cette haine permanentes, solides, tenaces, et de merveilleux moments d'épanchement, de bonheur.

Et Laurette la trouvait à la fois chiante et admirable.

Et elle regarde le marronnier, la cour où il fait à peu près jour et elle ne pige plus rien à rien.

Qui c'était, cette pétasse en tailleur Saint-Laurent avec cet avocat qui n'arrêtait pas de lui prendre le bras ? Qui c'était cette « chère Léa » parlant de divorce, de garde des enfants ? Cette pleureuse pas même fichue de pleurer pour de bon ?

Que papa ait viré tout à fait con, ça la surprend qu'à moitié, Laurette. Il avait des dispositions, il était parti pour. En y pensant bien, elle se dit qu'elle le sentait venir. Que papa, c'était qu'un sombre connard comme les milliards de connards qui passent soixante, soixante-dix ans ou plus sur terre pour y gagner des sous, fonder des familles, s'occuper de sport, de politique, faire des guerres, faire chier le monde et retourner dans le néant d'où ils auraient jamais dû sortir.

Mais... maman...

Elle savait être très très méchante. De là à devenir si vache, si distante.

Papa dans sa tour, dans son gâtisme, il l'a quand même vaguement embrassée sur le front.

Maman, elle n'a même pas eu un geste, pas même fait ça.

Elle n'a même pas pensé à faire ça.

La part de vacherie, de dureté qu'il y avait en elle a tout gagné. Comme un cancer.

Elle est cancérisée par la vacherie jusqu'à la moelle.

Plus fréquentable, plus regardable.

C'est comme ça. C'est comme ça. Et puisque c'est comme ça, le rôle qu'il voudrait qu'elle joue, le maître Lévy-Toutblanc ou Toutnoir, elle va le jouer, Laurette. Et comment ! Si elle a vraiment son mot à dire, dans leur chiennerie de procédure, elle le dira. Et ça sera un grand NON. Si elle compte sur sa grande Laurette pour récupérer Manu, Paméla et Jérôme, elle peut se fouiller, la chère Léa. Qu'on la convoque chez les avocats, les juges, et elle la charge à bloc, maman.

A bloc.

Elle inventera des trucs à les faire choir de leur tribune, les avocats, les juges. Elle leur dira que maman était une mère indigne, qu'elle les privait de manger pour s'acheter des toilettes, des montres Cartier, du vin, de la drogue. Qu'elle se schnouffait comme une bête. Qu'elle avait des amants. Qu'elle a fait papa cocu mille fois. Qu'elle se tapait tous les hommes. Qu'elle l'a vue faire, elle, Laurette. Que ça se passait dans le lit conjugal pendant que papa était à son cabinet. Dans la salle de bains, ça se passait. Dans les vécés. Debout dans les vécés la porte même pas fermée avec les petits qui assistaient à toutes ces atrocités. Qu'elle était lesbienne avec son amie Jackie-Jacqueline, maman. Qu'elle faisait des passes aussi.

Ça la requinque, Laurette, de se monter la tête, de s'imaginer debout à la barre, dans une salle de tribunal, en train de traîner dans la boue la chère Léa, humiliée, véxée comme un pou, au banc des accusés.

Elle ne fera pas ça, ne dira pas ça. Mais c'est dommage. Elle le mériterait, maman.

Comme elle mérite que sa fille lui ait menti à propos de papa.

Pas menti pour lui faire payer sa vacherie, hélas. Menti pour qu'elle n'entre pas, menti pour qu'elle n'aille pas tomber sur Lucien dans le living.

Là, Laurette oublie le marronnier plus que

centenaire pour aller à la cuisine se fumer une Benson. Et pour se dire que si maman et papa ont très salement viré depuis un certain samedi, elle a elle aussi fait un fameux bout de chemin depuis ce samedi-là. Et sur un curieux chemin.

C'est qu'il s'en est passé depuis la première Benson.

Elle a fumé comme une loco, séché le lycée, offert son hamburger, son Pepsi, un gâteau très cher à un garçon qu'elle a suivi chez les iguanes, elle a viré comme une malpropre la mère Leurrier, ce qui est purement et simplement honteux, elle a fait sauter des repas à Pam, à Manu qui est malade, elle a...

Elle laisse choir sa cigarette dans une tasse dans laquelle une infusette baigne dans un fond de thé.

Elle cherche quoi encore ? A se miner tout à fait en faisant son examen de conscience comme à l'époque du caté ?

L'heure n'est pas au caté, elle est au café. Au café pour Lucien.

Elle le fait, le café. Elle le sucre. Elle beurre les toasts qui sont brûlés juste ce qu'il faut. Elle dispose tout ça sur un plateau. Avec amour.

Elle va dans le living en faisant aussi peu de bruit que possible.

Il dort Lucien. Il est beau comme un dieu. Trop beau.

Elle pose le plateau par terre. Elle va fermer la porte du living. Au verrou. Elle retire son jean, son T-shirt et va s'allonger contre Lucien. Il ouvre les yeux. Il sourit. Et puis... et puis...

13

L'infirmière ne veut pas qu'on lui dise madame. Elle veut, elle exige qu'on l'appelle Suzanne. Elle a des lunettes triple-foyer, des godasses de grande marcheuse et des chandails tricotés maison qui font rire toutes les filles. Même celles qui l'adorent. Et toutes les filles l'adorent. Faut dire que c'est quelqu'un, Suzanne. Le genre d'infirmière qui arriverait à vous remonter le moral en vous annonçant que vous avez une bonne leucémie ou qu'il va falloir vous amputer des deux bras. Elle est née dans un camp de concentration le matin même où ce camp était libéré par les Russes, Suzanne, et depuis ce prodigieux matin, elle ne voit des événements et des hommes que leur bon côté. Elle est gaie et sa gaieté est contagieuse. Il y a des élèves qui font exprès d'attraper des maladies, d'avoir des accidents pour pouvoir passer un moment dans son antre. Car c'est un plaisir. Même si elle vous enfonce une seringue dans les fesses, même si elle va vous trifouiller dans l'arrière-gorge ou vous palper l'intérieur du tutu.

Elle vient d'emmailloter un pouce en capilotade, d'expliquer à une ravissante moricaude éplorée quelle merveille c'est d'avoir enfin ses règles même si ça vous arrive par surprise en pleine séance de gym et de renvoyer dans ses foyers une élève de première à qui les interros de philo donnent des quintes de toux. C'est au tour de Laurette.

— Bonjour Suzanne.

— Bonjour ma beauté. Alors ce bobo c'est quoi ?

— Ça serait plutôt un problème qu'un bobo.

— Alors on ne reste pas debout. Pour les problèmes, on s'assoit.

C'est tout laqué dans l'antre à Suzanne. Ça sent l'éther et — allez savoir pourquoi — la boule de gomme.

Suzanne s'assied derrière son bureau encombré de paperasses, de fioles, Laurette sur le lit de camp.

— Je t'écoute.

— Faudrait que je prenne la pilule.

Suzanne rit un petit coup. Pas méchamment. Au contraire.

— Me dis pas ton âge, je vais encore avoir une attaque.

— La plupart des filles de mon âge...

— Ben voyons.

— Si vous ne voulez pas...

— De quel droit je voudrais ou je ne voudrais pas. Je ne suis ni ta mère ni ton médecin. Parce que les filles de ton âge qui la prennent, la pilule, elles t'ont dit, je suppose, que sans le consentement des parents et sans une ordonnance...

147

— Ça, je sais. Mais... Ma mère est au lit, malade. Elle fait une dépression. Et elle ne peut absolument pas...

— Te fatigue pas. La maman clouée dans son lit, je connais. Des fois c'est une dépression, des fois un accident de voiture.

— Vous me croyez pas ?

— Quand tu me dis qu'il faut que tu prennes la pilule, si. Mais je ne suis pas toubib, ma jolie. La pilule c'est pas de l'aspirine.

Laurette se lève.

— Vous avez raison. Je suis idiote.

— Être idiote, ça c'est de ton âge. Plus que la pilule.

Laurette a déjà la main sur la poignée de la porte.

— T'es si pressée que ça de retourner au cours ?

— Je vais pas au cours. Ça fait presqu'une semaine que je sèche. Ce matin, je ne suis venue que pour vous voir, vous.

— Et je t'envoie balader ! C'est pas le genre à Suzanne, ça, hein ?

— S'il faut une ordonnance...

— Il est comment ce garçon ?

— Quel garçon ?

— Celui à cause duquel cette bonne pomme de Suzanne va encore faire exactement ce qu'il faut faire pour se faire virer de tous les lycées de France et de Navarre.

Le visage de Laurette s'éclaire. Elle lâche la poignée de porte.

— Vous allez me la faire, l'ordonnance ?

148

— Tu veux quoi? Qu'en plus de perdre ma place, j'aille en prison? T'auras pas d'ordonnance mais je vais te donner ça.

Ça, c'est une petite boîte que Suzanne extirpe des profondeurs de son armoire en fer.

— Je vais te donner ça et l'adresse d'une dame toubib. Le docteur Nageoire. Une sainte. Une vraie sainte. Sans elle et quelques autres citoyennes de la même trempe, il n'y aurait toujours pas de Planning familial et d'I.V.G. Elle te fera ton ordonnance et un laïus sur les bienfaits du marxisme. Tu n'y couperas pas. Cinq minutes de consultation, dix de trémolos sur Lénine et la suite. C'est une sainte, je te dis. Je te note son adresse. Mais comme il faut au moins quinze jours pour avoir un rendez-vous avec elle, en attendant tu prends une pilule de cette boîte par jour. Pas plus pas moins, pas de blague, hein. Et si tu te mets à avoir des nausées, à prendre des kilos, tu viens vite me voir. Et bien sûr, cette boîte ne vient pas de cette armoire. Pas d'ici. Tes règles tu les as eues quand?

— Ça fait... quinze jours.

— Et les rapports?

— Il n'y en a eu qu'un. Ce matin.

— Ce matin! Et tu te sens plus pisser. Tu jubiles. Tu te prends pour quelqu'un.

Laurette sourit.

— T'as bien raison de jubiler. L'amour... Même moi, avec ma dégaine, ma face de lune et mes lunettes de scaphandrier, dès que j'ai pu, je l'ai fait. Le plus possible. Parce que l'amour... Tu dis : ce matin? Alors tu en prends tout de suite quatre d'un coup. Et quatre ce soir. Tu oublies pas, hein ?

Elle tend un verre d'eau à Laurette, qui avale tant bien que mal ses quatre pilules.

— Ah ! ton nom ? Faut que j'inscrive ton nom sur ma feuille de jour.

— Milleret. R, E, T. Laure Milleret.

— Laure Milleret. Motif de la visite : grande grande fatigue. Ça justifiera tes absences.

Laurette, c'est plus fort qu'elle, se penche sur le bureau et embrasse Suzanne sur ses deux grosses joues.

— Vous êtes formidable, Suzanne.

— Je suis la reine des poires, oui !

Elle regarde Laurette. Toujours souriante. Elle sait pas ne pas sourire, Suzanne.

— C'est la pilule qui est formidable. Mais ce qui l'est encore plus c'est la vie. Je ne me suis pas vue naître, mais on m'a raconté si souvent comment ça s'est passé. C'est quelque chose une naissance. Bien sûr, surpeupler la terre c'est ridicule et criminel. Mais... un jour, pas n'importe quel jour, tu les mettras au rancart, les pilules, et tu nous feras un beau bébé bien criard.

— Ça presse pas.

— Ça presse pas. Mais... Moi, j'ai pas pu en avoir, d'enfants. C'est pour ça que j'ai décidé de m'occuper de ceux des autres.

Elle inscrit dans une case de sa feuille de jour, au bic, avec son écriture bien lisible d'ancienne de la communale, le nom de Laurette.

— Ce matin, des Milleret, j'en aurai eu deux.

— Deux ?

— Jérôme Milleret, tu connais ?

— C'est mon frère.

— Si tes amours t'en laissent le temps, tu devrais lui conseiller de laisser tomber un peu le karaté.

— Jérôme fait pas de karaté.

— Ah ! si, il en a fait. Même qu'il s'est mis la jambe dans un sale état et que son professeur lui a fait un de ces pansements... Une sorte d'emplâtre de boue jaunâtre. Paraît que c'est radical. Note que leur médecine, aux Chinois, c'est souvent très...

Qu'est-ce que c'est que cette histoire de Chinois, de karaté, de jambe dans un sale état ?

— Vous l'avez vu quand Jérôme ?

— Il était le premier. Il attendait dans le couloir. Tout pâle. L'air pas bien du tout. Je l'ai envoyé se coucher vite fait. Avec une jambe dans cet état.

Et voilà Laurette avec une boîte de pilules dans la poche de son imper et un lézard de plus dans la tête. Sans même faire un crochet par la classe où madame Guerbois doit s'écouter parler de la bataille de Stalingrad ou des problèmes du tiers monde devant un parterre de pétasses rêvassant à des niaiseries, Laurette fonce direction la rue des Gobelins.

Personne dans le living. Que le chat Tom roupillant, dans la cuisine. Dans la chambre de Jérôme, personne. Le lit est défait. Mais comme il n'a pas été fait depuis l'exil de la mère Leurrier... Dans la salle de bains, la chemise blanche de Lucien sèche sur un cintre, au-dessus de la baignoire.

Dans la chambre de Manu, torse nu, rasé de frais (avec le rasoir de papa, forcément) Lucien raconte à Paméla et Manu comment personne n'a jamais compris comment un tigre a réussi à aller se percher tout en haut du Kilimandjaro.

— Jérôme, où il est Jérôme ?

On ne l'a pas vu. On ne sait pas.

Laurette s'assied par terre à côté de Lucien qui lui prend la main.

— Tu sais quoi, Laure ? Manu a mangé trois immenses tartines.

— Et ce salaud de Huck voulait me lécher mon beurre. A fallu que je le batte.

— Ça y est, tu l'as adopté ?

— Je l'ai pas adopté du tout. C'est lui qui a adopté mon lit. Il veut plus s'en aller. Et Paméla dit qu'il a pas de dents et c'est pas vrai. Lucien les a comptées. Il en a quatre. Tu peux pas savoir comme elles sont petites.

Paméla a une question vraiment capitale à poser.

— La petite souris, elle fait des cadeaux même aux chats quand ils perdent leurs dents ?

Lucien pense que oui. Pas Manu.

— Les souris, elles peuvent pas les piffer, les chats. D'abord, je suis sûr que c'est l'autre, le Tom, qu'à mangé ta Mimiquette.

— Il aurait pas fait une saloperie pareille. Pas mon Tom. Et puis elle était partie, Mimiquette, dès qu'elle a senti sa puanteur de chat de cave de cent ans. Maintenant, c'est plus des chats de

152

cave. T'as senti, Laurette, comme ils sentent bon ?

Laurette ne répond pas. Elle se fait du mouron pour Jérôme. Qu'est-ce qu'il a à la jambe et qu'est-ce que c'est que cette histoire de karaté ? Elle raconte déjà assez de craques à tout le monde depuis quelque temps. Si Jérôme s'y met aussi.

Elle retire sa main de la main de Lucien. A regret.

Elle se lève.

— Faut que j'aille voir.

— Voir quoi ?

— Faut que je retrouve Jérôme. Tu sais ce que tu vas faire, Lucien ? Tu vas aller au supermarché King, c'est pas loin, t'as qu'à traverser l'avenue des Gobelins, tu vas acheter le max de trucs sympas et tu vas faire déjeuner Pam et Manu.

— On trouve du cuissot de caribou et du sirop d'érable, chez ton King ?

— En cherchant bien, sûrement.

— C'est comment, le cuissot de caribou ?

— Bien préparé, c'est sublime. On va se régaler, Pam. Juré.

— Vous êtes sages, les nains. Je reviens dès que j'ai retrouvé ce fou de Jérôme.

— Nous on sera sages. Mais Huck, il arrête pas d'essayer de me faire tomber de mon lit.

Ça, c'est un mensonge. Huck se contente de se serrer tout contre Manu. Et Manu en est enchanté.

Lucien récupère sa chemise dans la salle de bains.

— Tu sais d'où elle vient, cette chemise ? De Frisco. Kerouac avait la même. Sèche, comme neuve, en cinquante-deux minutes douze secondes. Officiel. Une fois, j'ai chronométré.

Laurette l'embrasse. Elle met ses mains sur sa poitrine avant qu'il ait mis sa chemise. Il glisse sa main sous le T-shirt de Laurette.

— Ça t'embête que j'ai les seins si petits ?

— La seule chose qui m'embêterait, c'est que tu n'existes pas. Comme tu es. Épaisse et belle comme un haricot vert.

— C'est beau, un haricot vert ?

— Évidemment. Puisque ça te ressemble.

Paméla les voit parce qu'ils n'ont pas pensé à fermer la porte.

— C'est vraiment la grande passion, vous deux.

— Tu veux une gifle, toi ?

— Je veux que Lucien m'embrasse aussi sur la bouche.

Lucien se penche et pose ses lèvres sur les lèvres de Pam. Laquelle Pam trépigne de joie.

— Ça t'ennuie pas que je sois amoureuse de toi moi aussi ?

— Pas du tout, Paméla.

— On le dira pas à Manu ni à Tom ni à Huck. Cela dit, elle va déclarer à Manu qu'elle est amoureuse de Lucien. Et Manu la traite de conne et il se retire sous sa couette. Avec Huck qui est le plus exceptionnel des chats exceptionnels. Et Huck se met à ronronner comme un imbécile.

Laurette, elle, montre à Lucien le mirifique cadeau que lui a fait Suzanne.

— C'est quoi ? Des amphés ?

— Des pilules, Lucien. Même qu'il faut que j'en prenne encore quatre ce soir. Tu m'y feras penser.

— Oui. Ah ! pour faire les courses...

— Tu veux de l'argent ?

— Il en faudrait.

— No problem. On va aller rendre une petite visite au canard.

— Au canard ?

La vue du bureau de papa, si somptueux, si prétentiard, si design, suffoque Lucien.

— Il fait quoi, dans ce musée des horreurs, ton père, il écrit des romans d'épouvante ?

— Il écrit rien du tout. Il lit ce qu'il y a de plus chiant dans les journaux les plus chiants et, théoriquement, tous ces bouquins reliés. Il est dentiste. Et il se sent mal dans sa peau.

— Qui se sentirait bien dans la peau d'un dentiste ?

— Chiotte !

— Pas ce mot-là, Laure ! Un haricot de bonne famille...

— J'en ai plus, de famille. Et cet enfoiré de canard n'a plus rien dans le ventre. Il était plein à craquer de billets pour voir venir. Et tu sais combien il en reste, des billets ? Quatre. Trois de dix et un de cinquante.

— Ça fait...

— Ça fait que c'est la faillite. Que, quand t'auras rempli un caddy chez King pour la graille de Pam et de Manu, on n'aura même plus de quoi se payer une boîte d'allumettes.

— Les rues sont pleines de gens à qui demander du feu.

14

C'est vrai que les rues sont pleines de gens à qui demander du feu. Mais faire ça, Laurette n'ose pas. Elle s'est planté une Benson dans le bec. Mais elle est pas allumée sa Benson. Et ça lui manque salement.

Et puis elle a plus qu'assez d'attendre, dans le froid, devant la porte de prison qui n'est même pas une porte de prison. C'est la porte par laquelle les élèves de la classe de Jérôme ne se décident pas à sortir. Ils sont collés ou quoi ? Ils font des heures sup' ? Ils ont tellement aimé les salades de leur prof qu'ils en ont redemandé ? Ils ont déclenché un « mouvement » ? Ils occupent le lycée ? Font un sitting dans la cour ?

Sa Benson pas allumée, elle va se la manger, si ça continue. Elle veut voir Jérôme et qu'il s'explique.

Ça y est. Ça sort enfin. Deux trois petits merdeux à tronche de bons élèves, des bouquins plein les bras, des baskets si propres qu'on les croirait neuves, des pantalons en flanelle et parlant posément. Chouettes, très chouettes. On

157

les voit déjà vingt ans après, devenus stomatos, pharmaciens, ingénieurs, chefs, directeurs de société d'import-export, dictant des rapports importants à des vieillardes de trente ans, gros culs grosses loches, avec six gniards à la maison et des problèmes de vernis à ongle. Suit une volée de pinkos ricaneurs avec leurs crêtes d'Iroquois, leurs fringues de vieillards pas soignés et leurs yeux battus de chniffeurs de colle. Puis un jeunomiot tout en muscles qui s'ajuste son walkman avant d'enfourcher une moto japonaise d'un prix pas imaginable.

Et voilà enfin les Arabes à Jérôme. Mais sans Jérôme.

Yalloud a tout de suite vu Laurette et il fonce droit dessus.

— Jérôme, pourquoi il est pas venu ce matin ?

— Pas venu ? A l'infirmerie, Suzanne m'a dit...

Ben Chaftfoui ne l'ouvre pas. Il se contente de sortir son Zippo, de l'allumer en trois temps trois mouvements comme Mitchum quand il jouait les G.I. glorieux en noir et blanc et de tendre la flamme à Laurette qui s'avale d'un trait trois méchantes bouffées.

— Suzanne l'a vu, je vous dis. Avec une jambe en compote et elle l'a envoyé se coucher. Et il n'est pas à la maison.

Ben et Yalloud se regardent.

— Je l'aurais parié. Fallait qu'il fasse le con, ce con.

Il se sort une Gitane, prend le Zippo de Ben.

— Ton frère, c'est le prince des enculés. Sa jambe, je peux te le dire où il se l'est fait mettre en compote. Cette nuit, quand il nous a plantés devant le lion, il préparait un bête coup, je le sentais.

— Quel coup ?

Yalloud reprend tout depuis le début, depuis les parties de flipper gratos et la baffe du facho sur le flipper. Et le TILT. Et la suite. Et Ben se décide à l'ouvrir. Il sait, lui, que le blouson de Jérôme est au commissariat du boulevard de l'Hôpital. Comment il sait ça ? Par les « agents secrets » du lycée ? Par le téléphone arabe ? Ça, la grande sœur, c'est pas son affaire. Il sait. C'est tout. Mais il sait pas où Jérôme est passé. Et ça l'inquiète, Ben. Parce que ça sent mauvais, ça schlingue.

— Je veux bien croire toutes vos histoires. Mais ça me dit pas pourquoi il est pas rentré se coucher quand Suzanne lui a dit...

Laurette écrase sa Benson et prend, sans y faire attention, une Gitane dans le paquet que lui tend Yalloud.

C'est âcre. Franchement pas bon.

Ben regarde l'heure à l'horloge au-dessus de la porte de prison.

— Moi je vais manger. J'ai faim. Je vais manger. Mais cette nuit, son bistrot au facho, on lui casse.

Yalloud n'est pas d'accord.

— On casse rien du tout. Le patron du café, on le laisse se finir tout seul. Avec tous les Pernod qu'il doit se taper, ça traînera pas des siècles. Ce qu'on va faire, c'est retrouver Jérôme.

— T'as une idée ?

159

— J'en ai de trop des idées. Ton con de frère, il tourne pas rond depuis que vos vieux se sont tirés.

— Il vous a dit ?

— Il arrêtait pas de nous faire chier avec ça. Moi, ma tribu, je donnerais toutes mes thunes pour la voir partir. Mais Jérôme... Même avec toi, il arrête pas de nous faire chier.

— Tu crois que vous allez le retrouver ?

— Si on le retrouve pas, Ben et moi, personne le retrouvera. Cette nuit il est venu chez moi. J'étais pas là et la femme d'un de mes frères l'a viré. Elle savait pas qui c'était. Elle aurait su, ça n'aurait rien changé. Même si tu lui parles en kabyle, elle pige pas le quart de la moitié des choses. C'est lourd les ratons, ça comprend jamais rien. Tu le sais, toi, que les ratons c'est nul.

— Pourquoi tu me dis ça ? Tu me prends pour qui ?

— Pour personne. Mais si je te le demandais, tu sortirais avec moi ?

— Peut-être. Pourquoi pas ?

— Alors je te ramène Jérôme et on va au cinéma, tous les deux, O.K. ?

— Si tu veux.

— Mais je choisirai le film. Un film pas marrant. Parce que les films marrants, ça me fait pas marrer.

Les deux garçons s'en vont. Sans se parler. Du côté de la mosquée.

Il a des fesses, Yalloud, aussi maigrichous que

les siennes à elle, Laurette. Et des hanches étroites. Et qu'est-ce qu'il est beau.

Jamais elle n'a regardé un garçon comme elle regarde ce Yalloud qui s'en va avec son jean trop délavé et repassé et ses chaussures banane d'un goût à hurler.

Pourquoi elle le regarde comme ça ?

C'est...

Elle ferme les yeux pour voir Lucien. Lucien qui doit être en train de préparer un déjeuner de rêve pour Pam, Manu et les chats avec les quatre derniers billets du canard en argent. Lucien qui lui a fait l'amour.

Elle rouvre les yeux, fait les poches de son imper. En sort toute la ferraille. Elle a de quoi se payer un paquet de Benson, des allumettes, un crème, un jeton de téléphone et le bus.

Dans le premier troquet venu, elle boit le crème pour se donner du courage et appelle le cabinet de papa.

C'est l'assistante Josiane qui lui répond. Elle a la voix de quelqu'un qui est dans les soucis. Laurette lui dit qu'il faut qu'elle voit son père tout de suite tout de suite. La Josiane lui demande d'attendre un moment, revient illico et lui dit que le docteur Milleret sera ravi de déjeuner avec elle, qu'il sera dans une demi-heure au restaurant bleu en bas de la tour.

Avec l'argent du bus, Laurette s'achète un autre jeton et appelle Lucien qui confectionne un chili con carne. Il n'a dépensé que les trois billets de cent et il embrasse Laurette sur le nez et le ventre. Elle, elle l'embrasse partout.

Au restaurant bleu en bas de la tour, ça grouille d'agités prêts à s'entretuer pour s'approprier des tables, des chaises, des bouts de banquettes. Sale coin. Laurette finit par dénicher papa. Il est assis contre une colonne en plexi qui s'allume et s'éteint. Il regarde dans le vague en sirotant un liquide verdâtre dans un verre à apéritif.

— Ah, Laurette.

Il a « réservé » une chaise en posant son pardessus et son chapeau dessus. Son petit chapeau à carreaux, tout mou, sans forme, qu'il mettait les dimanches de balade en forêt avec sa joyeuse petite troupe. Un chapeau que Laurette croyait perdu ou à la poubelle depuis longtemps. Il a dû le récupérer dans le coffre de la voiture.

Elle l'embrasse. Il sent l'alcool. Il n'est pas rasé.

— Alors, papa, quoi de neuf ?

— Tu veux que je te raconte que, ce matin, je me suis planté en posant un bridge ? Une prothèse parfaite. Un petit positionnage de rien du tout. Du travail de première année. Une mise en place, une simple mise en place. Et je me retrouve avec ma patiente pissant le sang. La gencive mortifiée, cisaillée. Le charcutage, carrément le charcutage ! Parti comme je suis, je ne me donne pas un mois pour ne même plus être capable de me brosser mes propres dents.

— Tu devrais peut-être te reposer un peu. Décrocher.

Il écluse le fond de son verre.

— Leur cocktail, il y a peut-être de la menthe

dedans. Mais ce qui est certain, c'est qu'il y a de l'antigel.

— On a trouvé des chats. Dans la cave. Un pour Paméla. Un pour Manu.

Ça l'intéresse si fort, papa, qu'il ne se donne même pas la peine de faire de commentaire.

— Tu veux manger quoi ? Le plat du jour c'est du veau aux épinards. Mais si on veut des pommes pont-neuf ou du riz...

— Manu va mieux.

— Si ça te dit, ils ont des salades crabe-pamplemousse.

— Je te parlais de Manu qui a un chat et moins de fièvre.

— Bon dieu, Laurette, c'est fini tout ça.

— Tout ça quoi ?

— Manu et le reste. J'en ai parlé cette nuit au téléphone à Wildenstein. Un vieil ami. Un psy. Dix ans de Sainte-Anne. Une sommité. Lui aussi il estime que je devrais décrocher.

Il porte son verre vide à sa bouche. Le repose.

— Note que je pourrais aussi me balancer du haut de ma tour. Mais ça ne me fait même pas envie.

Laurette a jeté un œil sur la carte.

— Je peux prendre un osso buco ?

— Tu prends ce que tu veux. Tout ce que tu veux. Garçon !

L'osso buco est tout en os. Des os qui n'ont même plus leur moelle. Papa n'a pris qu'une carafe de blanc. Il revient sur son histoire de positionnage de bridge loupé. Il donne le nom de la victime. Une dame Matanave.

— Je m'en fous de ta dame Matanave.

— Je vais te faire un aveu, Laurette : moi aussi.

Laurette pose sa fourchette. Terminé l'osso buco.

— Tu vas avoir des nouvelles de maman. Par lettre recommandée. Elle veut divorcer.

— Si elle croit que c'est la bonne solution.

— Autre chose : le canard. Ça y est. Il est vide.

— Je vais te faire un chèque.

— Maman préfèrerait du liquide.

— Tu finis ton repas et on va à ma banque. C'est à deux pas.

— Il est fini, mon repas.

Papa est à gifler avec son chapeau de clown et son pardessus auquel il manque un bouton. A gifler mais pas radin.

A la banque il prend dix mille francs qu'il tend à Laurette.

— Je suppose que ta mère va exiger une pension de femme d'émir.

— Papa...

— Oui ?

— Non. Rien. Salut.

Elle a eu un élan, une impulsion. L'idée d'un geste affectueux. Pas pour l'argent. Parce que c'est papa. L'idée de lui dire qu'elle ment, que maman est partie elle aussi. L'idée de lui raconter Lucien, ce qui lui arrive à elle. Et puis non... Qu'il crève, qu'il se balance du haut de sa tour. Elle a Lucien qui l'attend. Elle a Jérôme à retrouver. Les petits, les chats. Et cette indépendance inattendue, toute neuve, à savourer. Et de l'argent plein sa poche. Un million ! Comme dirait mamie de Nice.

Il n'y a pas que des restaurants mochards et des banques autour de la tour. Il y a des magasins, des boutiques. Elle achète un collier jaune pour Tom et un collier bleu pour Huck. Des colliers avec des petits tonneaux de saint-bernard pour mettre un papier dedans avec le nom du bestiau et le téléphone de ses maîtres. Elle achète un stylo à plume made in USA pour Lucien. Le dernier quarante cinq tours de Lionel Ritchie pour Jérôme. Toute une collection de monstres en gomme qui sentent aussi mauvais qu'ils sont laids pour Manu. Un amour de petite culotte avec des smocks pour Paméla. Et une culotte pour elle aussi. D'une indécence positivement insoutenable.

Et elle prend un taxi et se fait arrêter chez Nicolas à Mouffetard et achète deux bouteilles de vin sucré.

Ce soir, ça va être Noël.

15

A minuit dix, le voisin chasseur et bridgeur, monsieur Mâchon, vient, en robe de chambre, donner de violents coups de pantoufle dans la porte et prévenir que si ça continue ce boucan, il va téléphoner à la police. Et Yalloud lui braille d'aller se faire niquer.

Car Yalloud est de la fête.

Il est venu pour donner des nouvelles de Jérôme et Laurette lui a demandé de rester.

Il ne l'a pas retrouvé, Jérôme, mais il pense qu'il est chez Li à Tolbiac. Qui c'est Li ? Un Viêt qui traîne souvent dans le coin et qui fait la plonge et des petits boulots dans les restaurants chinois. Trouver où il crèche, ça va être coton, parce que Tolbiac, c'est plus tortueux et peuplé que la plus tortueuse et peuplée des casbahs. C'est bourré de Jaunes qui font venir chaque jour d'autres Jaunes et qui s'entassent à quinze ou vingt dans des piaules spacieuses comme des taxiphones et se mettent à peindre des éventails, des abat-jour ou à fabriquer des chemises et des pantalons au noir pour des pieds-noirs qui les sous-payent et les traitent comme des merdes. Et ils disent rien, les Jaunes. Ils disent jamais rien. C'est surtout pour ça que ça va être coton de trouver Li et sa crèche et Jérôme. Des Viêts, Yalloud en connaît. Mais pour leur tirer le moindre tuyau... Mais que Laurette se fasse pas de mourron, il le ramènera Jérôme et ils iront le voir le film pas marrant tous les deux ensemble.

Il dit tout ça en se gavant de chili con carne, Yalloud. Parce que Lucien a eu les yeux plus grands que les ventres de Pam, Manu, Huck et Tom et qu'il en reste une pleine marmite de chili.

Paméla l'a trouvé meilleur que tout, le frichti mexicain à Lucien. Mais elle a capitulé à la cinquième cuillerée parce qu'elle s'est souvenue que les haricots font péter les petites filles et qu'elle veut bien faire énormément de choses sales mais quand même pas ça. Manu, lui, sa première cuillerée de chili, il l'a recrachée sur sa couette et sans Huck qui a tout englouti en se pourléchant, elle serait belle, la couette !

Tom en a tant mangé qu'il dort depuis midi, si profondément que Paméla est obligé d'aller lui tirer la queue sans arrêt pour pouvoir constater qu'il respire encore.

Lucien en a mangé cinq ou six assiettes. Laurette a soupé de biscuits trempés dans du vin sucré.

Le boucan qui irrite si fort monsieur Mâchon, c'est le quarante-cinq tours de Lionel Ritchie que Lucien a posé sur la platine grand luxe de papa en appuyant sur la touche « repeat ». Ça

fait bien soixante fois qu'il passe, ce disque. Et
Lucien s'en repaît, les yeux mi-clos, en rêvassant
qu'il est à bord d'un autocar vert qui roule sur
une route du Delta.

— Quel Delta ?

— Mais *le* Delta, Laurette. Tu pars d'Oxford
au petit matin, après avoir mangé un beignet
dans un café avec rien que des Blacks et tu roules
en direction de Clarksdale, de Greenville, là où
même les sénateurs à cols durs se réveillent en
chantant le blues.

Yalloud sort son nez de la marmite de chili.

— Être black dans ces patelins-là, c'est pas
aussi chiant que d'être arabe à Paris ?

— Ça t'ennuie vraiment d'être arabe ?

— Moi non. Quand je suis tout seul, j'ai assez
à penser sans penser à ça. Mais dès que tu mets
les pieds dans le métro, dans un magasin, et que
tu sens qu'il y a cinq, dix ou même un seul
connard qui te regarde comme il devrait pas...
C'est bon, ta bouffe.

— Ça manque de piquant.

— Tu goûterais à la tambouille de ma grand-
mère. C'est pas compliqué : tu sors de table, tu
files te mettre la langue sous le robinet de l'évier.

Paméla qui somnole sur Tom sur la moquette
se décide à poser la question qui la tourmente
depuis l'intervention de monsieur Mâchon.

— C'est quoi se faire niquer ?

— C'est rien. Va te coucher.

— C'est plus possible là-haut. Ce saligaud de
Huck a fait ses besoins partout.

Authentique : Manu refusant qu'on laisse la

porte de la chambre des petits ouverte, par crainte que son chat exceptionnel s'en aille, Huck a fait pipi et le reste dans le coin où Pam conserve, comme autant de reliques, de vieux habits de poupée.

Laurette promet que demain elle ira acheter un plat à besoins pour Huck et elle ordonne à Pam de disparaître sur-le-champ. Pam éclate en sanglots et il faut que Lucien s'en mêle et l'embrasse sur la bouche pour qu'elle accepte d'aller dormir dans les odeurs de caca de chat de cave.

Laurette l'accompagne. Manu est si rouge et si collé à Huck qu'on dirait des frères siamois.

— Pourquoi il est si rouge Manu ?

Il a le front brûlant. Au jugé, elle estime que ça doit aller chercher dans les trente-neuf, trente-neuf cinq. Demain, avant de s'occuper du plat des chats, elle demandera au docteur Martin de repasser.

— Tu t'es lavé les dents, toi ?

— Oui Laurette.

— T'en es sûr ?

— Je sais plus. J'ai trop sommeil. Je peux garder ma culotte neuve pour dormir ?

— Si tu veux. Faudra me faire penser à te faire un shampooing. T'as une de ces crinières. Même des poux voudraient pas se balader là-dedans.

— C'est des cons, les poux. Ils ont qu'à aller se faire niquer.

Laurette l'embrasse, la borde.

— Tu m'y emmèneras plus jamais, à la petite école et au cours de danse ?

— Mais si. Ah! j'ai vu papa tantôt. Il t'embrasse bien fort.

— Moi, je l'embrasse pas. J'embrasse plus que Lucien. Tu crois pas qu'il nous suffit tout à fait Lucien?

— Oui Pam. Il nous suffit tout à fait. A demain.

Lucien se goinfre toujours de Lionel Ritchie.

Yalloud mastique ses haricots rouges.

Il est quand même un milliard de fois moins beau que Lucien.

Il braque ses yeux trop noirs sur Laurette.

— Faut que je dégage, hein? Que je vous laisse baiser tranquille.

Quel salaud de dire ça.

Laurette se verse une lichette de vin sucré.

— T'en veux?

— Si mon vieux me voit boire ça, je suis plus son fils. Quand on a débarqué ici, avec tout un bordel de valises en carton et moi dans un couffin, il croyait à rien, mon père. C'est depuis qu'il est en France qu'il s'est mis à bouquiner le Coran et à regarder des heures en direction de la Mecque sitôt qu'il a la moindre emmerde.

— T'es né où?

— Qu'est-ce que ça peut foutre où je suis né. J'ai appris à lire en français, à l'école communale de la rue Jeanne-d'Arc. Je sais lire en français. Rien qu'en français.

— On le sait que tu es français.

— Tu le sais mais tu coucherais pas avec moi.

— T'es minant, Yalloud. Tu voudrais quoi? Que je couche avec *tous* les Français?

Elle emplit un verre de vin sucré que Yalloud vide d'un trait. Il attrape son blouson, se lève, va vers Lucien, lui tend la main.

— Ta fatma, quand t'en veux plus, je suis preneur. Le tarif, dans mon bled, c'est un bourricot. Mais pour Laurette, j'irai jusqu'à deux.

Lucien lui serre la main.

— Moi, ce qui me tue, c'est de voir une tête de Français, quand je me regarde dans une glace. Pour les deux bourricots, c'est non.

Yalloud ne tend pas la main à Laurette. Il ne lui dit même pas au revoir. Il s'en va. L'air ni content ni pas content.

Laurette stoppe l'électrophone.

— On va en laisser un peu pour Jérôme. C'est son disque.

Elle s'agenouille près de Lucien.

— Comment tu le trouves ?

— Le Beur ? Je le trouve mesquin. Deux bourricots pour une fille comme toi !

— T'irais jusqu'à combien, toi ?

— Dix. Mais j'emmène Pam aussi.

— Tu nous emmènes où ?

— Prendre un verre à New York au Michael's Pub. Parce que si tu tombes le bon soir, tu as Woody Allen qui est là avec sa clarinette.

— Et après le verre au Michael's Pub ?

— Après, on envoie Pam se coucher et je te retire ton T-shirt. Comme ça. Et ton jean.

La culotte d'une indécence positivement insoutenable achetée en bas de la tour à papa, c'est pas du tout sa cup of tea, à Lucien.

— Qu'est-ce que c'est que cette ordure ?

— Un truc tellement dingue que j'ai pas pu résister.

Lucien lui arrache sa culotte de putain, à Laurette. Jamais encore elle ne l'avait vu si contrarié, si vachard.

— C'est immonde. Immonde. Mais la jette pas. Au contraire. Mets-là de côté pour Yalloud, ta lingerie.

Laurette se lève. Elle est toute nue. Tout affolée.

— Lucien... C'était une blague. Et tu sais bien que...

— Tu me dégoûtes. Laisse-moi.

— Où vas-tu ?

— Écrire. Tu m'as offert un stylo. J'ai le droit de m'en servir, non ?

— Tu vas écrire dans le bureau de papa ?

— Je ne suis pas dentiste ! Je suis écrivain. Enfin... Je le deviendrai. Un jour. Mais sûrement pas assis dans un fauteuil d'une brique et avec un Bernard Buffet suspendu au-dessus de ma tête.

Il prend un cahier de brouillon de Jérôme (ou de Manu ou de Pam) qui traîne sur une chaise.

— Où tu vas ?

— Écrire. C'est défendu ?

C'est à la cave qu'il va écrire le (peut-être) futur grand écrivain américain.

Et Laurette est à poil avec une furieuse envie de faire l'amour qui se métamorphose, le temps de dire ouf, en une furieuse envie de bousiller tout. Un verre vide, d'abord. Puis un verre à demi plein de vin sucré. Et un vase Ming transformé à grands frais en lampe. Et un petit miroir italien auquel maman tient comme à la prunelle de ses yeux.

Cette furie! Elle va jusqu'à frotter une allumette pour foutre le feu à cette baraque de merde. De voir jaillir la flamme, ça la stoppe. Elle s'allume une Benson et en reste là.

Elle en reste là — à fumer, en frissonnant et en s'efforçant de ne pas penser à Jérôme avec sa jambe en compote, loin, très loin, en Chine, à papa qui s'enlise béatement dans le marécage de sa monumentale connerie avec, sur la tête, son chapeau lamentable, à maman et son avocat, à Yalloud qui est le plus macho des Arabes, au front brûlant de Manu, à Lucien qui a dû s'y prendre à deux fois pour la baiser pour la première fois.

Il revient, Lucien.

— Alors, Hemingway?

— Le stylo est parfait et mon poème médiocre.

— Tu me le fais lire?

— Non.

Il est redevenu Lucien. Le voleur de burgers qui sait parler aux iguanes.

— Un jour j'en écrirai un bien. Et il sera pour toi. Ça sera ton poème. En attendant ce jour-là...

En attendant, ils vont faire l'amour pour la troisième fois. Et ils vont se retrouver vidés, claqués, effondrés, béats, sur la moquette du living.

Comme morts et bien, si bien.

Parce que c'est fait, ils ont baisé. Vraiment.

Tout à fait baisé.

Comme Henry Miller et Mona, à en croire Lucien.

Et ils s'allument une Benson pour deux, se repassent ce qui reste de la deuxième des bouteilles de vin sucré.

Laurette a l'impression que plus jamais elle n'aura la force de se relever, de se tenir sur ses pattes, qu'elle va rester éternellement sur cette moquette, avec du mouillé partout, du chaud partout, qu'elle ne va plus jamais s'habiller, plus jamais...

Lucien, lui, se sent, enfin, l'égal de Miller, de Kerouac, de cette vieille face de patate cuitée de Bukowski avec ses interminables séances de baise. Et, attention, des filles comme Laure, ce sac à vin de Bukowski, il n'a pas dû en connaître beaucoup. Pas une seule, en réalité. Il a baisé pendant des pages et des pages. Mais baisé qui ? Des poules de drugstores tapées, d'infects tas de viande, des grosses, des nymphos à rouleaux chauffants, à bigoudis électriques, des boudins de motels.

Il embrasse les mains de Laurette, les pieds de Laurette. Doigt par doigt.

Il va trouver la combine pour l'emmener avec lui aux États. Il va la trouver dans les heures qui viennent, cette combine après laquelle il court depuis des années. L'Amérique, c'est avec Laure qu'il veut la découvrir. C'est avec elle qu'il veut se faire embarquer par des cops pour avoir dormi sur l'herbe de Central Park.

Il pose sa tête sur le ventre de Laurette.

Ils feront des petits boulots là-bas. De quoi gagner de quoi se payer une petite chambre à Brooklyn. Et il écrira avec le stylo cadeau. Et pas seulement un poème bien. Des centaines et des centaines de pages. En américain.

Il le lui dit, à Laurette. Il lui dit qu'ils vont partir. Et dans pas longtemps. Et Laurette rit. Comme une môme. Comme cette exaspérante naine de Pam. Elle rit parce que Lucien veut l'emmener en Amérique et que c'est une bonne nouvelle et que, c'est sûr, ils ne vont plus jamais se séparer. Pas même un jour. Elle rit aussi parce qu'elle a envie de refaire l'amour et qu'elle caresse Lucien avec une sorte de rage et que...

Elle rit, Laurette, parce qu'elle découvre — et c'est à mourir de rire, vraiment — qu'elle est en train de devenir plus salope que Corinne, que toutes les Corinne de la planète Terre.

Ça lui fait drôle, à Paméla, de découvrir Laurette et Lucien, nus comme des asticots, complètement entortillés et dormant *à côté* du canapé. Il fait encore nuit mais elle ne pouvait plus dormir, Paméla, à cause de Manu qui s'est mis à tousser si fort qu'Huck a jailli de la couette pour aller se réfugier sous la commode.

Et, pourtant, pour réveiller cette feignasse de Huck !

Paméla va dans l'entrée prendre l'imper de Laurette et tout ce qu'elle peut de manteaux, de foulards, et elle revient dans le living et couvre, en prenant bien soin de ne pas les tirer de leur sommeil, ces deux fous. Manu tousse assez fort comme ça. Qu'ils aillent pas s'enrhumer eux aussi !

Puis elle va dans la cuisine boire un grand coup de lait froid et donner un petit-suisse à Tom qui mange et le petit-suisse et le papier qui est autour. Preuve que vivre cent ans dans une cave rend très con.

Puis Paméla s'assied sur un tabouret et elle se demande si, s'entortiller avec quelqu'un sans aucun habit sur soi, c'est pas ça « niquer ». A son avis, c'est ça. Mais elle peut se tromper. Il faudra qu'elle pense à demander à Jérôme quand il reviendra de chez les Chinois. Elle finit par s'y endormir, sur son tabouret.

Et elle fait un rêve triste. Si triste qu'un psychiatre dirait que c'est un rêve très au-dessus de son âge.

Et il fait jour, et on sonne à la porte.

C'est une fille-facteur rondouillarde avec une lettre recommandée. Une lettre adressée à Monsieur Milleret qu'elle refuse de remettre à Laurette. Il faudra que Monsieur Milleret passe la prendre à la poste. Elle n'y peut rien. C'est le règlement.

La postière rondouillarde et pas coulante qui ne veut pas laisser la lettre que Laurette voudrait tant lire, c'est la première emmerde de la journée.

D'autres vont suivre.

Il y aura, d'abord, le thermomètre qui dira que Manu a plus de quarante. Puis le docteur Martin qui, lui, ne dira rien.

C'est son truc, au docteur Martin, le mutisme.

176

A croire qu'il croit que le plus grave, pour les malades, c'est pas leurs maladies mais de savoir quelles maladies ils ont. Faut toujours qu'il fasse le mystérieux, l'obscur. Non content d'écrire ses ordonnances si mal que même les pharmaciens sont jamais fichus de savoir ce qu'il a prescrit, quand il consent à desserrer les mâchoires, c'est pour que ses patients et leurs proches s'y retrouvent encore moins. Appeler une scarlatine scarlatine, il saurait pas. Il dit éruption exanthème. Une colique c'est une colopathie mucomembraneuse. Les taches de rousseur de Pam des éphélides.

Alors, pensez, ce mal étrange qui enfièvre Manu...

Après l'avoir palpé et repalpé en silence, il consent à laisser entendre à Laurette qu'il pourrait s'agir d'un influenza épidémique épicrisé par une psychasthénie latente.

Et c'est grave ?

Le docteur Martin qui connaît papa depuis la fac et soigne toute la famille gratis depuis des éternités en échange d'un détartrage ou d'un ratissage de ratiches par-ci par-là, ne répond *jamais* à cette question aussi stupide qu'inutile. Bien sûr que c'est grave. Tout est grave pour les vivants qui ne sont — c'est bien connu — que des morts en sursis tout juste bons à trimbaler dans leurs carcasses des milliards d'infimes corpuscules bien plus souvent pathogènes que saprophytes.

Il ne dit pas que c'est grave. Il fait pire. Il se pétrit sa barbiche de docteur Freud, puis, tout en salopant une feuille avec des hiéroglyphes, il gratifie Laurette d'une leçon de morale. Salée. Dire aux gens ce qu'ils ont, il veut pas, le docteur Martin. Mais leur expliquer en long et en large pourquoi c'est de leur faute s'ils ont ce qu'ils ont, alors là...

— Ce qui ne colle pas, ma petite Laurette, mais alors pas du tout, c'est que depuis que tes parents sont en voyage, ton frère mène une vie... Une vie...

Le ménage pas fait, cette chambre d'enfants si mal tenue, ces chats qui vont qui viennent, cette odeur de besoins de chat et la tête de Laurette, ses yeux cernés, ses joues qui ne sont même plus des joues et cette odeur de tabac...

— Parce que tu fumes. Ne me dis pas non. Tu fumes.

— Oui. Ça m'arrive.

Laurette fume, le ménage n'est pas fait, il y a des chats : allez vous étonner après ça qu'une psychasthénie latente épicrise l'influenza épidémique de Manu !

— Et ils reviennent quand de leur croisière, tes parents ?

Pour le docteur Martin, papa et maman font la Grèce. Elle a du mérite, Laurette, à s'y retrouver dans ses menteries.

— Ce matin on a reçu une carte d'Athènes. Ils ne disent pas quand ils rentrent mais qu'ils ont un temps magnifique.

— Février, pour la Grèce, c'est le meilleur mois. Du soleil et pas trop de chaleur et peu de touristes. J'espère qu'ils vont faire quelques îles.

Santorin... Corfou... Rhodes aussi. Et la Crète. Ah! La Crète! Relire Homère sur une plage crétoise...

Il se laisse choir sur le lit de Paméla, le docteur Martin, et manque écraser Huck qui s'était trouvé une nouvelle couette et détale en grognant.

— Tu ne laisses plus entrer ce chat dans cette chambre jusqu'à nouvel ordre. Et tu fais dormir Paméla ailleurs. Il faut l'isoler, Manu. Il faut aussi...

Ça y va, les consignes à respecter rigoureusement si on ne veut pas que Manu se retrouve dans un poumon d'acier sous huitaine.

— Je m'écouterais, je te dirais de télégraphier à tes parents. Mais... on ne va pas leur gâcher leur croisière. Ils n'ont pas volé cette petite récréation. Tu as des parents en or. Sois-en consciente, Laurette. Et remets-moi cette maison debout.

Manu n'ouvre pas les yeux quand, retour de la pharmacie où elle a couru, Laurette lui fait avaler une cuillerée de sirop dégueulasse.

— C'est pas bon, hein? Mais tu es un garçon courageux qui veut guérir, alors t'avales sans broncher.

— C'est vrai que Huck va plus entrer dans cette chambre jusqu'à nouvel ordre?

— On va tricher un peu. Il viendra te dire bonjour une fois de temps en temps.

Manu n'ouvre toujours pas les yeux. Mais une larme jaillit. Une larme de belle taille.

16

Dans la chambre des petits, l'odeur de la maladie a remplacé l'odeur des pipis et des crottes de Huck. Il n'a pas aimé qu'on l'expulse de la chambre, le chat exceptionnel. Il a si peu aimé qu'il a refusé tout ce qu'on lui a proposé dans la cuisine. Il a laissé Tom se gaver tout seul de Whiskas, de croquettes pour chats. Il a fait pipi à côté du plat à chats acheté au supermarché King. Quand Paméla lui a fourré sous le nez un doigt trempé dans de la crème fraîche, il a soufflé et déguerpi.

On ne voulait plus qu'il partage la couette de Manu. Très bien.

Il a regagné la cave.

Et Manu a dû faire son deuil des visites de Huck promises par Laurette. Et Manu a atteint quarante et trois dixièmes. Et le docteur Martin est revenu. Et il a adjuré Laurette de télégraphier à Corfou, à Delos, à Rhodes, de faire revenir papa et maman au plus vite.

Et Laurette a menti menti : aucun des télégrammes qu'elle expédiait n'arrivait où il fallait quand il fallait. Ses parents filochaient d'une île à l'autre avec la vélocité désordonnée d'une puce de jeu de puces.

Elle n'a pas fait que mentir à l'alarmant toubib, elle a passé des journées entières, des nuits à tenir la main, brûlante ou glacée, du pauvre Manu. A lui faire des litres de bouillon avec les légumes que Lucien allait acheter à Mouffetard. Elle lui a fait avaler des douzaines de gélules bleues, blanches, rouges, des cuillerées et des cuillerées de la potion dégueulasse, elle a changé et rechangé ses pyjamas trempés de sueur et lavé et relavé lesdits pyjamas. Elle l'a veillé, dorloté.

Les piqûres, des piqûres faisant fort mal, c'est Lucien qui les faisait. Il était expert en piqûres pour avoir dormi chez pas mal de types accros aux drogues dures lors de vadrouilles à Montparnasse chez des peintres, des rockers, des mannequins de provenance étrangère. Il en avait même un peu tâté de ces drogues dures. Très peu. C'était pas son truc, pas son trip.

Le docteur Martin était (comment éviter ça ?) tombé sur Lucien une nuit que Manu en était à ne plus pouvoir respirer du tout. Et Laurette avait fait passer Lucien pour un cousin venu lui donner un coup de main dans ces pénibles circonstances et le toubib l'avait trouvé si bon jeune homme, ce cousin, qu'il n'avait rien soupçonné, rien reniflé.

Il l'était, bon jeune homme, Lucien. Il s'était mis à la tambouille, à la lessive avec une belle ardeur. Il avait toiletté, shampouiné Paméla comme une vraie maman. Il lui avait raconté une foule d'histoires poilantes et appris des quantités de mots anglais et des jeux terribles.

Il avait fait beaucoup l'amour à Laurette aussi. Et Dieu sait que, sans ça, elle aurait flanché.

Pendant les vraiment moches moments de la maladie de Manu, c'est devenu un endroit vraiment curieux, la maison. De la saleté partout sauf dans la chambre du malade, plus d'heures pour les repas, les bains, le sommeil, plus de barrières entre le jour et la nuit. Et pas de flotte pendant deux jours parce que Paméla et le chat Tom avaient bouché la baignoire avec un rat en pâte à modeler et que, outre une inondation comme dans un film catastrophe, ça avait provoqué un glutage dans la tuyauterie et qu'un plombier gracieux et habile comme un plombier avait changé le joint qu'il fallait pas et appelé à la rescousse un plombier numéro deux qui en deux coups de clé anglaise avait privé d'eau même les voisins Mâchon qui avaient menacé Laurette d'organiser sur-le-champ une réunion des copropriétaires du trois *ter*. Et Lucien qui avait un peu mis le feu au buffet en pin de la cuisine en voulant montrer à Pam comment Tom Sawyer et Huckleberry Finn se grillaient des saucisses sur leur radeau. Et des lettres qui arrivaient et que Laurette laissait s'empiler. Des lettres du lycée, de la petite école, tellement lourdes de menaces qu'elles auraient mérité d'être affranchies au-dessus du tarif, des factures qui, faute d'être payées, finiraient par priver la maison de gaz, d'électricité, de tout. Et Yalloud qui avait pris l'habitude de venir et, bien des fois, pas tout seul. Avec Ben qui ne l'ouvrait que pour goûter à la bouffe de Lucien. Avec d'autres Arabes que le vieux Mâchon regardait passer en ayant envie d'empoigner son fusil pour débarrasser la France de cette graine de chômeurs, d'autres Arabes qui faisaient du bruit, urinaient à l'occasion sur le vieil arbre de la cour. Des Nègres même, qui amenaient des tam-tams. Et des copains de copains qui trouvaient cette maison « d'acier » et venaient y passer un moment qui durait parfois jusqu'à la fin de nuits pendant lesquelles ils avaient pioncé sur la moquette, le divan du bureau de papa et flanqué, pas méchamment, mais flanqué quand même le bordel partout.

Et, cette vie de maison de fous, Paméla et le chat Tom adoraient ça. Surtout Paméla qui se maquillait avec le rouge à lèvres, le noir aux yeux de maman dans la chambre de papa maman qui était devenue sa chambre à elle, Paméla, qui exigeait que Lucien la bécote à tout instant sur la bouche, Paméla qui se faisait très bien à l'idée que Manu allait devenir un mort et espérait qu'on l'enterrerait dans la cour, au pied du marronnier tordu, cagneux, à côté de l'ancien chien des Mâchon qui avait reçu plein de plomb dans la gueule au cours d'une chasse. Ça l'excitait, cette perspective de funérailles très classe avec des curés plein la cour, tous les gens du quartier en noir, tous les élèves de la petite école chantant des cantiques. Ce qui l'excitait aussi bougrement, c'était de tomber très souvent sur Laurette et Lucien en train de « niquer ». Elle adorait les entrevoir nus, rivés l'un à l'autre, se léchant, se mordant, poussant des cris de chat ou de chien ou d'oiseau.

Elle était en train de devenir la petite fille la plus heureuse du monde, Paméla. Et elle était — quelle merveille ! — très bien partie pour devenir boulotte car ne se nourrissant plus que de gâteaux, de tartines de beurre de cacahuète, de beignets (comme Jack Kerouac), de confitures, de chocolat et buvant du Coca en maxi bouteilles.

Ce qu'elle n'aimait pas, c'était quand Lucien descendait écrire dans la cave avec son stylo cadeau. Il allait dans la cave et jamais il ne ramenait Huck. Il avait regagné le souterrain, ce con de Huck, il était parti revoir les rats, les araignées.

Ce qu'il écrivait dans la cave, Lucien trouvait toujours ça médiocre. Sauf une fois. Une fois, il avait noirci trois pages qu'il avait bien voulu que Laurette lise.

Et Laurette les a lues. Avec recueillement. Et elle n'y a pas compris grand-chose. Ça parlait un peu d'elle, un peu de Pam, un peu de la mort. Il y avait des mots très beaux. Mais ça ne s'enchaînait pas. C'était des phrases qui donnaient l'impression de se foutre les unes des autres.

— C'est un poème ?

— Pas tout à fait, Laure. Plutôt des impressions. Comme des photos prises au deux millièmes. Des flashes de ma vie maintenant, de notre amour. Burroughs, bien sûr, tu n'as jamais lu ?

— Non.

— Il fait ses livres avec des ciseaux, Burroughs.

— Ah.

— Il faut qu'on parte là-bas, Laurette. On ira le voir, Burroughs. C'était un ami de Kerouac. On ira voir Bukowski aussi. Il ne nous plaira pas. C'est un vieux soûlaud. Il ne nous plaira pas. Mais j'ai son adresse. Je sais où le trouver. Il nous offrira une boîte de bière. Ou sera en train de cuver et on le regardera ronfler un moment. Pour voir comment ça ronfle, un écrivain américain. On ira aussi à Pacific Palissades et on respirera à pleins poumons l'air que respirait Henry Miller. Dès que Manu est guéri, je trouve la combine et on part.

Partir. Lucien ne parlait plus que de ça.

Le lendemain du jour au poème aux phrases qui avaient l'air de se foutre les unes des autres...

Ils avaient soupé de salades de fruits en conserve et de Danettes et, pendant que Paméla regardait un western, ils s'étaient cajolés, caressés dans la cuisine, sans se déshabiller cette fois, parce que le docteur Martin devait passer.

Et le docteur a débarqué et Laurette est montée avec lui voir Manu.

Pauvre Manu qui délirait, qui avait les yeux écarquillés, qui se tortillait, se tordait les mains et parlait très fort *avec papa et maman*. Ils étaient là. Il les voyait et il leur racontait sa journée à la petite école. La classe, la récré, le dessin qu'il avait fait au stylo feutre, un dessin superbe que la maîtresse avait aussitôt accroché au mur, il leur expliquait, à papa maman, comment Nanar Fildenberg avait capturé le poisson-volant qu'il apportait avec lui à la petite école dans une mallette en fer percée de trous assez grands pour que le poisson-volant respire mais trop petits pour que l'eau coule de la mallette.

N'en croyant ni ses oreilles ni ses lunettes, le docteur Martin a pris le pouls de Manu, il l'a observé avec réprobation, il s'est assis sur le lit de Paméla pour réfléchir en se pétrissant énormément la barbiche, s'est dressé d'un bond, a repris le pouls de Manu, s'est rassis, a demandé à Laurette un verre d'eau, l'a bu, a repris le pouls de Manu, a réfléchi et a fini par mendier une cigarette à Laurette, une cigarette qu'il a failli allumer par le mauvais bout.

Il avait l'air aussi paumé que le stomato dans sa tour, plus taciturne, mais aussi paumé. C'était si peu son style au docteur Martin que Laurette a craqué.

— Qu'est-ce qui se passe docteur ?

— Il se passe que demain je le fais hospitaliser.

— A l'hôpital, Manu ?

— Tes parents ne seraient pas dans les îles grecques, j'en discuterais avec eux... Mais... il faut prendre une décision. Nous frôlons la cryptococcose. Je m'occuperai de tout. Je vais lui trouver le meilleur hôpital, le pédiatre le plus qualifié. Je m'occuperai de l'ambulance. De tout.

Et, la barbiche en bataille, il est parti, le docteur.

Il était onze heures du soir et Paméla s'était endormie devant la télé en suçant son pouce alors que John Wayne faisait l'Artaban dans un saloon en compagnie de Dean Martin. Et Lucien attendait les nouvelles en se forçant à écrire.

— Alors ?

— Il veut le fourrer à l'hosto. Demain.

— C'est peut-être mieux.

— Peut-être. Je sais pas. J'ai peur, Lucien.

Lucien lui a effleuré la joue sans un mot. Lucien lui a tendu une bouteille de vin sucré et Laurette a bu à la bouteille assez de vin sucré pour rendre tout à fait soûle une lycéenne pesant deux fois son poids à elle et, abandonnant Lucien, Paméla et le chat Tom, elle a filé se glisser, tout habillée, sous la couette du pauvre Manu.

Et elle s'est blottie contre lui, brûlant et remuant, et elle l'a écouté longtemps, très longtemps, raconter à papa et maman le grand voyage qu'il allait entreprendre avec Mohamed Bellouni et Annette Pélisson pour aller pêcher dans un océan pacifique des poissons-chats plus exceptionnels que celui de Nanar Fildenberg.

C'était la nuit, ou le petit jour, peu importe, quand Manu a tiré Laurette de l'engourdissement où elle avait sombré. Il était moins chaud et moins agité et il lui a fait un gros baiser et lui a demandé pardon d'avoir été si malade pendant qu'elle était pas là.

Il la prenait pour maman.

Et il lui a dit qu'elle avait eu raison de revenir parce que sans elle à la maison, c'était pas bien. Il lui a dit que Laurette avait été vachement gentille et Lucien aussi et que le chat Huck était retourné dans la cave mais que c'était pas par saloperie, que c'était un brave type de chat, que c'était pas de sa faute s'il était trop lourd et prenait toute la place et faisait le malpropre et qu'il allait revenir sûrement. Et il lui a dit : « Maman je t'aime. »

Et il s'est endormi du sommeil des petits garçons qui ne frôlent pas la cryptococcose.

Et Laurette s'est écartée de Manu pour qu'il dorme en paix et, les yeux ouverts dans l'obscurité, elle a attendu que le jour se lève. Le jour où une ambulance allait venir prendre Manu pour l'emporter à l'hôpital.

Et, comme Paméla, elle a eu des visions de mort et d'obsèques. Elle a vu Manu mort. Son petit Manu.

Et elle a fait ce qui se fait dans ces moments-là. Elle a pris des résolutions. Elle a décidé de renoncer à Lucien, de lui demander de n'être plus qu'un ami, peut-être même de s'en aller. Et décidé de ne plus mentir à personne, de repiquer à ses études, de se laver enfin les cheveux, de faire le ménage à fond, de ne plus accueillir Yalloud et tous ces casse-pattes qui venaient zoner dans tous les coins de la maison, de laisser tomber Benson et vin sucré, de fourrer le jean et le T-shirt qu'elle n'a pas quittés depuis des semaines dans la corbeille à linge sale, de faire un vrais repas à Paméla, à midi, de...

Retourner au lycée, tanner Yette ou Corinne pour récupérer les cours séchés et rattraper le temps perdu, mettre le jean et le T-shirt au sale, plus ouvrir à Yalloud, aux squatters, faire de vrais repas avec de la viande et des légumes pas en boîte, ne plus raconter des craques à l'un et à l'autre, c'est possible. Pour ne pas dire facile. Mais... renoncer à Lucien...

C'est trop con, trop dur. Pas humain.

Il le faut pourtant. C'est comme dans la Bible, les brebis qu'on sacrifiait.

La voilà revenue au temps du caté, des confessions, des péchés maous qui faisaient mourir pour l'éternité.

C'est débile. Débile.

Mais c'est pas des microbes, des virus qui lui mangent la santé à Manu, c'est ce qu'elle s'est mise à faire, elle, à devenir.

C'est ça et rien d'autre.

Le jour ne se décide pas à se lever. Mais elle, elle se lève. Il n'est jamais trop tôt pour repartir du bon pied.

Tout le monde dort. Paméla et Tom dans le lit de papa et maman. Lucien, elle ne sait pas où.

Et Laurette range, scientifiquement, dans la machine à vaisselle, tout ce qui lui tombe sous la main et met la machine en marche. Elle est partie pour trois tournées. Si pas quatre ou cinq. Elle récupère des mégots, des emballages vides, des bouchons et les petits monstres puants auxquels Manu n'a pas eu la force de s'intéresser, des jouets à Pam, des peaux de banane. Ce merdier, Jésus !

Et voici Pam flanquée de Tom. Ensuqués, titubants.

— Il est quelle heure ?

— L'heure d'aller se laver à fond tous les coins et recoins pour aller à l'école.

— Je pourrai y emmener Tom avec moi, à l'école ?

— Non ! Il est trop vieux pour aller à la petite école. Et trop ignare pour aller à la grande, ton Tom. Et puis sois pas chiante, c'est pas le jour.

— Et Manu, sa fièvre ? Il en est à combien de degrés centigrades ?

— Commence pas avec tes questions de mongolienne. Va te faire couler un bain. Et si tu en ressors avant d'avoir usé tous les poils de la brosse, je te...

— Il peut se baigner avec moi, Tom ?

— Non.

Paméla n'insiste pas. Elle disparaît.

Et Laurette s'accorde, quand même, une petite Benson et elle monte voir où en sont les dégâts.

Pas trop de bobo. Ça va. Pam se savonne et savonne Tom.

— Je t'avais défendu de...

— Il le savait que tu voulais pas. Mais les chats de cave de cent ans, quand ça s'est fourré une idée dans le crâne...

Coup d'œil dans la chambre de Manu.

Il est assis dans son lit. Il feuillette *Le Journal de Mickey* sans le regarder.

— Où elle est maman ? Partie faire le marché ?

— Oui. A Mouffetard.

190

— Elle a dormi avec moi cette nuit.

— Je sais, Manu.

— Sous ma couette, elle a dormi. Elle m'a beaucoup beaucoup embrassé. Je lui ai pas dit, à maman. Mais je vais te le dire à toi, Laurette. Si elle repart, je mourrai pour de vrai. J'ai compris comment il faut faire. C'est pas dur. Suffit de pas respirer du tout. C'est comme pour avoir beaucoup beaucoup de fièvre. En s'y prenant bien, c'est pas compliqué.

— Arrête de dire des bêtises.

— C'est pas des bêtises. Je peux mourir quand je veux. Je sais comment faire maintenant.

— T'aimerais pas mieux boire un peu de bouillon de légumes plutôt que de ruminer des choses affreuses ?

— Du bouillon, j'en prendrai si c'est maman qui me le donne en revenant du marché Mouffetard.

— D'accord, c'est maman qui te le donnera.

Il a raison, Manu. C'est maman qui lui donnera son bouillon de légumes. Elle le lui donnera parce que Laurette va tout faire pour ça. Pour qu'il n'aille pas à l'hôpital. Pour qu'il guérisse. Elle va tout faire. Tout.

Premier temps de l'opération : recherche du numéro de téléphone de Maître Lévy-Toutblanc dans l'annuaire. Coup de chance : c'est un matineux. Il est déjà à son bureau, l'Albert avocat et déjà tout ouïes et ravi d'entendre la grande fille de madame Milleret. Ra-vi. Alors ? Elle lui veut quoi, la grande fille ? Attaquant sa deuxième Benson, Laurette informe le cher maître qu'elle

191

a réfléchi et décidé de prendre le parti de sa mère. Oui. Elle est prête à charger son père, à le couler, parce que son père... Son père, il a fait un truc, un truc qui... Bref, il est foutu, elle n'a qu'un mot à dire et maman obtient tout ce qu'elle veut.

Le Lévy-Toutblanc frétille au bout du fil. Qu'un mot à dire ! Quel mot ?

Mais elle louvoie, Laurette, c'est à sa mère qu'elle révélera tout, qu'elle refilera le tuyau grâce auquel elle obtiendra la garde des enfants et une pension de reine. Elle ne parlera qu'à sa mère. Qu'à sa mère. Bon. L'avocat capitule. Que Laurette raccroche. Il va la rappeler dans cinq, dix minutes. Le temps de contacter madame Milleret.

Il ne rappelle que trente minutes plus tard, le cher maître, et on sent qu'il ne bat que d'une aile. Et pour cause : madame Milleret, il ne la trouve pas, il ne la trouve plus. Elle était quelque part, dans un endroit, chez des gens. Elle n'y est plus. Elle doit avoir quitté Paris, madame Milleret. Il va, le cher maître, cela va de soi, faire son possible et son impossible pour retrouver sa trace et aussitôt que...

Laurette lui raccroche au pif.

Elle était prête à se rouler à ses pieds, à maman, pour qu'elle vienne donner son bouillon à Manu. Et c'est foutu. Dans le lac.

Quand il remonte de la cave où il a passé la nuit à écrire pour Manu une histoire d'opossum américain faisant un tas de farces dans des marécages de l'Okefenokee, Lucien trouve Laurette toute propre, toute grave.

Elle a une jupe bleu marine, un pull de cheftaine, des mocassins noirs frais cirés. C'est une autre Laurette que Lucien embrasse.

Une autre Laurette qui voudrait que ce baiser ne prenne jamais fin mais qui s'arrache brusquement des bras de Lucien.

— Qu'est-ce qui se passe ? Tu ne m'aimes plus ?

— C'était la dernière fois qu'on s'embrassait, Lu.

— La dernière fois ?

— Si tu veux on dira que c'est un vœu, que cette nuit j'ai fait un vœu. J'ai si peur pour Manu... Me dis pas que c'est con. Je culpabilise. Alors, con ou pas con...

Lucien comprend. Il est bien, Lucien. Toujours bien.

— Ne cherche pas à te justifier. Tant que Manu est en danger... Tiens, tu lui liras ça. C'est un conte pas trop loupé. Ça peut le faire rire. Moi je vais aller voir Kéraban.

— Voir qui ?

— Un type que je trouverai en faisant tous les bars de Montparnasse. Kéraban, c'est pas son nom. C'est un type qui a toujours des foules de combines. Avec lui, je vais le trouver, l'argent pour partir en Amérique.

— Tu reviendras quand ?

— Quand j'aurai l'argent. Si je trouve Kéraban, ça ne traînera pas.

— Lu.

— Laure.

Ils s'embrassent encore. C'est un baiser d'après le dernier baiser. C'est un acompte sur tous les baisers à venir, là-bas, à Central Park et dans tous les quartiers de la Grosse Pomme, quand Manu sera sorti guéri de l'hôpital, quand...

17

Laurette allait laisser pauvre Manu cinq minutes tout seul, le temps d'accompagner une Paméla très proprette elle aussi à la petite école, quand le téléphone a sonné.

C'était mamie de Nice.

Mamie de Nice qui, à part un coup de fil décousu de Léa, n'avait aucune nouvelle du trois *ter* rue des Gobelins depuis quinze jours et se faisait des cheveux.

Et c'est à mamie de Nice que Laurette a dit tout. Absolument tout.

Fallait bien que quelqu'un sache, à la fin.

Et mamie de Nice n'a pas poussé les hauts cris, pas émis la moindre critique. Elle s'est contentée de faire jurer à Laurette de ne pas laisser le docteur Martin ou qui que ce soit d'autre emmener Manu à l'hôpital. Veuve d'un oto-rhino, elle avait des idées très arrêtées sur la médecine, les médecins et ce qui se passe dans les hôpitaux et cliniques, mamie de Nice.

Et Laurette a juré.

Et quand le docteur Martin a téléphoné pour

annoncer l'arrivée imminente d'une ambulance qui allait conduire Manu aux Enfants malades où un lit et les plus grands grands pédiatres l'attendaient, Laurette lui a dit que sa grand-mère était contre. Et le docteur Martin a rugi que c'était absurde, criminel. Parfaitement : criminel. Et il a dit qu'il s'en lavait les mains. Que...

Encore un qui s'est fait raccrocher au nez, le docteur Martin.

Et Paméla a, une fois de plus, coupé à l'école et elle a décidé de se lancer dans la désignardisation de Tom. Parce que les paroles blessantes de Laurette sur son exceptionnel chat de cave de cent ans, elle les avait sur l'estomac, Pam.

Elle s'est donc enfermée avec lui dans la chambre de papa et maman et lui a donné sa première leçon de lecture. Comme elle était elle-même incapable de distinguer un A d'un B, ça a vite cafouillé. Et puis Tom n'a pas supporté de rester assis, bien attentif, sur une chaise. Il n'avait pas la bosse des études, c'était évident. La menace d'être privé de récré et de télé ne lui a fait ni chaud ni froid mais à la première tape sur le museau, il s'est rebiffé et a griffé.

Et Laurette a dû faire une poupée au petit doigt de Pam et lui donner une tape sur son museau de petite fille vraiment trop chiatique.

Et Paméla a déclaré qu'elle allait foutre le camp, quitter sur l'instant cette maison de merde.

Et Laurette lui a dit chiche.

Et Paméla, fâchée à mort, et pour de bon, avec

sa pouffiasse de sœur et son con de chat de cave, a fait une fugue.

Une vraie fugue jusqu'au carrefour des Gobelins.

Puis elle est revenue parce qu'elle voulait bien fuguer mais pas traverser toute seule et qu'elle avait faim.

Et elle a mangé une tartine de beurre de cacahuète sans pain.

C'était si délicieux qu'elle a vomi sur ses habits proprets d'écolière qui n'allait plus jamais à l'école.

Et elle a alors envisagé de devenir plus malade encore que Manu et de se faire enterrer avant lui dans la cour.

Puis elle s'est rappelé que c'était l'heure de *Dallas* à la télé. Mais elle avait tellement « les nerfs en pot de fleur » qu'elle a détraqué (une fois de plus) la télécommande et s'est retrouvée sans plus rien que des zigzags sur l'écran.

Très déballée, elle s'est affalée sur le canapé du living et elle a sucé son pouce en se demandant si la vie des petites filles valait la peine d'être vécue.

Pendant ce temps, à l'étage Manu, lui, faisait son possible pour devenir un mort.

Ce qui revient à dire qu'il tentait de ne plus respirer la moindre goutte d'air en se pinçant les narines avec tous les doigts de la main droite et en se bouchant la bouche avec sa main gauche.

C'était désagréable et pas si efficace qu'il le croyait.

Il suffoquait mais ne mourait pas. A croire que

l'air lui entrait dans le corps par les oreilles ou par les yeux qu'il avait pourtant fermés. Ou alors c'étaient les porcs.

Maman lui avait parlé des porcs de la peau une fois qu'il était sale comme un cochon et ne voulait pas se baigner. Elle lui avait dit qu'on en avait plein le corps et qu'ils respiraient pour nous si on laissait pas la crasse les boucher.

C'est compliqué de mourir quand on a pas encore six ans.

Pensez : Manu allait être forcé d'attendre d'être devenu assez crasseux pour qu'aucun de ses centaines de milliards de porcs n'aient plus la force de respirer. Ça pouvait demander combien de temps ?

Laurette a estimé que dix ans sans mettre les pieds dans la salle de bains, sans approcher un robinet, un savon, un gant de toilette, devraient suffire.

Mais Laurette blaguait. Laurette voulait le distraire, lui changer les idées, il s'en rendait compte, Manu. Qu'est-ce qu'elle avait besoin de venir l'embêter, de venir lui lire cette connerie d'histoire d'opossum inventée par Lucien ? Elle se figurait quoi ? Qu'il allait se dégonfler et ne pas mourir ? Avaler ce « succulent » bouillon de légumes qu'elle voulait qu'il prenne en « attendant maman qui avait dû être coincée à Mouffetard par un embouteillage et qui allait arriver d'un moment à l'autre » ?

Il voyait bien qu'elle lui mentait, Laurette.

Et son « succulent » bouillon, elle pouvait se

le foutre au cul. Il n'en avalerait pas une gorgée et...

Et il l'a bu quand même.

Il l'a bu parce que mamie de Nice lui a dit que s'il ne le buvait pas, elle lui fichait une fessée comme aucun petit garçon n'en avait jamais reçue. Une fessée à lui éplucher définitivement la peau des fesses !

Oui. C'est mamie de Nice qui lui a dit ça.

Mamie de Nice qui, à peine terminé son coup de fil avec Laurette, avait sauté dans un taxi, trouvé un avion pour Paris et venait prendre en main la rue des Gobelins.

C'est que c'était quelqu'un, mamie de Nice.

C'était une mamie, d'accord. Elle avait quatre petits-enfants et beaucoup vécu, beaucoup vu. Mais elle n'avait pas encore soixante ans, et une sacrée santé.

La magistrale fessée promise au Manu suicidaire, elle la lui aurait administrée s'il s'était obstiné à ne pas prendre son bouillon de légumes, c'est sûr.

Elle a donc commencé, avant même d'avoir enlevé son manteau, par régler la question bouillon. Puis, toujours en manteau, elle a demandé à voir les médicaments prescrits par le docteur Martin. Et elle a lu tout ce qui était imprimé sur tous les emballages, elle a pris connaissance de la composition de chaque médicament, de sa posologie, des effets indésirables afférents auxdits médicaments. Et elle a déclaré que ce docteur n'était ni plus ni moins incapable que ses confrères et elle a demandé à Laurette d'aller lui préparer un thé très fort très chaud pendant qu'elle disait des choses importantes à Manu.

Et mamie de Nice s'est assise sur la couette à Manu et elle lui a dit qu'elle ne voyait aucun inconvénient à ce qu'il meure mais qu'il fallait qu'il le fasse tout de suite parce qu'elle tenait à assister à son enterrement et qu'il fallait qu'elle soit de retour à Nice le surlendemain parce qu'elle avait une soirée-bouillabaisse chez des amis et qu'elle ne voulait pas la manquer. Elle lui a dit aussi pourquoi ses parents étaient partis : ils étaient partis parce qu'ils en avaient leur claque d'avoir un fils nommé Manu tout le temps malade. Parfaitement. C'était ça et rien d'autre la raison de leur départ. C'était un peu gros comme menterie. Mais mamie de Nice mentait mieux que Laurette. Et, Manu le savait, elle avait toujours une fessée magistrale en réserve pour ceux qui avaient l'impudence de ne pas la croire sur parole. Et puis cette menterie qu'elle était en train de lui faire, elle tenait debout. C'était vrai que Manu était malade — pour de bon ou presque — environ trois cent soixante-cinq jours par an. C'était vrai qu'il était le recordman des maladies infantiles, qu'il les avait toutes eues, de la rougeole à la scarlatine en passant par les oreillons et d'autres encore complètement passées de mode. Vrai qu'il s'était même arrangé pour avoir deux fois certaines maladies qu'on ne peut avoir qu'une fois. Vrai qu'il attirait les miasmes comme un aimant la limaille. Vrai qu'il ne pouvait pas croiser un enrhumé sans que son nez se mette à couler. Vrai qu'il pouvait choper la grippe d'un copain grippé rien qu'en lui disant bonjour au téléphone. Vrai qu'il avait, été comme hiver, printemps comme automne, des boutons, des cloques, des saignements de nez, des rougeurs, des moiteurs, des douleurs, des points de côté ou de milieu, des envies de faire pipi trop ou pas assez fréquentes, des quintes de toux, des haut-le-cœur, des démangeaisons, des frissons. Vrai qu'il adorait que maman le trouve assez patraque pour manquer l'école et rester au chaud à se faire dorloter. Vrai surtout que, si on l'avait laissé faire, il aurait passé ses journées entières avec un thermomètre dans le trou de balle.

Dans le trou de balle ! C'est comme ça qu'elle disait mamie de Nice.

Manu a éclaté de rire, c'était forcé.

Dire trou de balle au lieu de trou du cul, c'était gé-nial, non ?

Quand Laurette a monté son thé très fort très chaud à mamie de Nice, Manu avait meilleure figure.

Et ce n'était qu'un début. Car Mamie décréta qu'on allait cesser de lui prendre la température, à Manu. Pour la raison « qu'avant l'invention du thermomètre, la fièvre n'existait pas » et que savoir qu'ils avaient quarante ou plus ne servait jamais qu'à saper le moral des mal portants.

C'était tout mamie de Nice, ce genre de raisonnement.

Puisque Manu était parti pour trépasser, autant qu'il trépasse joyeusement, non ?

Elle extirpa le moribon de sous sa couette et

lui enfila de force un jean et un chandail sur son pyjama et elle l'emporta comme un vulgaire paquet de linge sale dans la cuisine où elle le força à manger une pomme et un yaourt archi-sucré. Qu'il meure le ventre plein, au moins !

Et il se laissa empoigner, habiller et gaver par mamie de Nice. Et il se laissa rudoyer comme un bébé homme ou un bébé chien.

C'était ça qu'il lui fallait. Pas qu'on pleur-niche, pas qu'on se tiraille la barbiche en jetant sur lui des regards inquiets.

Et puis c'était peut-être la vérité, que papa et maman étaient partis parce qu'ils en avaient assez d'avoir un garçon capable de passer des journées entières avec un thermomètre dans le trou de balle.

Dans le trou de balle !!!

Il avait consenti à sortir de son lit, mais il ne voulait plus quitter les genoux de mamie. Pas même pour lui laisser retirer son manteau, se mettre à son aise.

C'était décidé : il ne mourrait que le surlende-main, quand mamie serait repartie à Nice pour aller à sa soirée-bouillabaisse. Et peut-être même qu'il ne mourrait pas du tout et qu'il deviendrait tellement bien portant que maman et papa...

Et il s'endormit, il dort, sur les genoux de mamie de Nice, de mamie de Nice qui pioche avec allégresse dans le paquet de Benson de Laurette et qui lui tient de fort surprenants propos à elle aussi. D'abord, elle lui dit, à

Laurette, qu'elle a tort de s'habiller comme elle s'habille.

— C'est vrai, ma poulette, avec cette jupe, ce tricot, tu ressembles à ces filles que je fuyais comme la peste quand j'avais ton âge, ces filles qui trouvaient la petite messe trop courte et regrettaient que la guerre soit finie parce qu'elles n'auraient plus la chance de mourir pour la patrie et le général de Gaulle. Tu ne peux pas porter des jeans, des T-shirts, des nippes amusantes ? Bon sang, qui s'habille comme ça maintenant ? C'est pas possible que tes amies, les filles de ton lycée, s'habillent aussi moche.

— Les filles du lycée, tu sais... Plus ça va, moins je les trouve intéressantes. En fait, j'en avais qu'une, d'amie : Mariette. Elle est morte. Un train qui a déraillé. Et... depuis...

— Tu l'aimais beaucoup ?

— On se voyait tous les jours. On se racontait tout. Elle voulait devenir danseuse. Alors moi aussi. Pour faire comme elle.

— Et maintenant, il y a ce Lucien. Ce Lucien avec qui tu as...

— Je me demande bien pourquoi j'ai été te raconter ça, mamie.

— Ce que je vais te demander, moi, c'est de m'appeler Lucie.

— Lucie ?

— Oui, Lucie. C'est mon nom. Et je trouve qu'il me va comme un gant. Et je me sens de moins en moins de dispositions pour le métier d'aïeule. Quand Léa ta mère m'a annoncé que j'allais être grand-mère, j'ai failli tomber raide.

Ça m'a fait le même effet que si je m'étais vue, tout d'un coup, dans ma glace, avec des cheveux tout blancs, ridée, fanée, flapie, avec les dents branlantes, des mains noueuses et tremblotantes. Ça m'a... Mais rassure-moi : tu n'as pas fait l'idiote au moins ? Tu as pris des précautions ? Tu ne vas pas me catapulter arrière-grand-mère ? Tu ne vas pas me faire ça, hein ?

— Je prends la pilule.

— Cette veine que vous avez ! A ton âge, moi... Je te raconterais ce qu'il nous fallait inventer question précautions, tu me croirais pas. Et pourtant, ma jolie...

Laurette en oublie de fumer. C'est mamie de Nice qui bombarde comme une enragée, mamie Lucie qui se grille une Benson sur l'autre et Laurette qui la regarde comme si elle ne l'avait jamais vue. En réalité, elle ne l'a jamais vue, jamais vue autrement que tenant — d'ailleurs très gaiement, très agréablement — son rôle de grand-mère dans son appartement douillet et coquet du vieux Nice, et mettant les petits plats dans les grands, et organisant des promenades, des randonnées dans l'arrière-pays pour la joyeuse petite troupe. Faisant l'aïeule sans laisser même entrevoir que c'était pas du tout du tout son affaire.

Mais ce soir...

— Dans le genre descendance, vous êtes plutôt réussis. Vous êtes quatre beaux enfants pas trop cramponnants. Et ta maman, même si je ne suis d'accord avec elle sur rien, et ton dentiste de père, j'ai aussi beaucoup d'affection pour eux.

Mais les autres, c'est les autres. Et soi c'est soi. Telle que tu me vois, je suis quoi ? Une femme qui va lentement mais sûrement sur ses soixante ans et qui sait depuis belle lurette qu'un beau matin elle va se retrouver cancéreuse ou claquer stupidement d'un seul coup comme son mari. C'est réglé comme papier à musique : tu vis pour mourir. Est-ce un mal, est-ce un bien ? Honnêtement, je n'en sais rien. La vie éternelle, le paradis, l'enfer, tout ça, c'est peut-être des rêveries et c'en est peut-être pas. Va savoir... La seule certitude, c'est qu'avant d'être un mort, tu es un vivant. Alors faut vivre aussi chouettement que possible. Sans empoisonner les autres et sans s'empoisonner soi. Tu me diras que toute cette fumée de tabac que je m'expédie dans les poumons, c'en est du poison. Et les bons petits plats aussi et les alcools. Mais, même les saints qui n'ont jamais tiré une seule bouffée de cigarette ni mis trois sucres dans leur café pas décaféiné, ils sont au cimetière. Quand je dis ne pas s'empoisonner ni empoisonner les autres, je veux dire ne pas gâcher le peu de vie qu'on a devant soi et ne pas gâcher celle du voisin. Ce matin, au téléphone, j'ai humé le poison. C'est pour ça que j'ai pris l'avion. Et j'ai du mérite. Parce que, sitôt ma ceinture bouclée, je commence à trembler. Pour moi, un avion qui ne tombe pas, c'est pas normal. Enfin... Je suis là et, pour commencer, nous allons sortir ce jeune farceur de sa soi-disant maladie.

Le jeune farceur a succombé à un sommeil si profond qu'il ne se rend pas compte qu'on le remonte dans la chambre des petits, qu'on le glisse sous sa couette. Et mamie de Nice peut enfin se débarrasser de son manteau. Sa robe est verte. Avec des fleurs. Riante et sobre. Pas une robe de vieille dame qui veut faire la jeune dame. Et elle s'inquiète, mamie, de ce que Laurette va lui donner à manger. Elle s'inquiète de Paméla ausi.

— Mais où elle est, l'éleveuse de souris ?

— Sa souris, elle a disparu. Mais elle a un chat. Et elle boude dans le living.

Elle ne boude plus, Pam. Son pouce en bouche, elle dort. Et pour ce qui est du manger, il n'y a que des sucreries, des yaourts, toutes sortes de biscottes. Rien qui tienne au corps.

— Demain, je vous ferai une ratatouille. Et toi, tu vas tout de suite aller me chercher une bouteille de vin à la cave. J'ai une petite soif et très envie de trinquer à la santé du dentiste avec son meilleur cru.

Ça n'enchante pas Laurette, d'y descendre toute seule, à la cave. A la cave où rôdent désormais les fantômes d'un chat nommé Huck et d'un amour d'écrivain nommé Lucien. Mais, comme mamie de Nice a pris l'avion, Laurette va quérir une bouteille de Vouvray pétillant. C'est ça, pour elle, le meilleur des vins.

Mamie aurait préféré du rouge, du pas pétillant. Mais elle va quand même venir à bout de la bouteille de Vouvray, en croquant des gâteaux, fumant des Benson et donnant à Laurette une leçon de morale, de sa morale à elle.

— Que tu aies couché avec ce garçon, s'il est

vraiment comme tu me dis qu'il est, c'est pas grave. Moi, j'avais à peine un an de plus que toi et c'était un baronet. Tu te demandes ce que c'est, hein? Un baronet, c'est un Anglais qui a des parents qui ont eu des arrière-arrière-arrière-grand-pères qui ont gagné des batailles ou des arrière-arrière-arrière-grand-mères qui ont dormi dans le lit de rois ou de princes au temps de Shakespeare ou avant. Il n'était pas que baronet. Il était roux, avait des pieds de statue grecque, il parlait comme on parle à Cambridge et il m'était quasiment tombé sur la tête avec son parachute. Il venait pour bouter l'Allemand hors de France. Ça a duré cinq jours. Et ce fut épatant. Ta mère, elle, c'était le jour de son seizième anniversaire. Avec un client de ton grand-père. Un peintre dans la cinquantaine qui avait vaguement connu André Breton et trouvait surréaliste de dépuceler les filles de ses amis. Cette cruche de Léa croit toujours que je ne le sais pas. Toutes les filles couchent, ma Laurette. Sauf peut-être les trop trop laides et les trop coincées. Ce qui me chiffonne, c'est quand tu me dis que tu n'as pas d'amies.

— J'en ai sans en avoir. Je sais pas... J'aime bien rester seule avec un bouquin. Et puis avec les petits, maman, papa... Ça fait déjà bien du monde. Enfin... ça faisait.

— Ton père n'est quand même pas parti à cause de cette femme qu'il embrassait ici, dans cette cuisine?

— Tout ce que je sais, c'est qu'il est en pleine déprime.

— Le coup de panique de la quarantaine, ça peut t'arriver à trente ans, à cinquante ans ou à cent sept ans. Mais c'est classique. Faut avoir de temps en temps envie de se tuer et ne pas le faire, pour se sentir tout à fait vivant. Et Léa ? Qu'est-ce qui lui a pris à celle-là ? Elle aurait pas rencontré un autre homme, tout simplement ?

— Tu crois que maman... ?

— Je crois tout et je crois rien.

Mamie passe du Vouvray de papa au whisky de papa. Dans le même verre. Et elle s'agite, fait de grands gestes, elle a une mèche qui dansote sur son front. Une mèche Régécolor d'un auburn délicat.

— Tu veux que je te fasse rire ? J'en ai un, moi aussi, de Lucien. C'est un Serge. Mais c'est pareil. C'est tellement pareil que si je m'écoutais, je serais en train de lui téléphoner au lieu de te faire un cours de morale immorale. Il est peintre comme le peintre avec qui Léa a fêté ses seize ans. Mais abstrait. Et Russe. Et pas ivrogne. Éthylique. Résolument éthylique. Mais d'un beau. Tu vois Paul Newman. Eh bien, c'est Paul Newman, Serge. Paul Newman qui a d'ailleurs trois ou quatre ans de plus que lui. Et ne me dis pas que c'est ridicule !

Elle ne dit rien, Laurette. Mais mamie se met quand même à voir rouge. Elle se lève, son verre à la main. Et elle parle si fort qu'on pourrait dire qu'elle crie.

— Le fossé des générations, ce fameux fossé qui permet aux belles penseuses des magazines féminins de tartiner des pages et des pages, c'est vous qui le creusez. Vous, les mômes. Les ados. Pas nous. Vous qui nous appelez mamie quand on s'appelle Lucie. Vous qui trouvez risible et indécent — parfaitement : indécent — qu'on fasse autant ou plus l'amour que vous! Vous voudriez quoi? Que le jour de notre premier cheveu blanc on se rase le crâne comme les femmes de je ne sais plus quel pays d'Asie et qu'on monte tout en haut d'une montagne pour attendre que la mort vienne nous faucher avec sa grande faux? Mais, ma cocotte, l'envie d'aimer, l'envie de coucher, tu l'as encore alors que t'as plus une dent bien souvent. Je sais de quoi je parle. La Côte d'Azur, c'est comme la Californie, tu y trouves dix fois plus de personnes âgées que de jeunes au kilomètre carré. Évidemment, les jours de grande chaleur et de viande à l'air sur les plages, on s'y rince moins l'œil qu'au Crazy Horse. Évidemment, c'est plein de vieilles rombières, de vieilles piquées et de messieurs presque tout à fait gâteux qui feraient mieux de trottiner en direction du cimetière que sur la Promenade des Anglais. Mais laissez-les vivre, merde! Et, s'ils en ont encore le goût et la force, laissez-les baiser! Je te laisse ton Lucien, laisse-moi mon Serge. Et ne ris pas, petite imbécile.

— Je ne ris pas. Je souris.

— C'est vrai. Tu souris. Et ça te va très bien.

— Toi aussi ça te va bien de sourire.

Il est minuit et quelque, trois *ter* rue des Gobelins, Paris treizième, et il est comblé, ce putain de fossé des générations!

— Honnêtement, Laurette, mais honnêtement, hein, je suis encore belle femme, non ?

— Bien sûr. T'es grande, t'es mince.

— Avec les séances de gymnastique que je me
paie, manquerait plus que je sois grosse. Et pas
des séances dans des clubs de dondons du troisième âge. Des séances toute seule sur la plage,
qu'il pleuve ou qu'il vente et de grandes grandes
balades à pied.

Elle se rassied. Reboit un gorgeon de scotch.
Se rallume une cigarette.

— En fait, l'âge bête, c'est ni le tien ni le mien,
c'est l'âge où on est à la fois trop loin de l'enfance
et trop loin de la mort. L'âge de ton père, l'âge de
Léa. C'est vrai. Ils en sont au moment où on
découvre avec stupeur que la jeunesse, c'est
terminé, et où on ne sait pas encore que ça peut
être très intéressant, très réjouissant, d'être
vieux. Le cul entre deux chaises, ils sont ! Au
milieu du fleuve. Et ils pataugent.

— Tu crois qu'ils vont patauger longtemps,
papa et maman ?

— Ton grand-père ça a duré quatre mois.
Quatre mois qu'il a passés dans une chambre de
bonne avec une sténo-dactylo championne de la
faute de frappe. J'ai failli en mourir. Puis j'ai
rencontré un Anglais, pas baronet celui-là, mais
pianiste au Negresco, avec qui ça a duré cinq
ans. Oui ma chérie, ta mamie a eu une vie
dissolue. Mais moi, je n'ai jamais quitté le
domicile conjugal. Jamais Léa n'a eu à pâtir. Et
là, je leur en veux, à tes parents.

— Pas autant que moi. Je les déteste.

— Faut pas. C'est mauvais pour le teint, la haine. De se coucher trop tard aussi. Tu n'as déjà pas trop bonne mine. Alors tu vas aller dormir.

— Et toi ?

— Moi j'ai un coup de fil à donner.

— Lucie va roucouler avec son beau Serge !

— Moque-toi de moi, je te le conseille. La fessée que Manu n'a pas reçue, tu pourrais très bien en hériter. Sur ce, au lit. Moi, les gamines qui se couchent à pas d'heure...

Elle n'en revient pas, Laurette, de se retrouver dans son lit toute seule. C'est que depuis quelque temps, quand elle s'allongeait, dans un lit ou ailleurs, c'était avec Lucien. Avec Lucien qui est parti faire tous les bars de Montparnasse pour trouver un certain Kéraban et le prix de deux allers simples pour New York. Elle en revient encore moins de toutes ces révélations que vient de lui faire mamie de Nice. Elle savait bien que les adultes, les « vieux » baisaient aussi. Mais... à ce point-là... C'est pas faux qu'elle trouve ça un brin ridicule et plus qu'un brin indécent. Que mamie de Nice soit la Lucie d'un alcoolo russe beau comme Paul Newman, c'est quand même très...

Pourvu qu'elle rêve à elle et à Lucien, Laurette, plutôt qu'à ces tout vieux de Nice ou d'ailleurs qui ne pensent encore et encore qu'à niquer alors que la mort les tire déjà par les pieds.

18

Laurette était trop vannée pour rêver. Elle s'est offert dix heures d'un sommeil de plomb et sans l'intrusion de mamie avec un chocolat fumant, elle aurait peut-être dormi deux fois plus.

Elle pète le feu, Lucie.

Elle a fait bien du ménage, récuré à fond Pam et Manu qui ont mangé, l'un comme l'autre, deux œufs coque avec mouillettes beurrées. Des œufs achetés à Mouffetard avec les légumes de la ratatouille qui cuit déjà à feu doux et un gigot et des sardines à faire griller.

Et c'est pas tout.

Elle a téléphoné au dentiste dans sa tour, Lucie. Et pas pour lui parler de la pluie et du beau temps. Pour lui dire ce qu'elle pensait de sa conduite.

— Et alors ?

— Alors il a geint. C'est pas une fessée qu'il lui faudrait à ton mollasson de père, c'est une bonne série de piqûres de vitamines B 12. Ou une séance d'électrochocs. Tu m'as parlé de déprime.

T'étais très en dessous de la vérité. Il l'est si fort, déprimé, qu'il n'a même pas la force de s'offrir une vraie dépression. Ce qu'il lui faudrait... pour être franche, je ne sais pas ce qu'il faudrait. Mais il s'en sortira. Je le connais. Il est trop attaché à sa chère petite personne pour se laisser glisser tout à fait. Pour toucher le fond faut avoir un peu plus d'imagination que cet excellent Martial. Devenir dentiste, bon dentiste, ça demande un gentil Q.I. Mais pour se couper l'oreille comme Van Gogh, devenir fou, c'est l'étage au-dessus. Il finira par le reprendre, le collier, pour gagner un argent bête qu'il dépensera bêtement. C'est un homme sans idéal, sans colère contre rien, ton père. Paraît qu'il en faut des millions et des millions de ce modèle-là pour peupler la terre. Léa m'inquiète cent fois plus que lui.

— Tu as eu des nouvelles de maman ?

— Je ne suis pas venue à Paris pour visiter le musée du Louvre, ma jolie.

— Ben dis-moi ! Tu sais où elle est ?

— Oui Laurette. Je le sais parce que je connais Léa mieux qu'elle se connaît elle-même. Ou elle est partie s'occuper des sous-développés ou elle est restée à Paris. Et si elle est restée à Paris elle va obligatoirement chez son coiffeur. Elle a de qui tenir. Moi, je peux rester une semaine sans manger, sans parler, sans voir personne. Mais mes cheveux... On a de très beaux cheveux de mère en fille de mon côté. Et on les soigne. Alors, comme je savais que son coiffeur depuis bientôt quinze ans, c'est rue Marbeuf... Là, je me suis donnée à fond. Tu m'aurais entendue jouer le grand jeu au téléphone. Tu as des Katharine Hepburn, des Ingrid Bergman qui ont reçu des Oscars pour moins que ça. Je leur ai fait le coup de la maman mourante qui ne voulait pas rendre son âme à Dieu sans avoir fait ses adieux à sa fille unique. Poignante, j'ai été. Si poignante qu'une gourdasse de shampouineuse à qui Léa raconte tout m'a tout raconté. Ta mère, tu vas aller la voir, ma Laurette. Tu vas te faire toute belle, tu vas prendre Paméla par la main, Paméla qu'on va faire toute belle elle aussi. Et tu vas mériter ton Oscar, toi aussi, en la persuadant de revenir ici.

— Mais elle est où ?

— Chez quelqu'un. On ne m'a pas précisé si ce quelqu'un est un monsieur ou une dame. Mais, je veux bien être changée en pompe à clapet si c'est une dame. Notre Léa doit baigner dans l'extase.

— Et tu crois qu'il faut que je... ?

— C'est ce que tu voulais faire, non ? Alors : c'est dans le dix-septième. Au métro Courcelles. Rue Margueritte. Comme le prénom mais avec deux t. Au quatrième gauche.

Là où Maître Lévy-Toutblanc a échoué, mamie de Nice a réussi. Admirable Lucie !

Un bel immeuble, le cent trente de la rue Margueritte. Ancien et monumental. Avec une entrée Belle Époque à colonnes de marbre rose. Le genre château de Versailles en plus cossu. Et cet ascenseur. Entièrement en tortillons de fer forgé et vitraux représentant des dames tuberculeuses déguisées en libellules et en crustacés. Il descendrait au lieu de monter, on se retrouverait

214

à coup sûr dans le salon sous-marin du capitaine Némo. Paméla n'en a jamais tant vu. Paméla bichonnée comme une fillette de concours, avec sa robe la plus snob, un ruban dans les cheveux, des gants blancs. Laurette s'est mise en frais elle aussi. Elle porte la jupe kilt qui la fait littéralement gerber mais qui plaît tant à maman, et un blazer vert banc de square avec écusson british. Elle a l'air d'une jeune Anglaise allant au temple. Elle est parfaite. Il fallait qu'elle le soit. Ça faisait partie du plan.

Sur le paillasson de la porte à gauche, au quatrième, il y a W et un S.

C'est pas William Shakespeare qui l'occupe, cet appartement. C'est Walter Seligman.

Un très long bel homme aux tempes argentées.

C'est lui qui ouvre à Laurette et Paméla.

Mais c'est maman qui fait la gueule en voyant ses deux filles endimanchées faire leur entrée comme à l'acte quatre des *Deux Orphelines*.

— Maman !

— D'où vous sortez vous deux ! Et qui vous a dit que... ?

— C'est mamie qui a trouvé ton adresse.

— Mamie ? Maman ?

— Elle est venue en avion, elle est à la maison et elle a...

— Et elle a, une fois de plus, fourré son nez dans ma... Je n'aurai donc jamais droit à un peu de...

Le très long monsieur Seligman, qui a un accent de général teuton de film des années cinquante, trouve, lui, que cette visite inattendue est une fort agréable surprise.

Un charmeur, cet Allemand qui brûle de savoir comment se nomment ces deux ravissantes demoiselles. Car il les trouve « rafizantes ». Il se doutait que les filles de Léa ne pouvaient être que de délicieuses créatures. Mais à ce point-là, ça frise le too much.

Il en fait des tonnes. Pour un peu, il baiserait la main de Laurette. Il suggère un chocolat ou un thé ou un café.

— C'est pas la peine, monsieur, nous venons de petit-déjeuner.

La bedide temoizelle ne refusera quand même pas de goûter aux délicatesses en massepain qu'il vient justement de recevoir. Il va aussi lui faire voir son installation vidéo, à la bedide temoizelle. Ça risque de l'amuser. A demi pâmée, la bedide Paméla emboîte le pas à cet homme exquis qui l'entraîne dans les fins fonds de son mirifique pied-à-terre parisien. C'est qu'il est partout chez lui, W. S. Aussi bien à Paris qu'à Tokyo, Honolulu ou Haïfa. C'est le correspondant numéro un de la plus importante chaîne de télé allemande. La superstar des networks. L'homme qui se trouve immanquablement là où il le faut quand il le faut. Tout ce qui se passe d'important in the world, il le « couvre ». Il était sur place avec ses caméras, son équipe, quand Indira Gandhi s'est fait assassiner par ses gardes sikhs, quand le Greenpeace s'est fait pirater, quand le Saint Père s'est fait tirer dessus. Un dictateur ne peut se faire déboulonner, un volcan entrer en éruption, un grand de ce monde quitter ce monde, sans que W. S. soit de la fête.

Maman en a plein la bouche. C'est un homme remarquable. Qui prend l'avion comme les autres le métro. Qui tutoie Kadhafi et Fidel Castro. Qui parle neuf langues. Qui a battu Margaret Thatcher au poker. Qui a dîné quatorze fois à la Maison-Blanche. Qui...

— Je suis venue te parler de papa.

— Tu sais qu'il a refusé toutes les lettres recommandées de mon avocat ?

Maman s'assied à côté de Laurette sur un divan long comme un cuirassé, recouvert de satin immaculé. Maman aussi est en satin. En déshabillé de satin. Pourquoi en déshabillé dans l'appartement d'un journaliste allemand ?

— Il a rien refusé du tout. Il est pas à la maison, papa.

— Pas à la maison ? Comment ça pas à la maison ?

Laurette déboutonne son élégant blazer. Elle prend sa respiration. Se lance.

— Je suis venue pour te dire tout, maman.

— Tout quoi ?

— Je t'ai raconté des craques. Il n'est jamais rentré à la maison, papa.

— Jamais rentré ?

Maman ouvre tout grand ses yeux bleu porcelaine.

— Tu voudrais me faire croire que depuis cette bon sang de nuit où il est parti faire sa crise sur le périphérique, ton père a disparu ?

— Pas disparu. Il vit dans sa tour. Il est en

pleine déprime. Il se rase plus, il boit, et envoie dinguer tous ses patients.

— Ton père vous aurait laissés seuls tous les quatre ?

— Tous les trois. Parce que Jérôme, lui, il est je sais pas où. Chez un copain du côté de la porte de Choisy. Enfin, par là.

— Pas rentré ! Le salaud ! Le salaud ! Le triste salaud !

Elle est blafarde, maman, décomposée. C'est qu'elle vient d'en prendre un grand, un grand et sale coup. Penser que son saligaud de conjoint jouait les papas poules pendant qu'elle savourait, elle, les joies (fussent-elles moroses) de la liberté, c'était grisant. Mais découvrir, comme ça, que le papa poule est en cavale lui aussi !

C'est parce qu'elle savait que papa était parti sans être parti qu'elle était partie, maman. C'est parce que... Mais, au fait, pourquoi Laurette a-t-elle raconté des craques ?

— Pourquoi tu as dit à Jackie que ton père était rentré ? Pourquoi quand je suis venue avec maître Lévy-Toutblanc, tu m'as dit qu'il était dans la chambre et qu'il refusait de descendre me parler ?

— Parce que je t'en voulais.

— Tu m'en voulais au point de rester seule avec les petits et cette pauvre madame Leurrier.

— Il y a un fameux bout de temps qu'elle a rendu son tablier, la pauvre madame Leurrier !

— Mais alors qui s'est occupé de la maison, de tout ?

— Moi. J'ai fait comme j'ai pu.

Maman regarde Laurette. Laurette regarde maman.

Qui va dire quoi maintenant ?

C'est maman. Maman qui se lève. Maman qui va redresser un glaïeul qui pique du nez dans un vase en cristal. Maman qui se « recompose », qui se déblafardise.

— Bon, eh bien, tout est devenu clair et net. Vous étiez seuls, vous ne l'êtes plus puisque mamie est avec vous. Question divorce, ton père a fait exactement ce qu'il fallait qu'il fasse pour être tout à fait dans son tort. Je vais donc pouvoir...

— Pouvoir quoi ?

— Je vais travailler avec Walter. Il me prend dans son équipe. Je vais partir avec lui au Tchad. A N'Djamena. Nous allons rencontrer Hissène Habré et un autre personnage très important, celui qui tire les ficelles, celui grâce à qui les troupes de Goukouni Oueddeï...

Et c'est reparti le délire ! Elle veut l'entraîner où, maman ? Lui vendre quoi, à Laurette ? Parce que Hissène Habré, Goukouni Oueddeï et le type qui lui tire les ficelles... S'il y a des miquets dont Laurette n'a rien à cirer, c'est bien ceux-là. Que maman s'énerve à l'idée d'aller vidéoter avec le super-journaliste dans des bleds perdus pourris, c'est son droit. Mais si elle s'imagine bluffer Laurette.

Elle va lui annoncer quoi encore ?

Qu'elle va l'épouser, le super-journaliste ? Que, sitôt papa jeté par-dessus bord, elle va devenir madame Seligman ?

Mamie avait raison de s'inquiéter pour sa fille. Côté déconnage, elle fait encore plus fort que papa.

Elle en bave, elle en pète de joie, ses beaux jolis gros seins palpitent sous le satin blanc de son déshabillé, Léa, parce qu'elle va aller faire de la télé de merde aux alentours du quinzième parallèle, à Koro Toro, à Kouba Olanga, qu'elle va aller se prendre des coups de soleil (et pourquoi pas des coups de fusil, tant qu'elle y est !) dans le Tibesti avec l'immense W. S. !

Elle se rassied dans le divan long comme un cuirassé, elle pose sa main sur le genou de sa grande fille, et elle lui raconte comment la chance — il n'y a pas d'autre mot — a voulu qu'elle le rencontre, Walter. Elle était dans un tel état après la découverte de papa se vautrant dans le stupre avec la radasse. Dans un tel état. Plus capable de manger, plus capable de boire. Abattue. Prostrée. Mourant à petit feu. Songeant le plus sérieusement du monde à avaler tous les comprimés de son tube de somnifères. A bout. Et Jackie — ah ! si elle ne l'avait pas eue ! — se donnait toutes les peines du monde pour l'arracher à sa prostration, elle l'emmenait faire du shopping, elle l'emmenait au concert, dans des expositions. Elle voulait lui changer les idées. Comme si certaines idées pouvaient être changées ! Elle ne songeait qu'à en finir, elle. En finir le plus tôt possible avec cette vie sans ses enfants, sans plus rien, cette vie qui n'en était plus une.

— Tu voulais plus partir t'occuper des petits Noirs, des petits Jaunes ?

— Vouloir, il faut en avoir la force. Ma valise était bouclée et j'étais prostrée à côté de ma valise. Et il y a eu ce cocktail.

Quel cocktail ?

Pour pas que maman l'absorbe, son tube de somnifères, Jackie-Jacqueline a organisé une espèce de beuverie, une fin d'après-midi de dimanche. Elle a rameuté tout ce qu'elle connaissait comme joyeux drilles, comme tout-Parisiens susceptibles de tirer une Léa effondrée de son effondrement. Une cinquantaine de rigolos patentés qui se sont mis en quatre, en huit pour la dérider, la Léa. Mais bernique ! Elle était de la fête parce qu'il fallait qu'elle en soit. Elle était coiffée, maquillée, parce que Jackie l'avait obligée à se coiffer, à se maquiller. Elle faisait semblant d'écouter ceux qui lui parlaient, mais elle n'entendait rien. Et il est arrivé, lui, Walter. Il débarquait des Philippines. Maman ne savait pas qui c'était. Et il l'a vue. Et il a compris tout de suite que... Il s'est passé quelque chose, quoi. Quelque chose. Il n'a pas cherché, comme tous les autres rigolos qui étaient là, à la dérider. Il lui a parlé de la misère dans le monde. De la misère réelle. Pas de la misère de salon. C'est un homme si profondément humain, Walter. Il a une maison à Heidelberg. Maman a vu les photos. Une maison dans une forêt de sapins. Avec un lac. Il collectionne les autographes. Il a plus de cent lettres de Churchill et le manuscrit d'un discours de Martin Luther King. Il a très bien connu John Fitzgerald Kennedy. Il a joué au golf avec lord Mountbatten et reçu une balle dans l'aine en chassant le tigre à...

Une question brûle les lèvres de Laurette. Ce qu'elle voudrait vachement savoir, c'est s'il baise mieux que papa, le Teuton.

Cette question, elle la garde pour elle.

Elle ne moufte pas, fait semblant de trouver le portrait en pied du super-journaliste-qui-a-tout-fait-tout-vu, admirable, captivant.

Et maman embraie sur les projets, sur l'avenir.

— Après l'Afrique, le Pakistan. Oui. De N'Djamena nous filerons directement à...

— Maintenant que tu sais que papa est pas là, tu vas rentrer, non ?

— Rentrer ?

— Manu n'en peut plus de ne pas te voir. Il en est malade. Le docteur Martin voulait même l'envoyer à l'hôpital. Manu t'attend, maman. C'est pour lui, parce qu'il est terriblement malheureux, que je suis venue et que je t'ai dit que papa...

— Celui-là ! Tout ce que j'aurai sacrifié pour lui !

Laurette reboutonne son blazer, s'extrait du divan.

— Tu ne veux pas rentrer ?

— Enfin, Laurette... Tu ne vas pas m'empêcher de...

— D'aller te faire sauter au Tibesti ?

— Laurette, tu...

— Ne me dis pas de me taire. Je me taierai

pas. Je suis venue pour te parler alors je te parle. Je t'ai dit que papa n'est jamais rentré. J'aurais pas dû. C'est une saloperie que je viens de lui faire et, dans la panade où il se trouve, il avait pas besoin de ça. Je ne te l'ai dit que pour que tu reviennes. Pour Manu. Tu veux pas comprendre. T'as trop de choses importantes et bandantes à faire avec ton bonhomme qu'a une si belle baraque à Heidelberg et qui chasse le tigre ou l'hippopotame avec le papa ou la reine d'Angleterre et qui va t'offrir des chouettes vacances là où ça cartonne.

— Laurette, je te...

— Tu me quoi ? Tu me fous à la porte de cet appartement de merde ? Tu vas sonner le valet chinois pour qu'il me largue ? Je t'ai dit pas mal de trucs. Mais je t'ai pas dit tout. Je t'ai pas dit que j'ai couché, moi aussi. Et pas avec un vieux jeton de la télé allemande. Avec un garçon que j'adore.

— Tu as couché ?

— Et pas pour dormir. Pour faire l'amour. Et je l'ai fait tant que j'ai pu. Dans mon lit, dans le vôtre.

— C'est pas vrai ! Tu veux me rendre folle. Tu veux...

— Le temps de récupérer Pam et...

— Pam va rester ici.

— Quoi ?

— Il n'est pas, il n'est plus question que Paméla...

— Elle est venue avec moi et je...

C'est là que ça a tourné à l'abomination totale.

223

Là. Quand, gavée de pâte d'amandes et éblouie par l'installation vidéo du super-journaliste, et sous le charme de son accent enjôleur, Paméla a déclaré qu'elle était tout à fait d'accord pour rester avec maman et Walter, qu'elle préférait cette maison-là à l'autre, qu'elle ne voulait pas retourner rue des Gobelins, qu'elle ne voulait plus revoir le chat Tom qui lui avait mangé sa souris Mimiquette, qu'ici elle serait cinq cent mille fois mieux.

Laurette lui a tendu la main.

— Fais pas la comédie. Manu et Mamie nous attendent avec une bonne ratatouille.

— La ratatouille, c'est écœurant. Moi, je reste avec maman. C'est décidé.

Elle s'est écartée de Laurette et elle est allée enfouir sa petite bouille de traîtresse dans le satin blanc du déshabillé.

Et Laurette s'est cassé un ongle en claquant la lourde porte de l'appartement du quatrième gauche de la rue Margueritte.

19

Mamie a rangé l'assiette et le couvert de Pam dans le buffet anglais en pin.

— Comme ça, on en aura plus pour nous, de la ratatouille. Et la souris du gigot sera toute pour Manu. Rien que pour Manu.

— Quand même, la Paméla, elle m'a sciée. Se laisser vamper comme ça par le premier Allemand venu...

— Telle mère, telle fille, ma Laurette.

— Toi, ça te fait rire?

— Oui Laurette. Léa chez les guérilleros de Koro Toro, Léa à des milliers de kilomètres de son coiffeur, Léa mangeant du steak de girafe ou d'antilope sous des rafales de balles, ça me fait rire. Pas des masses. Mais suffisamment. Et puis je suis de bonne humeur... Je n'y peux rien. Je suis de bonne humeur parce que je vois que le petit père Manu a retrouvé son appétit.

Il a retrouvé son appétit et ça le fait se tordre, lui aussi, de penser que maman va manger de la girafe. Ce qui le perturbe un tantinet, c'est que cette traîtresse de Pam va faire connaissance

avec les lions, des rhinocéros, des insectes monstrueux, des rois nègres et pas lui.

— Elle ira à l'école à Koro Toro, Paméla ?

— Tu te figures que le grand journaliste va
s'encombrer de cette morpionne ? D'ici qu'elle se
retrouve en pension à Heidelberg, l'horrible
Pam...

— C'est où en pension à Heidelberg ?

— Dans le pays de ton prochain papa, Manu.

— C'est qui mon prochain papa ?

En revenant toute seule de la rue Margueritte,
Laurette s'est bricolé tout un feuilleton. Elle
s'est dit que l'Afrique, le Tibesti, le Pakistan,
c'était que les premiers pas d'une longue marche. Nuptiale. Ouais. Elle les a carrément fian-
cés, maman et son super-journaliste ruisselant
d'humanité. Ce plan qu'elle s'est fait. Elle les a
mariés. Dans une cathédrale allemande, avec de
la musique de Bach (Jean-Sébastien) et Pam
portant la traîne de maman et tous les potes aux
fameux journalistes pétant d'émotion. Tous :
Margaret Thatcher, Fidel Castro, Ronald Reagan
et sa Nancy, le pape, Kadhafi. Et elle s'est pas
arrêtée là. Elle a imaginé la belle maison avec un
lac à Heidelberg et maman (habillée en Tyro-
lienne pour pas trop se faire remarquer) donnant
des réceptions grandioses, des réceptions avec
des tonnes de saucisses, des tonneaux de bière et
le super-flashant Walter ouvrant le bal avec frau
Léa Seligman. Et les six ou sept grandes filles de
Walter (car il est sûrement veuf et père d'un tas
de grands boudins diplômés de ceci et de cela)
appelant Léa « maman » et Pam « bedite zeur ».

— C'est qui mon prochain papa ?

— C'est personne, Manu. C'est des idées idiotes qui me trottent dans la tête.

— Si tu buvais du vin avec le gigot plutôt que du Coca, t'en aurais peut-être moins, des idées idiotes.

— Le vin, j'aime pas, mamie.

— Cet ami peintre dont je t'ai parlé...

— Le beau Serge ?

— Le beau Serge. Lui non plus il n'aime pas le vin. Ni les alcools. Mais il dit aussi que tant qu'on n'aura pas trouvé mieux que le vin et les alcools pour devenir alcoolique, il faut se forcer à en boire. Et pour se forcer, il se force. Tu ne veux pas une larme de ce château-margaux ? Ton père me verrait boire ça. Je l'ai trouvée tout au fond de la cave, cette bouteille. J'y ai aussi trouvé un chat. Le même exactement que celui de Paméla. Mais avec une oreille en moins.

— C'est Huck ! C'est le mien, de chat, il est dans la cave jusqu'à nouvel ordre. A cause du docteur Martin.

— Terminé ! On ne les suit plus, les prescriptions de ce maudit toubib. Alors si tu veux aller récupérer ton matou...

— C'est vrai ? Je peux y aller le chercher pour qu'il goûte à la souris du gigot ?

— Et comment que tu peux.

Prenant quand même son glaive magique — on ne sait jamais ! —, Manu se rue en direction de la cave. C'est trouillant. Mais ça fait si lontemps qu'il se languit de Huck.

Mamie boit une gorgée de bon vin. Elle fait

claquer sa langue. C'est une connaisseuse. Elle regarde Laurette qui n'a même pas touché à son assiette de ratatouille et qui s'allume une Benson.

— Toi, te voilà repartie à te faire un sang d'encre.

— C'est d'avoir vu maman.

— Elle s'en remettra de son Teuton.

— Le Teuton, je m'en fiche. Mais qu'elle ait pas voulu comprendre que Manu...

— Tu l'as vu avaler sa ratatouille ? Je vais te le requinquer en pas même huit jours, ton Manu. Parce que, c'est décidé, je l'emmène. Le temps de tordre le cou à cette bouteille, de boire un sérieux café et en route pour Orly. Sur le vol d'Air Inter, de seize heures trente, tu trouves toutes les places que tu veux. Ce soir, le Manu, il respirera de l'air salé. Et toi aussi, si le cœur t'en dit.

— Il y a Lucien qui va revenir.

— Il y a Lucien, c'est vrai.

— Et Jérôme aussi. Il va bien finir par en avoir marre de fuguer.

— Il y a Lucien et il y a Jérôme. Dommage. Ça t'aurait redonné des couleurs. Tu serais venue avec moi faire du body building les pieds dans l'eau glacée, on aurait été faire des ventrées de pâtisseries place Masséna. Je t'aurais débité un tas d'énormités comme cette nuit. Mais arrête de faire cette tête-là, bon dieu.

— Je crois que j'ai le cafard.

— Moi, je le crois pas. J'en suis sûre. Et ça me désole. Elle te plaît pas ma ratatouille ?

— J'ai pas faim.

— Tu veux que j'aille la voir, ta mère, que je tente un dernier...

— T'es gentille, mamie. Mais ça servirait à rien. Ce qui me tue, ce qui est vraiment trop con, c'est pas Monsieur Seligman, c'est que si ça la branche tant que ça de faire de la télé, maman, elle pourrait aussi bien en faire aux Buttes-Chaumont qu'au Tchad, non ?

— Laissez-la rêver cinq minutes. Elle en aura vite assez de manger de la girafe enragée.

Ah ! Voilà Manu et le chat Huck. Le chat Huck tout crotté, tout gris et — ça, c'est Manu qui l'affirme — puant comme jamais la souris.

— Je vous jure qu'il a pas dû arrêter d'en bouffer. Et pas des souris bien astiquées comme la Mimiquette. Des cochonneries de souris de cave. Tiens, mamie, sens-le pour voir comme il sent la souris.

— Veux-tu bien ôter cette infection de la table. Et puis va te chercher un sac pas trop grand et fourre-toi dedans trois ou quatre jouets. Ou cinq. Mais pas plus. Faudrait pas trop charger l'avion.

— Quel avion il faudrait pas trop charger ?

— Je t'emmène à Nice, bonhomme.

— Avec Laurette et Huck ?

— Laurette doit rester pour attendre Jérôme. Et le commandant de l'avion de seize heures trente refuse d'embarquer les chats. Il dit que ça porte malheur.

— Si Huck reste ici, je reste avec lui.

— Manu.

— Mamie ?

— Cette fessée dont je t'ai parlé, hier soir, eh bien...

— Flanque-la-moi, ta fessée magistrale qui m'épluchera la peau de mes fesses. Je m'en fous. Je m'en fous tout à fait complètement. Et de toi aussi, je m'en fous. J'ai pas besoin d'une mamie ! Si Huck ne vient pas à Nice avec moi, j'y vais pas. D'abord ton commandant d'avion, c'est un con ! Et Nice c'est un pays de cons avec une mer qui sent pire que la souris de cave parce que tout le monde pisse dedans. Et ta maison elle est moche ! Et ta ratatouille elle est dégueulasse ! Et puis maman et papa vont revenir maintenant que je serai plus un petit garçon très chiant qui pique toutes les maladies ! D'abord, si tu m'emmènes à Nice, je retomberai tellement malade que je mourrai sans le faire exprès et ça sera de ta faute !

— Et merde !

Elle a dit « et merde », mamie de Nice. Et elle a bu le fond de bon vin de la bouteille de la réserve à papa. Et deux whiskies bien tassés. Et elle a débarrassé la table, a balayé les miettes, plié la nappe, mis la vaisselle dans la machine et ce qui restait de ratatouille et de gigot dans le frigo. Et elle a rebu un whisky bien tassé.

Sa bonne humeur était partie.

Si bien qu'elle a éprouvé un besoin violent de téléphoner à son peintre abstrait éthylique. Lequel peintre abstrait éthylique a mis un temps fou à venir répondre parce qu'il était en train d'accrocher une corde à une poutre de son atelier

230

pour se pendre, parce qu'il ne pouvait pas se passer d'elle deux nuits de suite.

Et, parce que ce maudit vieil ivrogne beau comme Paul Newman était son grand, son immense (et peut-être son dernier) amour, mamie l'a pris, l'avion de seize heures trente. Sans Manu. Et après avoir recommandé à Laurette de ne plus donner de médicaments à son névrosé de frère et de le gaver de foie de veau bien saignant et d'être très patiente, très douce avec lui et — surtout — de faire tout son possible pour être la plus heureuse possible le plus vite possible.

Elle lui a dit ça et aussi que faire l'aïeule, c'était décidément pas un job pour elle.

Et elle l'a embrassée. Très tendrement.

Et elle est repartie vivre sa vie à elle.

Sa vie de Lucie.

20

Une fois de plus, c'est le matin.

Un matin d'hiver froid à vous pincer les doigts même si vous portez des moufles.

Et assez ensoleillé pour faire sortir les oiseaux parisiens de leurs planques.

À croire qu'ils croient, ces ballots, que c'est déjà le printemps.

Ils sont dix ou quinze ou plus à faire les marioles dans la cour, à s'activer les ailes, à faire la navette entre l'arbre séculaire tordu, cagneux et le toit des Mâchon, à faire des cuicuis, du vol plané, de la descente en chute libre. À faire les oiseaux.

Et à mettre Huck et Tom dans tous leurs états.

Vibrisses collées aux vitres, ils n'en loupent pas une miette, les deux chats de cave, du carrousel des piafs, et ça les fait grogner, grincher, grincer des dents. Et ils se mettent à avoir de ces queues. Toutes droites, poils hérissés, électriques.

C'est comme si une nuée de souris volantes se payaient leurs gueules.

Ils donnent des coups de front dans les vitres, s'accrochent aux rideaux, filent comme des flèches d'une fenêtre à l'autre. Regrognant, regrinchant, regrinçant des dents.

Ils peuvent plus tenir. Ils vont briser tout. Péter les carreaux et foncer dans le ciel comme Superman et croquer tout crus les dix, quinze piafs ou plus. Ce carnage que ça va être.

La chasse est ouverte et ces deux carnassiers...

Non. Non parce que ça tourne à l'empoignade. C'est plus les oiseaux qu'il a envie d'occire, le chat Tom, c'est le chat Huck. Parce qu'il est à sa portée de griffes, parce qu'il est remonté de sa cave et qu'il empiète sur son espace vital. Pourquoi il est revenu, Huck ? Tom, comme tous les chats, déteste les chats. Et un coup de patte, un ! Et un crachis.

Huck, bien sûr, admet pas coup de patte et crachis. Il se rebiffe. Il y va de deux coups de pattes et d'un grognement à faire se sauver un tigre. Mais Tom n'est pas un tigre. C'est un chat. Bien teignard. Et griffu.

Les oiseaux peuvent bien continuer à cuicuiter et à virevolter, les deux greffiers n'ont plus la tête à ça. Ils ont la tête à s'éventrer l'un l'autre, à s'arracher les yeux, à se réduire en chair à pâté.

C'est pas d'hier qu'ils se haïssent, le chat Tom et le chat Huck. Ça remonte à toujours. À leur première tétée. Et les voilà qui s'affrontent, s'accrochent, reculent pour mieux se sauter dessus, s'observent en faisant d'effrayants bruits de gorge, se cravatent, se déchirent, se plantent les crocs dans le gras.

Ce que ça peut être salaud ces amours de bestiaux.

On dit les hommes, les guerres, la violence... Mais les animaux, quand ça s'y met...

Les plus vicieux des deux, là, c'est Tom. Tom qui entreprend de cisailler à coups de dents la seule oreille qui reste à Huck. Il va la lui arracher, il va... Huck ne grinche plus, ne grince plus. Il couine. La douleur... Il tente de crever les yeux de Tom, ne parvient qu'à lui dépoiler le front, qu'à le faire un peu saigner.

C'en est fini de sa dernière oreille. Malheureux Huck. Vexé, vaincu, souffrant le martyre, il jette l'éponge, se cavale en versant des larmes de chat. Direction la cave.

Et Tom se pavane, fait la roue, se prend pour le roi des animaux. Peut-être pas de toute la terre. Mais du trois *ter* de la rue des Gobelins.

Et il retourne regarder les oiseaux qui continuent à faire les zigotos. Ayant déjà oublié quelle saloperie ça a été de faire de son frère Huck un chat sans plus du tout d'oreille.

Et Manu — car il vient de se lever — s'inquiète de Huck. Et Manu demande au chat de Paméla si, par hasard, il saurait pas où est passé son chat à lui. Et Tom regarde Manu sans rien dire.

Et Manu pique une colère.

Il veut son Huck. Il le réclame à Laurette.

Et Laurette est suffisamment à cran pour pas se laisser tanner par Manu.

— Ton Huck, je sais pas où il est. Et me bassine pas avec lui. Ni avec quoi que ce soit d'autre. T'es plus malade. T'es guéri. T'as pas

234

voulu aller à Nice te faire chouchouter par mamie. T'as été si mal embouché avec elle que tu l'as fait filer. Alors tu t'écrases. Sinon...

— C'est ton amoureux Lucien qui te manque ?

— Oui. Il me manque. Parce que Lucien, il n'est jamais jamais chiant, lui.

— Tu m'en feras quand même du foie de veau saignant ?

— Oui, je t'en ferai.

— Le Prince Kalador, quand il a tellement tué de dragons cracheurs de feu que ça l'a épuisé, c'est pas du foie de veau qu'il mange, c'est du cœur de biche. Un cœur de biche tout entier cuit à la broche par son esclave Galafron.

— Désolé, cher monsieur, nous n'avons pas cet article-là en magasin.

— Le foie de veau, si y a pas des chips avec, ça me donne des haut-le-cœur.

— T'en auras des chips. Mais maintenant, tu vas aller jouer dans ta chambre.

— On a pas petit déjeuné.

— T'as faim ?

— Drôlement.

— T'ouvre le frigo, tu prends ce qui te dit et tu vas le manger dans ta chambre, O.K. ?

— Hoquet.

Manu prend un yaourt, une Danette et tout ce qui reste du gigot et monte dans sa chambre en essayant de siffler.

Et Laurette, pas fichue de trouver une allumette dans cette fichue cuisine, allume le gaz pour allumer une Benson à un des brûleurs.

Elle n'a pas le courage de sortir la vaisselle

enfournée dans la machine par mamie de Nice. Pas le courage non plus de se beurrer une biscotte. Elle s'en trempe une dans un bol de Nes sans lait en relisant quelques pages de Kerouac. Mais rien ne passe. Ni le Nes, ni la biscotte, ni Kerouac. Trop dur à avaler. Ça glute. Elle essaie un yaourt. Même topo.

Elle regagne sa chambre pour s'offrir un petit rab de sommeil. À près de dix heures !

Comme elle n'arrive qu'à rêver que Lucien est devenu un écrivain américain célèbre qui est invité dans des brunches à la Maison-Blanche avec le grand journaliste Walter Seligman et « madame Léa Seligman » en tailleur Chanel, elle en sort vite, de son rab de sommeil.

Elle s'allume une Benson qui a si peu de saveur qu'elle l'éteint au bout de deux bouffées.

Bon. Elle va faire quoi de cette journée à soleil, à oiseaux et à envie de se foutre à l'eau ?

Elle va faire quelque chose d'important qu'elle n'en finit pas de remettre au lendemain. Elle va aller prendre la petite Singer dernier cri de maman dans un placard et se lancer dans le racourcissement de son imper. Vu qu'elle est nulle en couture, ça peu lui meubler un fameux morceau de temps. Elle le raccourcit ou elle l'allonge, cet imper ? Ça demande réflexion. Tel quel, il est quelconque, sans allure. C'est l'imper à toutes les filles. Plus court, il n'ira qu'avec des minis. Plus long ? C'est elle qui fera pas le poids, qui sera trop courte pour lui. C'est l'angoisse, de devoir prendre une décision aussi importante. Et s'ils en avaient à Monoprix, des impers ? Le canard en argent sur la cheminée du bureau de papa est assez remplumé pour qu'elle puisse faire la dépense d'un imper, non ? Si ça se trouve, ils en ont reçu dans les rouges, peut-être groseille, comme celui de Yette.

Ils n'ont que des impers de mémés, des trucs en plastique pour pas se mouiller, pas pour être chic.

Et en face, dans la boutique qui fait que des soldes ?

La tasse aussi.

Rue Monge alors ? Ça grouille de marchands de nippes, la rue Monge. On y vend de tout. On y voit de tout. C'est là qu'elle a acheté ses premières Benson, qu'elle est tombée sur Jérôme et ses amis arabes pisseurs.

Elle voit des types qui collent des affiches sur des affiches pour les élections qui approchent à grands pas. Que des tronches qui se fendent la tronche. Beaucoup de bonshommes et quelques bonnes femmes qui sourient à l'avenir.

À quel avenir ?

Aux lendemains qui chantent dont parlait le papa de papa qui faisait tant chier avec ses souvenirs du Front populaire ?

À l'avenir pépère, sans chômage, sans vieillardes assassinées par des individus de provenance douteuse en quête de cent balles pour s'acheter du hash, promis par des types sapés en caissiers de banque ?

À l'avenir à Heidelberg ?

La rue Monge, elle aurait intérêt à plus jamais la remonter ou la descendre.

Au cas où elle en aurait un, d'avenir, c'est pas au bout de cette rue merdique qu'elle le trouvera.

Un avenir... L'avenir...

Quand quelqu'un lui demande ce qu'elle envisage de faire « plus tard », elle sait jamais quoi répondre.

Mariette, la jolie petite Mariette écrabouillée dans un train qui allait en Espagne, elle savait qu'elle serait danseuse, qu'un jour — c'était écrit — elle danserait chez Béjart. Yette Kellerman, elle sera styliste, elle inventera des fringues démentes. Corinne aura trois filles, six chiens et des masses de fric. Aline chantera au Zénith et dans pas longtemps. Martine finira chercheuse au CNRS. Nana Quiblier ouvrira un salon de thé marrant. Sarah Goldenberg sera prof de philo et lesbienne. Nadine Plavier ira élever des chevaux en Irlande. Jérôme sait, lui, qu'il sera pilote de ligne et qu'il verra du pays. Même Manu a sa petite idée. Il sera archéologue-explorateur-aventurier ou chevalier invincible dans des forêts pleines de dragons. Pam sera boulotte et danseuse de claquettes dans des émissions présentées par Patrick Sabatier.

Mais elle... Elle, Laurette.

L'avenir ça peut être un train qui se paie un autre train, comme le train tragique de Mariette, ça peut être une guerre, cette guerre qui démarchera au Tchad, en Iran ou dans le crâne de con d'un Russe ou d'un Américain, cette conflagration internationale dont la perspective fait saliver si fort les bafouilleurs des actualités télévisées, ça peut être une bombe miniaturisée comme on les fait maintenant, de la taille d'un grille-pain et cent milliards de fois plus atomiques que celle d'Hiroshima, qui fera de la planète Terre un mégot, ça peut être la balle perdue d'un tireur d'élite défendant l'argent de l'agence du Crédit du Nord où vous êtes venu chercher de quoi acheter un paquet de clopes, ça peut être un bus qui vous passe dessus à l'orange, ça peut être un virus si roublard et foudroyant qu'aucun docteur Martin oserait même y songer.

Le seul avantage que ça a, l'avenir, c'est que c'est pas pour tout de suite.

Une fois, un punk, grand graffiteur de taxiphones, grand bombeur de murs de cabinets, lui a dit, à Laurette, que l'avenir, ça n'existait pas. NO FUTURE. Il avait l'air si con que c'était forcément con ce qu'il disait. Mais, tout bien pesé, pas beaucoup plus que bien des citations de Sartre, de Châtelet, de Foucault, dont cette plaie de madame Guerbois se croit tenue de truffer ses cours.

L'avenir, c'est que l'achat de l'imper, c'est râpé. Trop, beaucoup trop fanant de lécher les vitrines de ces magasins tous pareils de la rue Monge.

Laurette laisse tomber.

Elle va se contenter d'acheter de quoi faire dîner convenablement Manu.

Une tranche de foie de veau, des clémentines, des œufs du jour, du lait pour lui faire un dessert léger.

Elle va le gâter, Manu. Le poupouter. Voilà ce qu'elle va faire.

Et oublier Lucien qui pourrait bien trouver un téléphone dans tous ces bars de Montparnasse où il cherche son Kéraban, et l'appeler. Lucien qui se fait peut-être tout simplement une vadrouille de plus.

Oublier Lucien... Ça va être commode, ça, encore.

L'oublier comment ? En faisant quoi ? Avec qui ?

Avec Yalloud ?

Avec Yalloud qui est assis sur le perron des Milleret rue des Gobelins et qui attend Laurette en bouquinant un numéro de Libé vieux de trois jours. Et en ayant pas chaud du tout.

— C'est le pôle nord votre cour ! J'ai sonné comme un perdu, personne n'est venu m'ouvrir.

— Manu est tout seul. Il a dû piquer le walkman à Jérôme.

— Il va comment ?

— Mieux. Mais on a eu peur. T'es venu pourquoi ?

— Je l'ai retrouvé, Jérôme. Tu me fais pas entrer ?

— Si. Entre.

Laurette va vite mettre le foie de veau dans le frigo, qu'il s'abîme pas.

— Tu m'offres pas un Coca ?

— Tu te sers.

Yalloud prend deux Coca. Il sort de quoi les décapsuler de sa poche. En tend un à Laurette.

— Pour le retrouver, ton frère, je te dis pas la galère. C'est bien chez Li qu'il est.

— Et c'est où ?

Yalloud, qui a bu son coke, rote discrètement. À l'anglaise.

— Où ? Dans un coin où le seul Blanc c'était moi. Tu vois l'ambiance. J'ai fait tous les restaus. Toutes leurs boutiques où tu trouves que des œufs pourris, des nouilles de soja et des espèces de pâtés à te couper l'appétit. J'ai fini par tomber sur un Cambodgien que j'avais déjà vu avec Li. Un type qui fait du trafic de cassettes et de transistors. Des bidules volés qui te reviennent deux fois moins cher qu'à la Fnac. Il voulait rien me dire. Ils veulent rien dire. Ou alors ils font exprès de te parler chinetoque pour pas que tu comprennes. Je l'aurais massacré, cet enfoiré. Je lui ai dit qu'on était toute une bande au courant de ses combines et qu'on lui foutrait les flics aux miches s'il me donnait pas l'adresse de son pote Li. Et j'ai fini par le retrouver, Jérôme. Dans un sous-sol. Avec au moins cinquante bonnes femmes plus petites que leurs chaises. Il s'est trouvé un boulot.

— Un boulot ?

— Tu me crois ou tu me crois pas. Il pique à la machine avec des bonnes femmes. Il gagne douze francs la robe.

— Et sa jambe en compote ?

— L'oncle de Li l'a soigné très bien. Avec des herbes, des combines de chez eux, je sais pas quoi. Chez nous aussi on a des tas de médecines. Ma grand-mère, tu toussais, elle allait pas chez le pharmacien, elle fonçait chercher sa bique. C'est bon pour tout, le lait de bique. La tisane de corne de bique aussi. Même les crottes. Elle en faisait des cataplasmes, cette vieille cinglée.

Yalloud s'allume une Gitane.

— Et l'écrivain américain ?

— Lucien est parti. Mais il va revenir. C'est quoi l'adresse de Li ?

— Jérôme veut pas qu'on sache. Il t'attendra ce soir à neuf heures devant le bowling du Stadium. Il t'attendra. Mais t'es pas forcée de venir, il a dit.

— Et quoi d'autre ?

— Rien. C'est contagieux leur manie de la boucler, aux Jaunes.

— Il t'a demandé des nouvelles des petits, de moi ?

— Ouais. Histoire de faire un peu la converse. Tu verras toi-même. Il frime sec, le Jérôme.

— À neuf heures ? Je peux pas laisser Manu tout seul.

— Je peux rester, si tu veux. Moi, du moment que j'ai une télé à regarder.

En attendant de regarder la télé, c'est Laurette qu'il regarde.

— T'as pas oublié ce que tu m'as promis ?

— Le cinéma tous les deux. Un film pas marrant que tu choisiras toi.

— *Rocky IV*, ça t'irait ?

— *Rocky IV*, d'accord.

C'est pas le Coca que Yalloud a débouché pour elle, qu'elle veut. C'est quelque chose de raide. Parce que cette déprime qu'elle sent poindre...

242

— Si t'étais moins sale type que t'en as l'air...

— Je ferais quoi ?

— Tu descendrais à la cave. C'est la porte rouge dans le couloir, sous l'escalier, et t'irais chercher une bouteille de whisky ou de cognac. Tu trouveras. Tant que tu y seras, si tu trouves aussi un chat rouquin...

— Il est là, il est sous la table, ton chat rouquin.

— Celui-là, c'est Tom. C'est le chat à ma sœur Pam. Il y en a un autre. Huck. Celui de Manu.

— Pour s'y retrouver, dans votre tribu.

— T'énerve pas. Plus ça va, moins on est.

Yalloud a l'œil un peu moins noir, tout d'un coup.

— T'as pas le moral, toi.

— Non. Pas très.

— Vous jouez à quoi, toi et Jérôme ? Vous créchez dans une taule cinq étoiles, vos parents vous foutent une paix royale. Il vous faut quoi encore ? Un père comme le mien qui bénit Allah de lui avoir fait trouver une place de balayeur de nuit dans des bureaux à vingt stations de métro de chez nous ? Une mère qui sait rien faire d'autre que du couscous imbouffable et tellement de sœurs, de cousines et de petites cousines dans nos trois pièces que pour arriver à prendre une douche, faut y aller avec son couteau à cran d'arrêt ?

— Si tu veux prendre un bain, c'est au premier. La porte blanche.

— J'en prendrai peut-être un pendant que t'iras chez les Chinois.

Yalloud y passe un bon moment, à la cave. Et il en revient avec une bouteille de Chivas Regal et une main en sang.

— Je te l'ai trouvé, ton monstre. C'est quoi ? Un chat de garde ? Vous l'avez dressé pour chasser les ratons ?

— Viens. Je vais te nettoyer ça. Ça peut s'infecter.

Il lui a même lacéré la manche de sa veste, à Yalloud, Huck. Et tailladé tout le dos de la main, le poignet.

— T'enlèverais ta veste, ta chemise, ça serait plus pratique.

Torse nu, il est superbe, Yalloud. Mince. Musclé. Doré comme une craquotte. Il a un tatouage sur l'épaule. Une fleur. Une rose avec une seule épine. Mal dessinée. Conne.

— C'est quoi ?

— Un tatouage à cinquante francs. Le moins cher. J'aurais voulu un voilier ou un aigle. Mais ce jour-là j'avais que cinquante balles sur moi. Ça craint, hein ?

Laurette ne répond pas. Elle lui nettoie la main, le poignet, avec de l'alcool, du désinfectant.

— Ça fait mal ?

— Moins que ton flic de chat. Elle est chouette cette salle de bains.

— Tu l'aurais vue avant que la femme de ménage nous abandonne.

— J'ai deux sœurs qui en font, des ménages. Une rue du Banquier, et l'autre...

Elles peuvent bien faire le trottoir ou poser des

bombes dans les aéroports, ses sœurs, c'est pas du tout du tout son problème, à Laurette. Son problème... Et puis merde ! Pourquoi, puisqu'elle en meurt d'envie, elle embrasserait pas l'épaule de Yalloud, là, à côté de la petite rose ?

Il ne dit rien, Yalloud, il ne fait pas un geste quand Laurette pose ses lèvres sur sa peau. C'est à peine s'il ose respirer ces cheveux blonds qui sentent bon le shampooing et lui chatouillent le nez. Laurette l'embrasse deux fois, trois fois, l'épaule dorée de Yalloud. Elle relève la tête, s'écarte. Elle a le paquet de coton hydrophile dans une main et le flacon de désinfectant dans l'autre.

Et elle est plus rose que la rose tatouée.

Et contente et pas contente d'avoir fait ce qu'elle vient de faire. Pas qu'elle regrette. Mais elle a une fois de plus compliqué tout. Si encore Yalloud tentait de profiter de la situation, elle pourrait le rembarrer. Mais non. Il fait le gentleman. Il se contente d'être là et d'être beau.

— D'accord. Je t'ai embrassé. Mais va pas te figurer je sais pas quoi.

— Je me figure rien.

— Tu te figures les pires dégueulasseries, oui ! Mais t'as tort. Y a rien entre nous, Yalloud. Rien. Alors toi tu descends à la cuisine et moi je vais voir où en est Manu.

Il en est à faire un sacré chantier dans la chambre des petits, il en est à dégager tout ce qui appartient à Paméla. Les jouets de Paméla, tous les habits de l'armoire de Paméla, son lit, le Mickey au nez qui s'allume offert à Paméla pour son anniversaire. Il vire tout sur le palier. Il veut plus rien de cette salope qui vit avec des Allemands d'Heidelberg dans sa chambre à lui. Absolument plus rien.

— T'es contente, Laurette ? J'ai bien travaillé, hein ?

— Ça.

— Et tu vas être plus contente encore. Ma fièvre, je l'ai prise quand même. J'en ai plus un degré. Trente-six sept c'est plus de fièvre du tout.

— T'es sûr de l'avoir mis dans le bon trou, le thermomètre ?

— Mal élevée ! Mamie de Nice elle dit que c'est un trou de balle.

Ils rient, s'embrassent.

— Tu vas être content toi aussi. J'ai presque trouvé du cœur de biche tout cru. Une de ces petites tranches de foie de veau plus rouge que du Coca.

— Tu vas le faire cuire quand même un peu ?

— Un peu, oui.

— C'est remontant ?

— Conan le barbare n'affronte jamais un ennemi sans avoir mangé sa tranche de foie de veau. Ah, ça t'embête si je pars après dîner ? Je serai pas longue. Je vais juste voir Jérôme.

— Il est où ?

— Il fait un stage de chinois.

— Qui c'est qui me gardera ? Lucien ?

— Yalloud.

— C'est qui encore celui-là ?

— Il est très sympa. Très blagueur. Il fait pipi avec Jérôme dans les piscines.

246

— C'est dégoûtant.

— Plus c'est grand plus c'est bête, tu le sais bien.

— Pourquoi il s'appelle Yalloud ?

— Tu lui demanderas.

Nouveaux baisers. Laurette le pelote un peu. Il est aussi gras qu'une allumette, le Manu.

Yalloud a débouché le whisky, il en a versé un fond de verre pour Laurette, avec un glaçon.

— T'avais pas tort, là-haut, quand t'as dit que j'allais me mettre à me figurer des choses. Ça y est. Je m'en figure.

Laurette lape une goutte de scotch. Rien qu'une goutte. Elle aime pas ça. Elle n'a jamais aimé ça.

— Je suis amoureuse de Lucien, tu le sais. Dès qu'il revient, on s'en va. Aux États-Unis.

— Officiel

— Si ça se fait pas, je serai tellement malheureuse que je veux pas y penser.

— Chatftoui, il dit qu'on est sur terre que pour en baver tant qu'on peut. Tu sais qu'il a une sœur qui s'est tuée ? Des mecs l'avaient un peu violée. Des mecs qui aimaient pas les Africaines mais qui aimaient bien violer.

Laurette n'a pas envie d'en savoir plus. Pas ce soir.

— Le foie de veau, ça se fait cuire comment ? Au beurre ou à l'huile ?

— Moi, je ferais ça à l'huile.

— J'ai que du beurre.

— Pourquoi tu m'as demandé alors ?

— Parce que j'ai la tête à l'envers. Ça se voit pas ?

— Si. Ça se voit. C'est d'aller à Chinatown qui te détruit.

— C'est tout qui me détruit.

Yalloud la met en veilleuse. Il regarde Laurette mitonner le dessert léger pour Manu, faire rissoler sa tranche de foie. Et il se figure des choses. Pas dégueulasses. Loin de là. C'est des délicatesses qu'il se figure, des douceurs à cent lieues de ses rêvasseries habituelles. Il s'en veut un chouia de ne pas avoir sauté sur l'occase, saisi la perche au moment des baisers dans la salle de bains, bien sûr. Mais juste un chouia. Il se figure qu'avec Laurette il va vivre des heures, des jours comme aucun Beur ayant appris à lire à la communale de la rue Jeanne-d'Arc n'en a jamais vécus. Il se figure, Yalloud, que Lucien ne reviendra pas, que le départ pour l'Amérique c'est pas du bluff mais tout comme et que bientôt...

C'est pas dans les rues crades de New York qu'il se voit avec Laurette, lui, c'est carrément dans les sentes embaumées du jardin d'Allah.

En attendant, Laurette a mis le cap sur la porte de Choisy et Manu a mangé un peu du foie, un peu du dessert léger et cinq quartiers de clémentine. Et il est assis à côté de Yalloud et ils regardent un polar à la télé.

— Pourquoi ton nom c'est Yalloud ?

— Parce que je suis né dans un oued, que mon père est un Kabyle.

— C'est pas un peu comme des princes, les Kabyles ?

— Un peu, ouais.

— T'es amoureux de Laurette, toi aussi, comme Lucien ?

— Si tu la mettais en veilleuse, on saurait pourquoi le lieutenant de police et le privé, ils peuvent pas se saquer.

Ils ne peuvent pas se saquer à cause d'une vieille histoire. Une histoire de fille fort poitrineuse et platinée, qui a tué un grossium de la mafia et pour laquelle le privé — qui était alors lui aussi lieutenant de police — a fait un tas de micmacs qu'il aurait pas dû faire.

Pour Manu, c'est trop compliqué. Il décroche.

— C'est qui qui t'a fait mal à la main ?

— Ton enfoiré de chat qui aime pas les Arabes.

— Huck ? C'est pas les Arabes qu'il aime pas. C'est le docteur Martin qu'il aime pas. Parce qu'il lui a interdit de rester dans ma chambre jusqu'à nouvel ordre. Il est très vieux et exceptionnel, Huck, mais pas enfoiré. Si t'étais chic, on irait à la cave tous les deux.

— Pour qu'il me saute encore dessus ? A la cave, tu y vas tout seul.

— J'y suis allé hier quand mamie de Nice était là. Mais j'ai un peu peur.

— De ce chat barjo ?

— C'est pas de lui que j'ai peur. C'est de la cave. Mais si tu viens avec moi...

— Quand le film sera fini.

— Huck, il doit s'ennuyer tout seul en bas. Je

suis sûr que si on allait le voir avec le reste du foie de veau.

— Tu sais que t'es chiant, toi ?

— Ça, c'est Laurette qui te l'a dit. Elle dit que je suis le plus chiant de tous les...

Yalloud appuie sur le stop de la télécommande.

— On y va. Mais si ton Huck il se permet la moindre réflexion désobligeante à mon égard, je le tue.

— Tu as déjà tué des chats ?

— Ça m'est arrivé. Un chat gris qu'on a arrosé d'essence et fait flamber dans une poubelle. Que d'y repenser, j'ai envie de gerber. On était toute une bande.

— Une bande de tueurs de chats ?

— Une bande de petits merdeux qui savaient pas quoi inventer pour foutre la merde. Le nombre de pneus qu'on a pu crever, le nombre de bignoles qu'on a rendues dingues en cassant leur carreaux.

— C'est quoi des bignoles ?

— Des Portugaises. C'était au temps de la rue Jeanne-d'Arc. Mon rêve, à l'époque, c'était de devenir loubard.

— T'as pas pu y arriver ? C'était trop difficile ?

— Disons que je suis devenu un peu moins con. Allez, tu vas le chercher, ton bout de foie de veau.

— Tu le tueras pas, même s'il te souffle dessus, Huck ?

— Non. Je me contenterai de vous enfermer

dans la cave tous les deux. Et j'éteindrai la lumière.

Il lui fait peur Yalloud. Mais Manu lui prend quand même la main.

21

Laurette a relevé le col du fameux imper qui
ne trouvera jamais, c'est gagné d'avance, sa
longueur idéale. C'est qu'elle pèle de froid au
milieu de ces tours plus petites que celle de papa
mais nettement plus sinistres. L'angoisse que ça
doit être de loger dans ces clapiers. Ils sont
pourtant plutôt souriants tous ces Jaunes qui
entrent et sortent des restaurants, des drugstores
aux enseignes aussi mystérieuses que celles de
Tintin et le lotus bleu.

Jérôme avait dit neuf heures.

Elle s'allume une cigarette.

Une vieillarde en pantalons noirs et chaussures de ballerine la regarde, rigole un bon coup
et s'éloigne en sautillant. D'où elle peut venir,
cette lilliputienne? Et tous ces garçons sapés
Renoma, arrogants, sûrs d'eux qui s'engouffrent
dans le bowling? Et ce pépère barbichu sec
comme dix coups de trique qui se mouche dans
un mouchoir grand comme une nappe, contemple avec un plaisir évident ce qu'il a mouché,
replie soigneusement son mouchoir, le fourre

dans une poche de son pardessus bleu marine et sort d'une autre poche un petit livre qu'il se met à lire, debout dans la bousculade ?

Il y a aussi des têtes inquiétantes, des binettes de Jaunes perfides de films américains de série B. Des hommes trop propres ou trop sales avec des paquets, des sacoches qui doivent être bourrées d'opium, de camelotes prohibées.

Il y a cette musique en plus, qui vient d'un des restaurants. Une sorte de flûtiau qui vous vrille les tympans. Trois quatre notes qui se trottent après, sans se presser. Avec un coup de gong de loin en loin. Chiatique. Très chiatique.

Laurette se décide à entrer dans ce qui a l'air d'une épicerie où l'on vendrait surtout des lampadaires bien laids, des baguettes d'encens, des cuvettes émaillées made in Taiwan, des montres à quartz à trente francs, et des pandas en nylon. Elle s'achète un rouleau de printemps à manger tout de suite.

Il est dé-li-ci-eux, le rouleau. Plein de feuilles de menthe.

— On est venue faire un petit circuit gastronomique ?

C'est Jérôme.

Il n'a plus son blouson mais une veste bleu Mao en cotonnade.

— T'as plus ton blouson ?

— Aux dernières nouvelles, il était au commissariat du boulevard de l'Hôpital, mon blouson.

— Et elles remontent à quand, les dernières nouvelles ?

— A la nuit où j'ai vu ma sœur sur le canapé du living avec un type.

— C'est à cause de ça que t'as filé ?

— Si tu veux pas qu'on s'engueule, on va parler d'autre chose, Laurette.

— Pourquoi on s'engueulerait ? Ce garçon...

— Je m'en fous, Laurette. Non. Je m'en fous pas. Alors on laisse tomber. On oublie. Ça t'intéresserait de voir où je travaille ?

— Où tu fais des robes à douze francs ?

— Quand t'as versé les deux francs de papa Kim, ça fait plus que dix.

— De papa Kim ?

— Par ici, les papas, ça manque pas. C'est farci de papas, ce coin. Tout le monde est le papa de tout le monde.

— Au cas où ça t'intéresserait encore, le nôtre, de père, ton père, il décolle de plus en plus sec. Il ne quitte plus son cabinet, il s'est mis à boire et vire sa clientèle. Et maman veut divorcer et faire de la télé aux quatre coins de la terre, avec un Allemand. Un grand journaliste, très célèbre, très friqué, pas tout frais mais vachement séduisant. Si séduisant que Pam m'a laissé choir pour rester avec maman et son Allemand dans le chic appart où ils s'éclatent, au métro Courcelles. Tu m'écoutes ?

— Pas vraiment. Les potins mondains, moi, tu sais... Tu me suis. C'est par là.

Par là, c'est au bout d'une longue galerie avec une tripotée de restaurants, vietnamiens, cambodgiens, indiens, hawaïens. Avec des clubs privés aux portes engageantes comme des portes de coffres-forts. Avec encore et encore des enseignes au néon comme dans le film *L'Année du Dragon*. Après la galerie, une fois descendu un escalier mal éclairé plein de Jaunes assis sur les marches jouant sûrement de l'argent à des jeux à eux, il faut passer sous une voûte fleurant l'huile recuite et le gingembre, avec des flots de musique pas vraiment entraînante venant de partout, puis emprunter un escalier de bois bien casse-gueule, longer une ruelle mal pavée, herbeuse, bordée d'entrepôts, avec des montagnes de trognons de choux, des vieilles caisses et des gens qui se parlent dans le noir avec gravité dans des langues pas possibles.

— C'est encore loin ?

— On y est.

Jérôme ouvre une porte avec un lièvre bleu peint dessus, une porte donnant sur un escalier en fer qui conduit à un vaste atelier souterrain où une nuée de femmes de tous âges piquent à la machine.

— Voilà l'endroit. Voilà la fabrique des robes à douze francs moins deux. Je te présente pas à mes petites camarades. Ici, on ne parle que le cantonais, le mandarin et des dialectes tordus. Y a que papa Kim qui arrive à se faire comprendre par à peu près tout le personnel. Il est né au Vietnam. Mais il a pas arrêté de bourlinguer. Il a été quelqu'un de très important à Canton. Il est un peu chinois, un peu viet. Et un peu chiant. C'est le boss, quoi. Ma machine c'est celle-là. Je commence à me débrouiller pas mal. Comparé à toutes ces mémés, c'est nul. Mais je débute.

255

— Tu cherches à me prouver quoi, Jérôme ?

— Rien. Yalloud m'a dit que tu t'inquiétais de moi. Alors je te montre. Tu veux voir où je dors ?

C'est un étage plus bas. Dans une pièce mal éclairée avec cinq matelas posés à même le sol et des nattes. Une pièce propre aux murs fraîchement laqués avec un poster d'Hô Chi Minh (ici on dit « oncle Ho »), des affiches pour des bières japonaises, pour des films de karaté d'Hong Kong, une Sophie Marceau grandeur nature. Et pas l'ombre d'un meuble. Juste une corde qui traverse la pièce avec des chemises, des vestes, des manteaux sur des cintres pendus à la corde. Il y a aussi dans un coin une étagère avec des petits objets folklos, des bricoles style ventes de charité cathos, des photos pâlies couvertes de chiures de mouches de papis barbus et de mamies tondues, et un brûle-parfum.

— Ça, c'est l'autel des ancêtres. Très important.

Accroupi sur un des matelas, un jeune en slip et T-shirt ne s'intéresse qu'à ce qui sort de son walkman.

— Cherche pas. Il écoute Deng Lijun. C'est leur chanteuse préférée. Ils s'en foutraient des indigestions.

— C'est lui ton copain Li ?

— Li, il travaille, il est serveur au café de papa Nu. Il rentre très tard. Ce qui lui est arrivé, à Li, c'est fantastique. En soixante-dix-neuf il s'est cavalé de Cholon avec ses parents dans un bateau de pêche. Les Boat People, t'as entendu parler ? Comme des centaines et des centaines de

256

fuyards, ils se sont fait couler par des espèces de pirates. Lui, Li, il s'est retrouvé, il saura jamais comment, chez des bonnes sœurs à Rosny-sous-Bois et il a vécu dans une famille française. Des intellos de gauche qui l'ont traité comme leurs enfants à eux. Il jouait au tennis, apprenait l'anglais, allait en vacances en Italie. Ses parents, il les a revus que l'année dernière. Son père qu'était patron d'une banque, il est infirmier à Laennec et sa mère fait la plonge dans une cafétéria. C'est chez eux que je mange.

— Tu vas me dire quoi encore ? Que t'es devenu bouddhiste ?

— Ça serait plutôt Confucius qui les branche-rait. Mais ils gardent ça pour eux. A part piquer à la machine, on veut bien essayer de m'appren-dre à jouer au mahjong. Mais c'est tout. Il faut être drôlement fute-fute pour suivre une partie de mahjong. On va boire un thé chez papa Nu ?

— Le thé chinois, j'aime pas. Et j'aime pas te voir faire le clown. Le lycée, t'y vas plus ?

— Non.

— Tu comptes faire carrière dans la robe à douze francs ?

— Il sortira plus d'ingénieurs, plus de grands chirurgiens, plus de savants de ce coin-ci que de Neuilly ou de Passy. Tu verras. Rendez-vous dans dix ans.

— Les flics t'auront retrouvé avant, tu crois pas ?

— Ils aiment pas bien venir fouiner dans ce quartier, les flics. Ou alors juste pour s'acheter des épices. Parce qu'il ne se passe rien par ici.

C'est que des gens qu'ont eu des drames, des morts, des gens qui ont tout perdu et qui veulent vivre tranquillement et se faire oublier. Du moment qu'on leur laisse écouter leurs cassettes de Deng Lijun et qu'on les force pas à manger des steaks frites plutôt que du riz... Les histoires de drogue, de crimes dans les journaux, c'est du feuilleton. A la porte de Choisy, à Tolbiac on se drogue à la Gitane filtre comme partout à Paris et le seul crime qu'il y ait eu par ici c'était à peine un crime, on a descendu un salaud qui avait torturé des milliers de Cambodgiens. Même les journaux les plus pourris l'ont très bien expliqué tout ça. Mais tu lis pas les journaux.

— Je ne lis que les pages où ils racontent les amours de Caroline et de Stéphanie, c'est bien connu. Et les conseils de beauté. T'as une sœur très conne, très futile. Tu le savais pas ? Et t'as aussi un petit frère qui s'appelle Manu et qui se demande pourquoi il te voit pas, et une autre sœur. Mais ça t'intéresse pas, ça t'inquiète plus.

— Si Pam elle vit avec Maman et son miquet...

— Ça va s'arranger. Les enfants de divorcés finissent pas tous dans la confection de robes à douze francs.

— T'es venue pour me faire la morale ? Tu vas aller au commissariat dire que t'as retrouvé le propriétaire du blouson ?

— Tu fatigues. On va aller le boire, ton thé. Mais je prendrai un Coca, si c'est pas contraire aux usages locaux.

C'est Li qui les sert. Il est déguisé en garçon de café, avec nœud pap. Il a des lunettes et un sourire d'au moins soixante-quatre dents. En plus du thé et du Coca, il leur apporte deux sablés sans goût « offerts par la maison ». Il sourit tant qu'il peut mais il n'a pas envie de bavarder, ou rien à dire. Laurette s'est allumé une Benson. Elle non plus n'a plus envie de parler. Elle écoute la musique d'ambiance. Toujours l'espèce de flûtiau et un curieux crincrin et quatre notes qui se traînent les unes derrière les autres et des coups de gong de loin en loin pour sortir les mangeurs de canard laqué et de soupe aux ailerons de requin de leur torpeur. C'est pas le Palais de la Rigolade, chez papa Nu.

— Va falloir que je rentre. Ton ami Yalloud babysitte Manu mais...

— Il est amoureux de toi, Yalloud.

Jérôme prend une cigarette dans le paquet de Laurette. Une cigarette qu'il contemple comme si c'était la première fois de sa vie qu'il voyait une cigarette.

— Moi aussi je suis amoureux de toi.

— Tu dis ?

— Quand je t'ai vue avec le mec dans le living, j'ai pas supporté. Ça m'a foutu en l'air. Pas à cause du type. A cause de toi. Je t'ai trouvée... J'aurais voulu être à la place de ce type.

Laurette tend une allumette allumée à Jérôme.

— Tu te rends compte de ce que tu es en train de me dire ?

Jérôme fait un rond de fumée. Parfait. Comme au compas.

— Les filles, tout ça, ça m'a jamais intéressé. C'était pas de mon âge. Ou j'étais un attardé. Et toi, tu m'intéressais pas spécialement. Je te trouvais quelconque. Ni belle ni pas belle. Je te regardais pas, en fait. T'étais là. Tu faisais partie du paysage. Le lycée, être toujours si possible premier en tout, les bouquins, la piscine, le foot, les virées avec Ben, Yalloud, les autres, les âneries de Manu, de Paméla, la télé, les films, ça me suffisait largement. J'étais le bon petit scout. Content de s'appeler Jérôme, content de s'appeler Milleret, d'avoir la tête que j'ai. Content de ma chambre, de ma mob, des patelins où on allait en vacances, de la mère Leurrier même. Et puis y avait papa. Ce que j'ai pu l'admirer, ce type. Je voyais pas un homme plus beau que lui. Plus fort. Maman aussi, elle m'allait très bien. Je trouvais aussi notre maison épatante. On mangeait beaucoup. C'était bon. Que papa et maman nous plantent, ça m'a fichu un coup. Je comprenais pas. J'ai toujours pas compris. Mais... C'est pas la mort. Le divorce, c'est un phénomène de société. Et les phénomènes de société, on fait avec. Mais toi... Je suis tombé amoureux de la fille que j'ai vue sur le canapé du living. C'est comme ça, c'est comme ça. C'est dingue, non ?

Il la regarde. Avec les mêmes yeux que Lucien, que Yalloud.

— Faut plus que je te voie, Laurette. Je peux plus.

— C'est pas normal, Jérôme.

— J'ai pas dit que c'était normal. J'ai dit ce que j'ai dit, point final. Alors tu me caftes au stomato, à notre chère maman, tu leur annonces qu'ils ont un fils Jérôme détraqué, fou dans sa tête, qui voudrait coucher avec sa sœur.

Elle s'est sauvée de chez papa Nu comme une voleuse, Laurette. Elle a couru d'un trait jusqu'à la place d'Italie.

Elle reprend son souffle. Elle voudrait bien reprendre aussi ses esprits. Pas possible. Elle en revient salement crispée, de Chinatown. Parce que Jérôme... Ce qu'il lui a sorti...

Il y a foule devant le ciné qui passe *Rocky IV*. Que des garçons. Dont une bonne douzaine de Yalloud.

L'autre Yalloud, le vrai, il doit en avoir sa dose du babysiting. Pourvu qu'il ne soit pas parti, laissant Manu tout seul.

Devant la Manufacture, Laurette croise monsieur Mâchon et son chien. Ils font tous les trois semblant de ne pas se connaître.

A la télé, une dame blonde assise entre deux messieurs fait dire à un des deux messieurs du bien d'un bouquin que l'autre monsieur a écrit. Et les deux messieurs se répandent en amabilités, se balancent des compliments pesant des tonnes, se font des mines, roucoulent. On jurerait des pédés.

C'est pas des pédés c'est des écrivains. Français.

Yalloud n'a pas supporté. Il s'est endormi. Normal.

Mais ce qui est trop mignon, c'est qu'il y a

261

Manu qui s'est endormi sur les genoux de Yalloud. Manu abandonné, confiant. Avec en prime le chat Tom et le chat Huck qui y vont aussi de leur pioncette sur le canapé.

Le stomato verrait ça ! Déjà qu'il est pas très porté sur les Maghrébins. Alors les chaussures banane crottées sur le cuir first quality du canapé. Quant à maman, elle, l'Africain du Nord ou du Sud, elle est pour, on ne peut plus pour. Mais pas dans ses meubles à elle, pas dans le treizième. Loin, très loin, sur place, dans sa jungle, là où il a le ventre qui ballonne, des escadrilles de mouches qui lui trottent dessus, là où il attend bien tranquille, bien sage, que des Léa viennent l'alphabétiser, lui apprendre à irriguer son lopin, à se curer les ongles.

Laurette, elle, ça l'enchante, cette pioncette.

Elle se pose sur un pouf et se régale de cet apaisant spectacle. C'est comme la crèche avec Manu dans le rôle du petit Jésus et Tom en bœuf et Huck en âne.

Et Yalloud ? Il a l'air aussi môme que Manu, Yalloud.

Il a un an de plus que Jérôme. Et Jérôme...

Il lui revient en mémoire des soirées où c'était elle qui s'endormait devant la télé. Une Laurette de quatre ans, de cinq ans, aussi freluquette que Pam est grassouillette. Il lui revient en mémoire une histoire. Un roman. Le premier qu'elle a dû lire. C'était dans un antique album relié de *La Semaine de Suzette* chez mamie de Nice. *Moineau petit libraire*. C'était d'un triste ! Moineau, une petite fille, se retrouvait sans papa et alors... Ces emmerdes qu'elle accumulait, la brave petite Moineau... Des emmerdes pour faire verser toutes les larmes de leur corps aux chères petites lectrices. Avec suite au prochain numéro et embrouilles de plus en plus grandioses. Mais elle n'allait quand même pas jusqu'au frère incestueux, Moineau.

Dans *La Semaine de Suzette*, il y avait Bécassine et sa patronne madame de Grand-Air, des modèles de broderies, des recettes de gâteaux faciles à faire, mais pas de frères détraqués.

Laurette a réveillé Yalloud en lui gratouillant le crâne et Yalloud a porté Manu dans sa chambre. Manu qui ne s'est pas réveillé. Et ce n'est pas un chat qui s'est glissé sous sa couette. C'est deux : Huck et Tom. Un de chaque côté. Ronronnant comme des locos.

— Comment tu l'as récupéré, le Huck ?

— On l'a piégé au foie de veau. T'avais raison. Il est pas raciste. Il m'a léché la main qu'il m'avait griffée. C'est con les chats. Et Jérôme ?

— Il m'a fait voir sa machine à coudre, la cagna où il dort. Et on ne se verra plus jamais. Ici, c'est comme dans *Les Dix Petits Nègres*. Sauf que les gens se contentent pas de mourir chacun son tour. Non. Ils deviennent fous et se tirent.

— Pourquoi vous vous verrez plus avec Jérôme ?

— Parce que. T'as pas une petite faim, toi ?

— J'ai liquidé le dessert de ton frère. J'ai mangé des pommes. Un yaourt.

— Ce qui me dirait, c'est des pâtes. Des spaghetti avec de la sauce tomate et du râpé.

— Si t'en as, je te les fais.

— Non. Tu vas t'en aller. Tu vas t'en aller parce que j'ai pas de pâtes, pas de sauce tomate, pas de râpé et parce qu'il y a Lucien.

— Tu me dois quand même un cinéma.

— Oui. *Rocky IV*. Ça passe au Paramount Galaxie.

Yalloud a la tête d'un garçon qui va aller se noyer. Il boutonne sa veste, relève son col.

— Tu le savais qu'il y avait Lucien.

— Quand vous serez en Amérique, si tu rencontres Sylvester Stallone, demande-lui une photo dédicacée pour moi.

22

Laurette s'est fait cueillir en sortant de son
bain, avec juste une serviette-éponge autour des
hanches. Ça a sonné. Et, croyant que c'était ou
Lucien ou la postière aux lettres recommandées,
elle est allée ouvrir comme ça. Quasi nue et
Benson au bec.

Et c'était maman, Pam, maître Lévy-Toutblanc et un bonhomme secot en bleu marine
avec une moustache d'avant-guerre. Une sorte
d'Hitler. En moins rieur.

Et maman — manteau demi-saison bleu pas-
tel, chaussures à au moins cent sacs — a poussé
les hauts cris.

— C'est une tenue pour venir ouvrir ?

Non. C'est pas une tenue. Mais on doit s'habiller comment pour aller ouvrir la porte d'une
maison à une dame qui a juré qu'elle ne franchi-
rait plus le seuil de cette maison-là ?

Si elle le franchit, ce seuil, maman, c'est qu'il
le faut.

Tout est très clair, très net dans la tête à
maman. Elle va enfin travailler, avoir une situa-

tion passionnante. Elle doit donc s'organiser. Régler bien tout. Faire ce qu'il convient de faire pour avoir un point d'attache ici, à la maison, avec ses enfants.

Bref : l'Hitler pas rieur, c'est un huissier qui vient pour constater que monsieur Milleret a bel et bien quitté le domicile conjugal.

Ce que maman constate, elle, c'est que la maison est devenue une porcherie, que ça sent et le tabac et le chat et que et que...

Laurette coupe au premier jet de jérémiades parce qu'elle galope dans sa chambre pour enfiler une robe, un collant et des chaussures.

Quand elle redescend, elle les trouve assis dans le living (dans ce foutoir qui était autrefois un living !) avec l'huissier qui a sorti des papiers, un stylo à bille quatre couleurs. Et Paméla qui fait la sage.

— Ma petite Laurette, je crois que nous allons avoir une grande explication, toutes les deux. En attendant...

En attendant, Laurette est sommée de redire à maître Lévy-Toutblanc et à l'Hitler renfrogné ce qu'elle a révélé à sa mère lors de sa visite rue Margueritte. A savoir que son père n'a plus dormi dans le lit conjugal depuis...

L'huissier veut la date. La date du fameux samedi. Il va noter tout. Que Laurette ait l'obligeance d'être aussi précise que possible, de donner le maximum de détails.

Ça l'arrange pas Laurette, tout ça. Ça l'arrange si peu qu'elle commence par balancer exactement ce qu'il fallait pas.

266

— Toi non plus, maman, tu n'as plus dormi ici depuis cette nuit-là.

Maître Lévy-Toutblanc toussote.

Maman fronce les sourcils.

— Ce n'est pas de moi dont il est question, c'est de ton père. De ton père qui, c'est toi qui me l'as appris, après toute une série de mensonges dont nous reparlerons seule à seule, de ton père qui vit je ne sais trop où avec je ne sais trop qui.

Laurette n'aime pas le ton de maman. D'ailleurs Laurette n'aime plus maman. Alors... Alors elle explique, aussi précisément que possible, à l'huissier, que ce n'est pas vrai que son père a quitté le domicile conjugal.

— Pas vrai ?

— Non, maman. Il a dormi ici toutes les nuits. Il a dîné ici tous les soirs. Ce matin encore il a pris son petit déjeuner avec Manu et moi et il est parti à son cabinet pour travailler pour nous nourrir.

Maman écume.

— Laurette, c'est toi-même qui es venue me trouver pour m'avouer que ton père... Enfin, je n'ai pas rêvé. Tu m'as bien dit que...

— C'était un mensonge.

— C'était un mensonge ?

— Du chantage, si tu préfères. J'étais prête à inventer n'importe quoi pour te faire revenir ici parce que Manu était trop malheureux de plus te voir.

L'huissier se tourne vers maître Lévy-Toutblanc.

— Je note quoi, exactement ?

— Pour le moment, rien. Tant que cette demoiselle ne se décidera pas à nous exposer calmement des faits précis.

L'huissier tripatouille nerveusement son stylo à bille quatre couleurs. Ça fait des petits clics-clics-clics. Il doit passer du bleu au rouge, du rouge au vert.

Maman se lève. A en juger par sa mine, elle va étrangler sa propre fille de ses propres mains.

— Laurette

— Maman ?

— Tu vas me faire le plaisir de dire immédiatement à ce monsieur qui a assez perdu de temps comme ça, ce que tu m'as dit : que ton père ne vit plus ici, qu'il vous a abandonnés tes frères, ta sœur et toi.

— Pourquoi je lui raconterais des craques, à ce bonhomme ?

Trop c'est trop.

Maman n'étrangle pas Laurette. Mais elle la gifle. De toutes ses forces. Une gifle sur la joue droite, une gifle sur la joue gauche.

Et, suffoquée, humiliée, ivre de rage, Laurette se met à hurler.

— Ça te réussit de coucher avec un nazi ! Bravo ! Chapeau ! Il a pas été long à te les inculper les méthodes SS. Il faisait quoi avant de te sauter ? Il était chef de camp à Dachau, à Buchenwald ? T'as eu raison de me les coller, ces baffes. Parce que j'avais le pressentiment que t'étais qu'une sale vache. Mais c'était qu'un pressentiment. Maintenant, j'en suis sûre. La dernière des sales vaches !

Si maître Lévy-Toutblanc ne la retenait pas avec beaucoup de fermeté, maman se jetterait sur Laurette, elle la massacrerait. L'huissier n'a même plus la force de faire cliqueter son stylo à bille quatre couleurs. Quant à Paméla, elle s'est cachée derrière un fauteuil.

— La dernière des sales vaches, oui !

Ceci pas hurlé mais craché, Laurette s'en va.

Au lycée.

Au lycée, pas pour assister au cours d'anglais de l'affligeante madame Léflure qui se prend pour une lady parce qu'elle se fait copier les tailleurs de la reine d'Angleterre par une couturière de son quartier. Non. Pour aller fumer des Benson aux toilettes.

C'est là que Corinne et Yette Kellerman la retrouvent au moment de la pause-pipi avant le cours de maths.

— Laurette !

— Mais alors t'es pas morte !

— Pas vraiment, non.

— T'as fait quoi ? Une grippe ?

— J'ai couché avec un garçon merveilleux. Un écrivain.

— Non ?

— Vous n'êtes pas forcées de me croire.

— Moi j'y croirai quand tu me l'auras montré, ton écrivain merveilleux.

— Peut-être qu'elle en a honte. Qu'il est pas beau. Ou vieux.

— En tous les cas, si c'est de coucher qui te donne cette mine-là...

— Il vous serait arrivé le quart du centième de ce qu'il m'est arrivé...

— Raconte.

— Mes parents sont partis. Mon frère Jérôme aussi.

— Ça, on savait. Il a été pris par la police au cours d'une bagarre avec des Arabes dans un café et il s'est échappé du commissariat du boulevard de l'Hôpital en blessant un flic.

— Tu me racontes quoi, Corinne ? Le scénario du film qu'on va tourner à Hollywood avec Burt Reynolds dans le rôle de Jérôme ? En réalité...

— Tu nous la diras après les maths, la réalité.

— Ça existe encore, les maths ?

— Tu viens pas au cours ? T'es juste venue faire un petit pèlerinage aux wa-was ?

— Je renonce aux études. J'en ai assez. Presque trop même.

— Alors pourquoi t'es là ?

Yette et Corinne ne laissent pas à Laurette le loisir de leur répondre. Les maths les réclament.

Et elle leur aurait répondu quoi, Laurette ?

Qu'elle est venue se réfugier dans les toilettes du lycée parce qu'elle ne savait pas où aller cuver la plus mortifiante et douloureuse paire de gifles de sa carrière de gamine ? Qu'elle aurait préféré aller les cuver, ces gifles, dans un square, s'il avait fait moins froid, ou dans un café si elle avait eu ne fût-ce qu'une thune en poche ?

Bon. Elle va pas y rester jusqu'aux vacances de Pâques dans ces chiottes. Elle va pas attendre que Yette et Corinne reviennent la miner une fois gorgées de maths.

270

Yalloud, lui, ce n'est pas de maths qu'il s'est gorgé. Mais des exploits sadicos délirants de Ranxerox — le sidérant colosse avec un circuit électrique dans son petit crâne, Ranxerox qui tue tout ce qui bouge et rampe comme une lope devant cette pisseuse vicieuse de Lubna. Oui, pendant tout le cours de dessin, il a bouquiné un album de BD. Autant faire ça que gâcher une feuille de Canson en griffouillant dessus trois pommes et un pichet ébréché. De toute façon, le prof de dessin, un ancien combattant de soixante-huit qui ne s'est pas rasé ni savonné les poils depuis la prise de l'Odéon, ne cesse de répéter à qui veut l'entendre que l'ordinateur a tué le crayon et qu'un pays où on continue à enseigner les arts d'agrément est un pays foutu. Moralité : à part Samuel Meyer qui croit qu'il deviendra Chagall, personne ne dessine pendant le cours de dessin.

En sortant de boîte, flanqué de Ben Chaftfoui et de Sidiki, le Malien crack de l'électronique, Yalloud voit Laurette de l'autre côté de la rue. Ben ricane.

— C'est fait, t'as tombé le paquet d'os ?

Yalloud prie Ben d'aller se faire mettre et traverse.

— C'est moi que t'attends ?
— On devait aller au cinéma, non ?
— Aujourd'hui ?
— Si t'en n'as plus envie...
— Tu m'attends. Je reviens. Tu m'attends, hein ?

Yalloud retraverse et va palabrer avec Ben et

Sidiki, qui lui donnent de très bon cœur des tas de conseils stupides et, de moins bon cœur, l'un un billet de cent francs et l'autre une poignée de mitraille.

Laurette le charrie, bien sûr.

— T'as fait une collecte chez les sous-développés pour sortir la femme blanche ?

— Si tu commences comme ça...

— Je commence pas, Yalloud. Je suis triste à en crever et si je t'avais pas... Ce matin, ma mère est revenue et elle m'a giflée.

— Tu dérouilleras jamais autant que mes sœurs. Moi, mon père, il me touche plus depuis que je lui ai juré qu'à la prochaine trempe je vais au caté et je me fais baptiser.

— Tu le ferais ?

— Pour faire chier mon père, oui.

— Tu l'aimes pas.

— Pourquoi je l'aimerais pas ? C'est pas de sa faute s'il est emmerdant comme la fumée. Il est né pauvre, il mourra pauvre. Il nous a tous sur le dos. Il fait un boulot que personne voudrait faire. Et puis il a toujours froid. Il est toujours en manque de soleil. Allah l'a créé pour avoir chaud et il se retrouve, comme une cloche, dans une ville pleine de courants d'air. Il a froid dix mois par an. Des fois je crois qu'il me parle. Il me parle pas. Il claque des dents. Je l'ai vu heureux, à peu près heureux, que deux ou trois fois, mon père. L'été. Quand les gens râlent parce que c'est la canicule, quand tout le quartier fait plus que bouffer des glaces en bras de chemise, lui, il va s'asseoir sur une caisse à côté d'un vieux pote à lui qui vend des melons à l'entrée de la rue Mouffetard. Ils restent assis tous les deux. Ils se parlent pas. Ils se chauffent. Ils sont contents. Bien sûr que je l'aime bien.

— Et ta mère ?

— Elle a froid elle aussi. Dès qu'elle a quatre sous, elle va s'acheter un tricot. Elle s'en empile dix ou douze les uns sur les autres. Elle est un peu piailleuse. Pas très intelligente. Elle sait à peine lire, quand elle écrit y a plus de fautes que de mots. Même moi, je vois qu'elle fait plein de fautes.

— C'est vrai que t'es nul en tout ?

— C'est pas prouvé. Vu que je fous rien. Si ça se trouve, je suis peut-être génial. Ben, Sidiki, tous ces mecs-là, ils veulent se prouver qu'ils sont moins cons que les autres. Moi, j'en envie de prouver rien. J'attends la fin du lycée pour m'y mettre.

— Te mettre à quoi ?

— A gagner du fric. Je ferai du commerce. J'aurai des employés et je les ferai gratter comme des bêtes. Et je paierai à mon père le voyage à la Mecque.

Il rit.

— Je sais pas ce que je ferai. Y a pas le feu. Si on s'achetait des croissants ?

— Une baguette et du chocolat, ça serait encore mieux. Du chocolat noir.

Et les voilà qui font quatre-heures à une heure. Laurette se sent bien avec Yalloud. Elle préfére-rait qu'il n'ait pas des chaussures banane. Mais...

273

— Celui qui a inventé le pain et le chocolat, c'était quelqu'un.

— C'est du solide votre projet de départ en Amérique ?

— Vaudrait mieux que ça le soit. Au point où j'en suis avec mes parents... T'as déjà été voir les reptiles au Jardin des plantes, les iguanes, les crocos, le python ?

— Non.

Pour ce qui est d'aller dire bonjour à l'iguane, pas mèche. Le gardien est désolé. Mais pour cause d'engorgement de tuyauterie, les reptiles sont privés de visite. Il n'y a plus d'eau chaude et les plombiers sont pessimistes. C'est que faudrait tout remettre à neuf. Tout revoir. C'est que ça se fissure et craque de partout. Le gardien est prêt à faire à Laurette et Yalloud le plan de la dramatique situation du Muséum d'histoire naturelle. Tout vient des crédits qui ne viennent pas. C'est plus la misère, c'est la mouise. Y a du blocage dans les ministères. Du blocage voulu. C'est politique. On construit des opéras à la Bastille, on subventionne des foutaises qui n'intéressent personne et on laisse les mites dévorer des animaux naturalisés depuis deux siècles. Dont bon nombre d'uniques représentants d'espèces en voie de disparition. Il en pleurerait, le gardien. Le squelette du diplodocus part en quenouille, faut le rafistoler avec des fils de fer, des ficelles. A la paléontologie, c'est le naufrage. On ne visite plus. Ça moisit. Des colonies d'araignées s'installent. Les termites vont pas tarder. On patauge dans le drame comme quand, sous la

Commune, on abattait des éléphants pour en faire du bourguignon. C'est le désastre. Des dizaines de milliers d'oiseaux rares sont la proie des rats. Il pleut sur les lions. C'est pas compliqué, à l'en croire, le gardien, le Jardin des plantes, il est condamné à devenir parking. Et dans pas longtemps.

Yalloud, il en a rien à foutre du Jardin des plantes. Ils peuvent bien le transformer en garage ou en patinoire, il n'y a pas, comme Laurette, des souvenirs de promenades à âne, de gauffres, de parties de cache-cache, de converses avec des iguanes.

En attendant, qu'il soit rasé, le Jardin des plantes, il y a toujours des arbres mirobolants et pas de bagnoles.

Et Laurette et Yalloud qui font durer tant qu'ils peuvent leur baguette, la plaque de Lindt amer.

Ils longent la même allée qu'avec Lucien il y a si peu et tellement de temps déjà.

Pourquoi il a disparu si brusquement, si sournoisement, Lucien ?

Il n'est pas parti chercher de quoi acheter des billets pour les États-Unis. C'est sa manie de la vadrouille qui l'a repris. C'est aussi simple que ça.

Lucien, elle peut faire une croix dessus, Laurette.

Reste Yalloud.

Rien que Yalloud.

Ça la bouleverse à tel point qu'elle lui tend le dernier carré de chocolat.

Plus tard, au septième rang du Paramount Galaxie, elle le laisse l'embrasser.

Il n'embrasse pas comme un rouleur à chaussures banane, Yalloud.

Il est délicat. Timide. Touchant.

Pendant que Rocky et le géant soviétique se truffent de gnons à faire choir un gratte-ciel, Laurette est amoureuse de Yalloud. Tout à fait.

Mais, au cinéma, il y a toujours un moment où les lumières se rallument.

Elles se sont rallumées et, bêtement, Yalloud s'est écarté de Laurette, lui a lâché la main. Et Laurette a demandé à Yalloud de rester pour lui acheter un esquimau pendant qu'elle allait tirer quelques biffes de Benson aux lavabos.

Et elle n'est pas revenue.

Et Yalloud a revu *Rocky IV* tout seul. En entier. Et il a chialé. Mais personne ne l'a vu. Parce que l'aimable clientèle du Paramount Galaxie n'avait d'yeux que pour Stallone qui cartonnait fort, très fort, pour sauver l'honneur de la bannière étoilée.

23

C'est chez Yette qu'elle a échoué.

Sur le coup de huit heures du soir, n'en pouvant plus de marcher et de mâcher et remâcher des pensées désespérantes dans des rues chiantes, sans plus rien à fumer, fallait bien qu'elle trouve un endroit où se poser. Et ça a été chez Yette. Ç'aurait pu être chez Corinne. Ça a été chez Yette. Dans le loft des Kellerman.

Loft, c'est-à-dire tannerie désaffectée de la rue Poliveau, condamnée à puer éternellement la vieille peau, et ripolinée — plafonds et planchers branlants inclus — en rose panthère rose par Simon Kellerman photographe de mode plus que marginal.

Un papa pas banal, papa Kellerman. Buveur acharné de bière en boîte, il passe sa vie à photographier des grandes bringues danoises, suédoises, finlandaises ou esquimaudes avec aussi peu de seins que possible et des oripeaux comme on n'en vend qu'aux Halles. Tout ça pendant que maman Kellerman — Natasha — fait cuire des marmitées et des marmitées de choux au lard de bœuf et fabrique des poupées en chiffon qu'une amie à elle vend dans le métro. C'est une baba, Natasha Kellerman. Elle a vécu cinq ans avec des chèvres dans l'Aveyron. Elle brûle des bâtonnets d'encens pour camoufler les odeurs de vieilles peaux, de choucroute kasher et pour remercier Krishna d'être Krishna et Yahvé d'être grand et bon.

Elle est contente de voir Laurette.

Elle l'accueille à bras ouverts. Elle veut quoi, Laurette? Elle a sauté un cours et elle vient se tuyauter auprès de Yette? C'est ça, hein?

— Oui. J'ai loupé physique-chimie la semaine dernière et si je veux pas me retrouver le bec dans l'eau pour l'interro...

— T'en as une petite mine.

— On a tous eu la grippe à la maison.

— C'est la saison. Yette est dans sa chambre. Tu connais le chemin.

Elle le connaît par cœur, Laurette, le chemin qui mène à l'espèce de grotte-loggia où perche Yette. Cent fois elle y est venue écouter des disques, se faire des ventrées de sucreries et de ragots. Cent fois elle a ouvert sans frapper la porte de l'invraisemblable pigeonnier de Yette.

Pour une fois, elle frappe. Et Yette vient lui ouvrir.

— Encore toi! Tu t'évapores pendant des semaines et voilà qu'on se quitte plus. Tu viens me parler de ton écrivain?

— Je viens m'asseoir. Je peux?

— Tu peux même t'allonger. T'as l'air claquée. T'es malade?

— T'as de quoi fumer ?

— Sure, Bill. J'ai même de quoi faire une petite fumette.

— Une blonde suffira.

Yette a un plein tiroir de Dunhill, de Gold Leaf, de Camel, d'herbes de provenances diverses. Elle a même une boulette de quelque chose qui vient de Ceylan qu'elle n'a pas encore essayé. Laurette prend une Camel.

— Alors, ton écrivain ?

— Si ça se trouve, dans pas longtemps je serai avec lui dans une petite cagna pas chère à Greenwich Village. Si ça se trouve j'entendrai plus jamais jamais parler de lui. Mais l'urgent c'est pas ça. Je cherche un endroit où dormir cette nuit.

— Tu t'es tirée de chez toi ?

— A part Manu, tout le monde s'est tiré de chez moi.

— C'est un gag ou quoi ?

— Je te résume la situation : papa et maman divorcent.

— Putain ! Fille de divorcés ! Mon rêve ! Ils divorcent pourquoi ?

— Par connerie.

— Les miens aussi sont cons. Mais plus ça va, plus ils s'accrochent l'un à l'autre. Papa, avec la tête qu'il a et le métier qu'il a, il pourrait se faire tous les top-models qu'il voudrait. Tirer des régiments de créatures de rêve. Et il fait quoi ? Il baise que sa Natasha. Il en a que pour elle. Ils font pas ça devant moi mais c'est tout juste. Ça

les prend dix fois par jour. Des bêtes, de vraies
bêtes. Tiens, dimanche dernier...

— Tu crois que je peux dormir ici ?

— Pourquoi tu pourrais pas ? T'as dîné ?

— Non.

— Quand y a du chou pour trois, y en a pour
quatre.

Il y en a même pour six. Parce que deux
blondes, dont la plus modeste doit dépasser les
un mètre quatre-vingt-dix, sont de la fête. Car
chez les Kellerman, se farcir du chou trop cuit,
c'est toujours une fête. Une fête sans nappe sur la
table mais avec un fatras de rouleaux de pellicules, de planches de contact, de vieux journaux,
de lambeaux de chiffons crados, mités, destinés
à devenir des poupées. Avec des nuages d'encens.
Avec papa Simon qui fait, la bouche pleine,
chorus avec Bob Dylan. Avec Natasha qui explique aux deux géantes (qui ne comprennent pas le
français), pourquoi ça a foiré l'élevage de chèvres dans l'Aveyron. Ça a foiré parce que les
chèvres c'est des animaux pas sociaux. Pourquoi
pas sociaux ? Ni les deux géantes ni Laurette ne
le sauront jamais. Parce qu'un type à barbe
poivre et sel complètement pété est arrivé. Un
voisin de loft coiffé du même bonnet de laine
bleu marine que Nicholson quand Nicholson
faisait le fou dans *Vol au-dessus d'un nid de
coucou*. Avec le même bonnet mais plus fou
encore que Nicholson faisant le fou. Il venait
pour emprunter cent balles à Simon Kellerman.
Mais Simon Kellerman n'en avait pas même
cinquante. Chez les Kellerman on dépense sans

compter parce qu'on n'a jamais rien à compter. Alors le type complètement pété s'est assis à côté de Laurette pour manger un peu de chou. Et il lui a crachoté dans l'oreille des obscénités et il s'est mis à lui tripoter les jambes sous la table, sauvagement, à lui glisser sa main tout entière sous son collant.

Et Laurette s'est levée, écœurée.

— Je crois que je vais rentrer.

Yette, qui a reniflé que le récit détaillé du dépucelage de Laurette par son soi-disant écrivain allait lui échapper, s'est insurgée.

— T'as dit que tu couchais ici.

— C'était idiot. Je peux pas faire ça à maman.

— Mais tu m'as dit que...

Maman Kellerman, qui connaissait le voisin de loft et son penchant pour les fillettes s'en est mêlée.

— Enfin, Yette, n'insiste pas. Je suppose que Laurette a eu des mots avec sa mère et qu'elle avait décidé de la faire bisquer mais que, tout bien réfléchi...

Elle a mis dans le mille, Natasha Kellerman. C'était ça. C'était tout à fait ça. Laurette avait eu des mots. Mais, tout bien réfléchi...

Le temps de se faire traiter de chieuse de première par Yette et de lui faucher un paquet de Camel et des allumettes et Laurette prit congé et remercia pour l'excellent dîner.

Excellent dîner mes fesses!

N'empêche qu'elle a pigé, maman Kellerman. C'est exact que Laurette a réfléchi beaucoup et très bien pendant cette bouffe chez ces agités.

Bien sûr que le stomato est devenu impossible, bien sûr que maman Léa fait plus que chier avec son avocat, son journaliste allemand, ses idées de divorce et de départ pour le Tibesti. Mais, comparés aux Kellerman, les Milleret...

Et puis quoi ? Elle va pas renoncer à Manu, à Tom et à Huck, à l'arbre cagneux dans la cour ! Elle va pas renoncer à la rue des Gobelins ! D'accord, le bureau de papa craint, et le living est trop bon chic trop bon genre. Mais, rue des Gobelins, c'est rue des Gobelins.

C'est vrai que papa et maman — surtout maman — sont devenus fous et vaches. Mais, tout bien réfléchi (comme a dit mamma-baba Kellerman), pourquoi ils auraient pas le droit d'en avoir ras la couette de la vie qu'ils menaient ? Ça doit être terrifique de toujours arracher des dents, terrifique d'avoir jamais tout planté pour aller élever dans l'Aveyron ou ailleurs des bestiaux pas sociaux, terrifique de se trimbaler toujours les mêmes quatre lardons.

D'autant que lesdits quatre lardons — tout bien réfléchi — c'est peut-être pas ce qui se fait de mieux, de plus épanouissant dans leur genre progéniture.

Pam, c'est ce qui se fait de plus tannant catégorie petite bouffie. Et faux jetonne avec ça. Voir sa trahison infâme lors de la visite chez le Teuton. Manu, l'adorable Manu, avec ses poussées de fièvre pour un oui pour un non, ses déprimes de gamin gâté, il est super-fanant, Manu. Et Jérôme, toujours à faire la tête, à pas ranger sa chambre, à exiger des mobs, des jeux électroniques et se mettant à tomber amoureux de sa sœur, c'est un cadeau, Jérôme, pour des parents ?

Et faudrait pas l'oublier, elle, Laurette, Laurette qui n'a jamais été au lycée que parce que c'était la mode et qui n'aura jamais son bac, même en le passant dix fois, et les poches bourrées d'anti-sèches, Laurette qui est égoïste (elle le sait qu'elle est égoïste), Laurette qui (c'est plus fort qu'elle) fait toujours le contraire de ce que maman voudrait qu'elle fasse, Laurette qui se masturbe (c'est un fait, elle peut bien se l'avouer à elle-même), Laurette qui...

Le portrait qu'elle se fait de Laurette, Laurette, il est fadé ! C'est le portrait ressemblant craché d'une jeune nullarde qui ne sait plus que truquer, que tout compliquer, aggraver, gâcher avec des mensonges pas même drôles, d'une petite salope qui s'est jetée dans les bras du premier beau faucheur d'hamburgers venu et a fait toutes les saloperies possibles et imaginables, vraiment toutes, avec ce vadrouilleur qui écrit des poèmes navrants, une vicieuse qui a baisé ou presque devant sa petite sœur et s'est mise à se balader les miches à l'air, la chatte à l'air, d'une feignasse pas fichue de rincer une soucoupe, de donner un coup de balai, d'une gosse de riche qui a gaspillé l'argent du canard en argent et fait perdre son salaire à la brave mère Leurrier, d'une prétentiarde qui se prend pour un cerveau parce qu'elle a lu un bouquin de Kerouac qu'elle aurait même pas été capable de dénicher toute seule, d'une merdeuse prenant les filles du lycée, toutes les filles, même ses meilleures amies, comme Yette ou Corinne, pour des connes, d'une mépriseuse pas fichue de se rendre compte que — tout bien réfléchi — même une baba comme maman Kellerman vaut mille fois mieux qu'elle question chaleur humaine, d'une demeurée qui n'a pas su trouver quoi dire à son père pour le tirer de son pétrin, d'une fouille-merde qui se mêle des amours de sa mère, d'une ordure — parfaitement : d'une ordure : — qui a aguiché un Beur et l'a planté au septième rang du Paramount Galaxie.

Elle est bien placée pour juger les autres, cette Laurette-là !

Pour un peu, elle en pleurerait.

Pas de chagrin. De rage. De rage contre elle-même.

Depuis la première bouffée de sa première Benson ce fameux dimanche aux aurores, elle n'a fait que du gâchis. Que du gâchis.

Elle s'arrache de la bouche et balance au loin une des Camel chouravées à Yette et pousse la lourde porte du trois *ter* rue des Gobelins.

Avec maman, elle va trinquer terrible.

Tant mieux.

24

Le living a bien meilleur bouille qu'aux aurores. Maman aussi.

Assise, relaxe, sur le canapé qui en a tant vu, elle lit ou fait semblant de lire un magazine en buvant une infusion.

— Ah ! Laurette.

Laurette se demande ce qu'elle a de mieux à faire. Se jeter aux pieds de maman et implorer son pardon ? L'embrasser ? Rester debout et fondre en larmes ?

Maman la tire d'embarras en lui suggérant d'aller se chercher une tasse à la cuisine et de partager son tilleul-menthe.

Ça démarre plus cool que prévu.

La tasse de tilleul-menthe de maman c'est à peu près aussi excitant que la bière en boîte des Kellerman, mais c'est pas le moment de chipoter question rafraîchissements.

— Tu as dîné ?

— J'étais invitée chez les parents de Yette.

— Ils vont bien, les Kellerman ? Toujours aussi bohèmes ?

— Toujours.

Maman a un paquet de cigarettes allemandes, elle le tend à Laurette.

— J'ai cru comprendre, en voyant les cendriers et quelques tasses et assiettes, que tu t'étais mise à fumer.

Laurette prend la cigarette, sort des allumettes de sa poche, l'allume, tire une bouffée. C'est du foin.

— J'ai cru comprendre aussi que tu as mené une vie très... très...

Laurette baisse la tête. Elle est honteuse, repentante. Sincèrement.

— Tu m'as dit, tu m'as « hurlé » hier, chez Walter, des choses tellement extravagantes que je me refuse à y croire tant que nous n'aurons pas eu une vraie conversation, toi et moi. Il va falloir trier le vrai du faux. Là, je n'ai pas le temps. Je dois partir.

— Tu ne dors pas ici ?

— Je ne redormirai ici que quand tout sera réglé. Légalisé. Ce matin, quand tu t'es si joliment conduite devant maître Lévy-Toutblanc et ce malheureux huissier qui a dû te prendre pour une folle, je venais pour mettre les choses au point. Elles le sont. Ton père a bel et bien quitté la maison. Ne me dis pas le contraire.

— Je dis rien, maman.

— Tu fais aussi bien. Après ton départ en fanfare, je l'ai eu au téléphone, ton père. Je l'ai appelé. A contrecœur. Mais il le fallait.

— Comment il était ?

— Pas très cohérent. Mais très conciliant. Il

286

m'a avoué, autant que tu le saches, qu'il a quelqu'un. Sa nouvelle assistante, à ce que j'ai compris.

— Josiane ?

— Si tu connais son nom...

— Je suis allée voir papa, alors je l'ai vue. Elle n'avait vraiment pas l'air de...

— Les airs qu'on a ou qu'on se donne, tu sais... Toujours est-il que ton père ne s'est pas gêné pour me faire part de ce... de cette... Enfin, l'important c'est que maintenant, la situation est claire.

— Tu veux toujours divorcer ?

— Je veux vivre, Laurette. Gagner ma vie. La chance a voulu que je rencontre Walter et que Walter me propose de...

— Si je te demande ce qu'il est exactement pour toi, Walter Seligman, tu vas me répondre quoi, maman ?

— Que tu as déjà trouvé la réponse à cette question et que la question n'est d'ailleurs pas là. Walter est marié avec une femme exquise et très intelligente. Disons qu'ils ont des aventures l'un comme l'autre, qu'ils sont assez adultes pour... Mais, je le répète, la question n'est pas là. Ce qui est important, c'est qu'il m'ouvre les portes d'une carrière et que... Je vais être amenée à voyager pas mal. Mais avec une jeune fille au pair pour s'occuper de Pam et de Manu, et madame Leurrier... Je suis allée la voir, madame Leurrier, cet après-midi. Tu as été d'une maladresse avec elle. D'une maladresse. Ça nous coûtera cinq francs de plus de l'heure mais

demain matin elle sera là. J'ose espérer que tu
sauras te faire pardonner ton insolence. J'ose
espérer aussi que dès demain tu retourneras
régulièrement au lycée. Il y avait trois lettres de
ta directrice avec les factures, avec tout ce
courrier que tu as laissé s'empiler. Des lettres
plus que menaçantes. Dans la dernière, elle parle
de renvoi. Je lui ai téléphoné. C'est arrangé.

Maman se lève, va redonner un zeste de flou à
sa coiffure devant le miroir italien brisé mais
rependu à son crochet.

— Faut que j'y aille. Je dois rejoindre Walter
chez un grand ami à lui, le patron de la plus
importante chaîne de télé brésilienne. Ah! Il y a
un point qui reste très obscur : Jérôme.

— C'est compliqué. Jérôme a très mal supporté de se retrouver sans toi, sans papa.

— Nous reparlerons de ça demain. A midi. Je
viendrai déjeuner avec vous. J'ai donné des
ordres à madame Leurrier. Là, tu vas être
gentille, pendant que je monte embrasser les
petits, tu m'appelles un taxi. Walter a horreur
de...

Et le taxi emporte maman.

Et Laurette n'a pas vidé son sac.

Et elle se retrouve une Benson au bec et elle
boit un Coca et rote très fort, très haut. Et ça la
soulage autant que si elle l'avait vidé, son sac.

Elle était prête à lui avouer tout, à maman, à
lui avouer Lucien, les baises sur le canapé. Tout.
Même les baisers sur la rose à Yalloud. Mais
maman était pressée à cause de Walter et de ses
importantes relations brésiliennes.

288

Bizarre ou pas, c'est comme ça : Laurette se sent comme purifiée, comme lavée de tout péché.

Elle boit un second Coca pour faire passer le chou au lard de bœuf et les attouchements du vieux dégueulasse pété et le souvenir aussi de tout ce qu'il y a eu de déglinguant durant ce mois délirant et — tout bien réfléchi — très enrichissant.

Et elle rerote.

Et elle pardonne tout à papa et à maman. Y compris les deux gifles de ce matin qui lui cuisent encore les joues. Et toutes les chienneries qu'ils lui mijotent.

Parce que, outre la jeune fille au pair (sûrement made in Heidelberg) y aura des suites. C'est gagné d'avance. Il peut divorcer aussi le Walter et épouser maman. Et papa ? Pourquoi il ferait pas de son assistante autruche la seconde madame Milleret ? Mais oui mais oui, va y avoir des mariages. Avec Pam et Manu, chaussures blanches, gants blancs, portant les traînes ?

Elle va grimper leur faire un câlin à ceux-là.

Maman a remis la chambre des petits en état. Mais les petits ne dorment pas. Ils jacassent. Chacun sous sa couette. L'une avec son Tom. L'autre avec son Huck, qui n'a plus d'oreilles du tout et n'en dort que mieux.

Manu est au comble de l'excitation.

— Tu l'as vue maman, Laurette ? Elle nous a fait un de ces goûters. De ces gâteaux comme t'en as jamais mangé, et puis elle m'a fait voir des photos d'une maison dans une forêt en

Allemagne où on va être invités pour aller se baigner dans un lac. C'est comme un château fort et dans cette maison il y a un monsieur Walter qui va m'apprendre à faire du poney. Il est champion d'escrime et il a été dans les pays les plus sauvages et il est copain avec des Indiens Javiros qui font bouillir les têtes des gens pour qu'elles deviennent plus petites que des têtes d'épingles.

— Et il veut surtout pas qu'on fasse de bruit pendant qu'il écrit ce qu'il va dire à la télé.

C'est une Paméla amère qui fait cette captivante révélation à Manu et à Laurette. Paméla la traîtresse. Paméla qui brûle de dire tout le mal qu'elle pense de Walter Seligman.

— C'est pas sûr qu'on se marrera beaucoup si on y va dans son Heidelberg, à Walter. Il veut jamais qu'on parle pendant qu'il écrit et pendant qu'il écoute la radio en allemand et en russe. Et faut surtout pas toucher à ses stylos feutres. Il en a des quantités mais c'est que pour lui. Et la télé, dès que c'est plus les nouvelles, il l'arrête. Et il force tout le monde à manger du pain tout noir qui fait aller. Et il arrête pas de vous pincer le mollet en disant qu'on est une cholie bedite fraulaine. Et il a des bergers allemands allemands dans son Heidelberg. On pourra pas y emmener Tom et Huck.

— Si les bergers allemands allemands ils touchent à mon Huck, je les extermine avec mon glaive magique.

— Si tu crois qu'il te laissera exterminer ses chiens, Walter. Quand il se met en colère celui-

290

là ! La fois que maman voulait mettre sa robe bleue et que lui il voulait pas, qu'est-ce qu'il m'a cassé les oreilles. Vous auriez entendu ces méchancetés en allemand qu'il lui a criées à maman.

— Parce que tu comprends l'allemand ?

— Pas tout. Mais je sais que pour dire : maintenant fraulaine Paméla va dormir, on dit...

— On dit : maintenant Paméla va dormir. Et on éteint.

Ce que fait Laurette.

— Tu nous fais pas un baiser ?

— J'allais oublier. Alors un baiser à Manu. Un baiser à Huck. Un baiser à Tom.

— Et moi ?

— Toi, Pam, tu m'aimes plus. C'est Walter que tu aimes. C'est plus moi.

— C'est pas vrai Laurette. Je t'aime excessivement.

— Assez excessivement pour mériter un baiser ?

— S'il te plaît Laurette.

— Tu le mérites pas. Enfin... Et vous dormez tout de suite. Parce que demain, il y a madame Leurrier et école.

École pour les petits.

Et lycée pour Laurette.

Va falloir rattraper ferme. Tous ces cours de géo, de latin, de français loupés.

Elle en bâille d'avance. Mais va quand même récupérer son sac Dorothée Bis bourré de bouquins, de classeurs, de copies, dans l'entrée.

Et elle n'a pas plutôt allumé le plafonnier de

l'entrée qu'on gratte à la porte. On ne sonne pas. On ne frappe pas. On gratte.

Intriguée, un poil inquiète, Laurette ouvre.

C'est Lucien.

Lucien qui s'est pointé dans l'après-midi, s'est fait recevoir — sèchement — par une dame qui lui a dit que Laurette n'était pas là. Lucien qui a passé la journée à boire des cafés dans tous les cafés du coin et qui, voyant la dame très sèche monter dans un taxi...

— C'était ta mère ?

— Oui. Mais elle ne reviendra pas avant demain midi.

Laurette referme la porte. A clef.

Lucien a toujours ses yeux bleus, sa chemise blanche, son blouson pas de saison. Et les lèvres douces, brûlantes. Elle l'embrasse et elle l'engueule, Laurette.

— C'était salaud de pas même me donner un coup de fil.

— Un écrivain américain digne de ce nom, c'est toujours forcément un peu dégueulasse. Et là, je l'ai été.

— T'as fait quoi ?

Lucien sort des billets de la poche intérieure de son blouson. Des billets de cinq cent. Une liasse.

— T'as fait quoi ?

— Tu vois bien. J'ai trouvé l'argent du voyage. Deux allers Paris-New York en charter et de quoi nous offrir nos deux premiers vrais burgers. Après on verra. Ça valait le coup que je disparaisse cinq minutes.

— Presque deux jours, Lucien. T'as fait quoi ?

— J'ai été dégueulasse.

— Dégueulasse comment ?

— Dis-moi d'abord où en est Manu.

— Manu, quand t'es parti courir après ton Kéraban, je le croyais mort. Sérieux. Et puis ma grand-mère a débarqué de Nice. Elle a près de soixante ans et elle... Je te raconterai, ça vaut. Lucie, elle s'appelle. Elle l'a remis sur ses pattes, le Manu, t'aurais dû voir ça. Il a mangé presque tout un gigot aussi gros que lui, aujourd'hui, il a retrouvé son Huck qui, lui, s'est fait manger sa dernière oreille par je sais pas qui ni quoi. Mais toi, qu'est-ce que t'as fait ? Je peux savoir ou pas ?

— J'ai fait cinquante bars et mon Kéraban était dans le cinquante et unième. Et tout s'est enchaîné.

— Tout quoi ?

— En gros, ça ressemble à un jeu scout. Il te donne une sacoche, Kéraban. Une sacoche avec du linge dedans. Du vieux linge. Et tu prends le train jusqu'à Rome. A Rome, tu vas manger un sandwich au buffet de la gare, au comptoir, et quelqu'un que tu ne connais pas vient manger un sandwich à côté de toi. Et le quelqu'un en question a la même sacoche que toi. La même. Et c'est cette sacoche-là que tu ramènes à Paris. Toujours en train.

— Tu veux dire la sacoche du quelqu'un que tu connais pas et qui mange un sandwich ?

— Oui.

— Il y a quoi dans celle-là de sacoche ?

— Top secret ! Si ça se trouve, j'ai trimbalé du vieux linge au retour comme à l'aller.

— C'est dément d'avoir fait ça. Tu pouvais te faire piquer par la douane, par des flics.

— C'est prévu. Kéraban m'a prévenu qu'un convoyeur sur dix se retrouve en prison en Italie. Pour deux ans minimum. Dans ces cas-là, des amis à lui, des Italiens, se chargent de te trouver un bon avocat et te font parvenir des cigarettes et des sucreries en taule. C'est toute une organisation. Peut-être la Mafia. Ou un genre de Brigade rouge. Ou la filière turque. Maintenant on se dira toujours tout. Alors, autant que tu le saches : de l'instant où le Turc, ou Libanais, m'a remis cette sacoche à la stazione Termini jusqu'à celui où je m'en suis débarrassé à Montparnasse, j'ai pas arrêté d'avoir la trouille. Dealer, c'est pas mon trip, ça non. Mais cet argent, je le voulais. Et de préférence en étant dégueulasse. Et j'ai l'argent. Notre argent. Et j'ai aussi le départ du roman que je commence à écrire sitôt là-bas. Chapitre un : la sacoche, une peur géante, un train de nuit bourré de voyageurs qui sont peut-être tous des flics... C'est autre chose que les premières pages de *La Recherche du Temps Perdu*.

— Et si tu t'étais fait piquer ?

— J'aurais eu juste de quoi écrire une nouvelle. En cabane.

— T'es un abominable con, Lucien. Tu nous vois, toi coincé à Rome et moi sans savoir ce que t'étais devenu ?

— Je suis là, Laure. Et nous partons. Jeudi, à Roissy, à neuf heures cinquante-trois.

— Faut des tas de papiers, des autorisations. T'as pensé à ça ?

— Tu as un passeport ?

— Oui.

— Alors no trouble. L'avion de neuf heures cinquante-trois c'est un charter pour les jeunes Français avides de connaissance. Une combine organisée par des copains de la Sorbonne. On aura droit à un vieux zinc souffreteux. Rien à voir avec le Concorde. Mais ils sont très coulants pour la paperasserie. Si t'es sujette au mal de l'air, tu vas pouvoir te régaler. Jeudi, on décolle ! C'est tout l'effet que ça te fait ? Tu me regardes comme si...

— T'as eu peur dans ton train italien. J'ai bien le droit d'avoir peur moi aussi.

— Tu ne veux plus partir ? Ta mère t'a « remis du plomb dans la cervelle » ?

— Ma mère, elle aime un Allemand qui traite Pam de jolie petite Fräulein et mon père baise une autruche. Je veux partir plus que jamais. Mais ça se met à aller si vite. Et puis cette affaire de sacoche...

— Tu voulais que je fasse quoi ? Le gigolo ? La manche à Beaubourg ? Que j'aille pleurer une place de coursier ou de balayeur de neige à l'ANPE et que j'économise sou par sou ? Miller, Kerouac et compagnie, quand il leur fallait de l'argent vite, ils faisaient pas les délicats. Note que j'avais une autre possibilité. Je pouvais faire l'acteur pour un autre type que je connais et qui réalise des cassettes pornos pirates. Mais ça me disait encore moins que dealer.

— Je ferai quoi, moi, pendant que tu écriras ton roman américain ?

— Du lèche-vitrine, du lèche-gratte-ciel, tu regarderas cinquante chaînes de télé à la fois, tu te baladeras dans les coins infréquentables pour apprendre le slang et tu t'embrouilleras dans les numéros de rues.

— Lucien.

— Oui ?

— Je voudrais qu'on monte vite dans ma chambre. Le départ, jeudi, pour que j'y croie tout à fait, il faut que tu m'en parles à l'oreille, tout bas, bien serré contre moi. Je veux te sentir contre moi. Je veux...

Au passage, ils jettent un coup d'œil sur les petits et les chats qui ronflotent et ronronnent.

Après lui avoir murmuré tout ce qu'elle souhaitait entendre et lui avoir fait l'amour, Lucien s'endort lui aussi, la tête sur l'épaule de Laurette. Du sommeil de l'écrivain déjà américain qui a osé être un peu dégueulasse.

Laurette ne dort pas. Laurette se demande si, avec tous les cours d'anglais durant lesquels elle n'a fait que lire les aventures de Snoopy en cachette au lieu d'écouter le prof déclamer du Shakespeare, elle saura demander son chemin dans les rues de New York, si elle saura faire des repas assez consistants pour nourrir un écrivain, si elle saura se passer de Manu, de Pam-la-faux-jetonne, de la rue des Gobelins, de la rue Monge, qui est pourtant si tartouille.

Bien sûr, l'Amérique avec Lucien, rêver mieux, personne pourrait. C'est le gros lot. Le don de Dieu.

Pourquoi elle pense à Dieu ?

Dieu il va il vient au gré de nos angoisses. C'est comme qui dirait le plus sacré des vadrouilleurs.

Peut-être qu'il est revenu depuis que papa, qui le disait parti, a retrouvé le goût de vivre dans les bras de l'autruche !

Il va falloir qu'elle lui écrive une lettre, à papa. Une lettre bien sentie. Et une à maman. Qu'elle leur dise qu'elle aussi elle commence une nouvelle existence. Que c'est pas deux mais trois mariages qu'il finira peut-être par y avoir chez les Milleret. Le troisième, sans Pam et Manu pour porter la traîne. Mais avec un pasteur noir et des negro-spirituals d'une beauté suffoquante en fond sonore.

Dans une petite église en bois, ça se passera, et il pleuvra du riz.

Elle embrasse le crâne de Lucien. Et elle remercie Dieu.

Vivement jeudi. Vivement l'avion. Le vieux zinc souffreteux.

25

Son chien, son chien méchant, à monsieur Mâchon, il s'appelait Képi. Comme toutes les créatures qui peuplent la planète depuis le jour de la Création, les créatures à deux, à quatre pattes ou sans pattes du tout, il était né avec un bon fond. Ses aboiements, ses coups de crocs n'étaient que le fruit d'une désastreuse éducation. Monsieur Mâchon lui avait enseigné tout chiot l'art et la manière de courser les chats, les lapins, de les rattraper et de leur briser les vertèbres d'un seul coup de mâchoires. Monsieur Mâchon lui avait appris, à Képi, à montrer des dents aux clodos, aux poivrots, aux jeunots à motos. Il lui avait appris à distinguer les honnêtes gens, les Français de souche, de la racaille. Il lui avait appris le racisme. Et Képi exerçait avec conscience et ardeur son métier de chien méchant. Au marché Mouffetard, avenue des Gobelins, partout, il flairait son Africain, son Espagnol, son Portugais à trente mètres. Et sans sa laisse, il aurait mordu à mort un passant sur deux, Képi.

Comme quoi l'éducation peut être une jolie saloperie.

Et, alors que Laurette avait enfin cédé au sommeil, l'un tirant l'autre, monsieur Mâchon et Képi franchirent le portail du trois *ter* rue des Gobelins. C'était une nuit avec lune.

Et Képi, qui s'apprêtait à arroser le pied du vieil arbre cagneux, se mit à grogner.

Il avait flairé quoi, Képi ? Un rat ? Une vermine de rat qu'il allait terrasser d'un seul coup d'un seul ?

C'était pas un rat. Ça devait être un oiseau. Car il pointait sa truffe en l'air, Képi. C'était quoi ? Un de ces pigeons bons qu'à enfienter la capitale ? Un piaf ?

Monsieur Mâchon leva le nez et il vit... des Chinois ! Parfaitement, des Chinois ! Trois ou quatre ou cinq. Des Chinois qui rampaient sur le toit, qui s'accrochaient aux cheminées, aux antennes de télé.

Il ne pouvait pas savoir, monsieur Mâchon,, que c'était Jérôme Milleret et son ami Li et un cousin de Li. Que c'était Jérôme Milleret qui venait — en faisant l'acrobate comme il l'avait fait tant de fois — récupérer dans sa chambre des vêtements, son mange-disques, son transistor, des livres auxquels il tenait, sans passer par la porte de la maison familiale et risquer de tomber sur Laurette.

Pour monsieur Mâchon, ces Chinois qui, glissant le long d'une gouttière, allaient s'introduire chez les Milleret par une fenêtre du premier étage, c'étaient forcément des assassins ou, pour le moins, des voleurs.

Et il a fait ce que tout honnête citoyen français se devait de faire en pareille circonstance, il est allé prendre le fusil chargé qui était en permanence à portée de main dans son vestibule. Et il a épaulé et tiré. Deux fois.

Et Laurette, Lucien, les petits, les chats ont entendu les coups de fusil. Et la dégringolade. Les cris.

Et des gens, plein de gens, et plein de flics.

Et le lendemain, très tôt, le stomato et Léa, papa et maman et bien sûr Laurette se sont retrouvés dans un couloir de l'hôpital Cochin avec un grand patron en blouse verte.

Un chirurgien.

Car si Li s'en tirait avec des égratignures, son cousin avec un bras à peine cassé, pour Jérôme c'était beaucoup plus inquiétant. Le grand patron parlait de radios pas brillantes, de fractures alarmantes, d'éventualités de syndromes moteurs...

Certains journaux parlèrent d'un drame — de plus ! de « l'autodéfense ». Avec photo en pied de l'ex-colonel Mâchon bardé de décorations alors qu'il était en poste à Strasbourg et des articles finement troussés insistant sur le fait que ce citoyen courageux et déterminé n'avait tiré que sur des cheminées et touché absolument aucun des trois « voyous » qui avaient malencontreusement chuté. *Libération* y alla d'une double page. Féroce. Avec un portrait de Mâchon par Soulas pas très ressemblant mais poilant. Le

« Mâchon chasseur de Chinois de toits » de Cabu dans *Le Canard enchaîné* fut tout bonnement grandissime.

Il n'y eut pas que les journaux.

Il y eut la journée au lycée.

Avec Yalloud et Ben Chaftfoui et Sidiki et Suzanne l'infirmière et le prof de dessin soixante-huitard pour mener la danse et quasiment tout le monde pour suivre le mouvement et faire une minute de silence dans la cour et défiler rue Monge, rue de l'Arbalète, rue Claude-Bernard en brâillant « Mâchon assassin ! Mâchon aux cochons ! » et en brandissant des banderoles traînant dans la merde les racistes, les flingueurs, les casseurs de potes et autres vestiges d'une civilisation plus supportable.

Et, ce jour de colère-là, les vitres du troquet dont le patron n'aimait pas voir les bougnoules s'offrir trop de parties de flipper gratos volèrent en éclats.

Et ce jour-là, Ben Chaftfoui lia connaissance, dans la braillante mêlée, avec une certaine Yette avec qui il allait devenir très très ami.

Et ce jour-là, Yalloud fut le plus enragé.

Pour bien des raisons.

26

Tom est amoureux. Depuis trois jours il ne fait que pousser des cris qui ressemblent à tout sauf à des cris de chat. Depuis trois jours il ne fait que coller au train d'une persane — Fleur de Jasmin — qui le traite par le mépris.

Paméla s'en fiche éperdument que Tom la délaisse pour aller courir la gueuse. Paméla a retrouvé Mimiquette.

La souris Mimiquette !

A près de mille kilomètres de la rue des Gobelins. Une Mimiquette qui n'est plus blanche mais grise. Ce que Paméla trouve on ne peut plus normal. Car, comme tout le monde, la souris Mimiquette a vieilli.

Elle dit de plus en plus de bêtises, Pam. Et elle s'est fait une grande amie, une fille à lunettes qui lui révèle des choses étonnantes et d'une saleté succulente parce que son papa est gynéco.

Manu, qui grandit d'un centimètre par mois, fait des promenades en pédalo avec Huck. Et papa est convaincu que Manu finira amiral et

Huck mascotte du cuirassé que commandera Manu.

Papa est très content de son cabinet sur la Promenade des Anglais, et de son assistante. Une Suissesse d'une laideur pathétique mais très capable, très ponctuelle.

C'est mamie de Nice qui a déniché et le cabinet et l'appartement.

Un appartement que maman a pris tant de plaisir à aménager, qu'elle envisage sérieusement de se lancer dans la décoration.

Papa était parti. Maman aussi. Ça a duré un bon mois, il n'y a pas six mois.

Et ils se sont retrouvés.

Au chevet de Jérôme, dans sa chambre à Cochin.

Des parents, c'est des parents. Et dans le malheur...

Il aura suffi des grognements de Képi et des coups de fusil de Monsieur Mâchon pour chasser de leurs têtes, à papa et à maman, et Walter et Josiane et toutes ces idées saugrenues qui leur étaient venues.

Leurs semaines de dinguerie, il les ont oubliées.

Complètement.

Papa est redevenu un habile et vaillant praticien, fier comme pas un de sa joyeuse petite troupe et friand, gourmand des charmes de sa Léa à qui, non content de refaire beaucoup l'amour, il prodigue tendres agaceries et mignonneries verbales.

Ce qui a le don d'énerver Laurette.

Laurette qui commence à se faire à son nouveau lycée. Un lycée avec des orangers dans la cour, un lycée avec d'autres Corinne, d'autres Yette, pas de Ben Chaftfoui, pas de Yalloud, peu de Jaunes, un lycée où elle ne lit plus les aventures de Snoopy mais tous les livres de Kerouac qu'elle peut trouver et Brautigan et Sheppard, pendant les cours d'anglais. Les maths, l'histoire, le latin, la physique-chimie l'ennuient toujours autant. Mais elle fait son possible. Elle finira par le décrocher, son bac.

Elle fume moins. Mais toujours des Benson.

Elle en fume en apprenant à aimer le bon vin avec mamie de Nice qu'elle n'appelle plus que Lucie.

Lucie qui vide bouteille sur bouteille à la santé de son peintre abstrait éthylique qui est entré en clinique pour se faire désintoxiquer. C'est terrible ce qu'elle y tient au beau Serge. Elle se console de son absence avec le mari d'une bonne amie à elle. Mais sans passion. Juste parce qu'il est aussi vital de coucher que de prier.

Parce qu'elle prie, Lucie. Elle prie régulièrement depuis le soir où elle a eu, à la télé, la preuve que c'est vrai ce que disent les Saintes Écritures : que mourir c'est aller au ciel. Elle regardait le Journal télévisé et elle a vu, de ses yeux vu, les passagers de la navette Challenger redevenir poussière et se mêler au bleu des cieux.

De sa terrasse à mamie, on voit la mer.

Laurette la regarde souvent et elle regrette que

ce soit la Méditerranée et pas l'Atlantique. Parce que, de l'autre côté de l'Atlantique...

Bien sûr, même sans Laurette, Lucien ne pouvait pas ne pas le prendre le charter, le zinc souffreteux. Et s'il ne lui a jamais écrit à Laurette c'est parce qu'il consacre toute son énergie, toute l'encre du stylo cadeau, à son grand roman américain.

Lucie dit qu'écrire des livres, même américains, c'est pas si important que ça et que Lucien...

Mais Laurette ne l'écoute pas. Elle pense, elle, qu'un jour, dans une librairie, elle tombera sur un bouquin de Lucien et qu'elle ne l'achetera peut-être pas parce qu'il sera signé d'un nom qui ne lui dira rien. Un nom américain.

Au lycée, il y a plusieurs garçons qui la regardent avec les yeux de Lucien, de Yalloud. Mais elle ne les regarde pas, elle.

Elle a ses souvenirs, Laurette.

Presque que de bons souvenirs — tout bien réfléchi.

Elle passe de longs moments avec Jérôme.

Dans la chambre de Jérôme si joliment arrangée par maman, cette chambre qu'il ne quitte jamais et où, entouré d'ordinateurs, d'engins bizarres, de piles de bouquins très très compliqués, il étudie les sciences, les techniques de demain, du futur.

Jérôme, il vit déjà en l'an deux mille.

Et Laurette sait qu'il sera un grand, un très grand de la micro-électronique, de l'informatique, de la biotechnologie, de la robotique ou d'autres jobs dont le commun des mortels n'a pas encore idée.

Elle ne lui en veut plus à Jérôme de l'aimer beaucoup trop. Sa dingue déclaration d'amour certain foutu soir à Chinatown, il n'en est plus jamais question. Et pourtant ils ont de grandes conversations. Elle lui dit tout à Jérôme, comme elle disait tout à son amie Mariette.

Elle est très tendre avec lui.

Avec lui qui ne marchera plus jamais, pour avoir fait une mauvaise chute à l'époque où papa était parti et maman aussi.

Elle lui dit tout sauf — ça, c'est son secret à Laurette — le stomato et la chère Léa vont avoir une fameuse surprise dans plus très longtemps maintenant. Dans trois mois exactement.

Une fameuse et rude surprise.

Parce que la providentielle boîte de pilules de la brave Suzanne n'en contenait pas assez : Jérôme, Manu et Pam vont avoir un neveu.

Ou une nièce.

C'est la vie.

Et Laurette y a pris furieusement goût, à la vie, depuis cette nuit navrante où papa et maman étaient partis.

DU MÊME AUTEUR

Théâtre :

GUERRE ET PAIX AU CAFÉ SNEFFLE (prix Lugné-Poe, prix « U » 1969) *(Gallimard).*

AU BAL DES CHIENS *(Gallimard).*

MADAME (Paris-Théâtre).

LUNDI, MONSIEUR, VOUS SEREZ RICHE (Paris-Théâtre).

LA NUIT DES DAUPHINS *(Gallimard).*

UN ROI QU'A DES MALHEURS *(L'Avant-Scène).*

LE DIVAN *(L'Avant-Scène).*

GRAND-PÈRE *(L'Avant-Scène).*

Romans :

LE BÉRET A GROUCHO *(Table Ronde).*

REVIENS, SULAMITE *(Table Ronde).*

VIOLETTE, JE T'AIME *(Julliard).*

AU BONHEUR DES CHIENS *(Ramsay/RTL Éditions).*

POUR L'AMOUR DE FINETTE *(Ramsay/RTL Éditions).*

QUAND LES PETITES FILLES S'APPELAIENT
SARAH (*Ramsay/RTL Éditions*).

TOUS LES CHATS NE SONT PAS EN PELUCHE
(*Ramsay*).

Essais :

LES GROS MOTS (Grand Prix de l'Académie de l'Humour
1973) (*Julliard*).

Poésie et dessins :

DÉPÊCHONS-NOUS POUR LES BONNES CHOSES
(*Tchou*).

COLLECTION FOLIO

Impression Bussière à Saint-Amand (Cher),
le 15 janvier 1988.
Dépôt légal : janvier 1988.
Numéro d'imprimeur : 2207

ISBN 2-07-037914-0./Imprimé en France.
(Précédemment publié aux Éditions Ramsay
ISBN 2-85956-492-6)